Rudolf Habringer
Leirichs Zögern

Gewidmet allen meinen Geschwistern.

Die Drucklegung dieses Buches wurde gefördert
durch die Kulturabteilungen des Landes Oberösterreich
sowie von Stadt und Land Salzburg.

www.omvs.at

ISBN 978-3-7013-1284-9

Satz: Media Design: Rizner.at
Druck und Bindung: EuroPB, Příbram, CZ
Covergestaltung: Leo Fellinger

Rudolf Habringer

Leirichs Zögern

Roman

OTTO MÜLLER VERLAG

Leidenssituationen, deren Grund dem Kind verheimlicht wird, laufen wie eine ständige Frage neben seinem eigenen Leben her und zehren an seiner Substanz. Gelegentlich beschließt das Kind, später der Erwachsene, diese nie beantwortete Frage zum Mittelpunkt seines eigenen Lebens zu machen.

Serge Tisseron, Die verbotene Tür

1

Sonntags gegen halb zwei, eine halbe Stunde vor dem Ende meiner Dienstzeit bei *Brunch mit Musik,* betrat eine Gruppe von Gästen das Lokal. Die Leute kamen aus dem Casino, das sich gleich oberhalb befindet. Ich spielte gerade *Beautiful Love*, eine Nummer von Victor Young aus den dreißiger Jahren. Über die Struktur des einfach klingenden Songs, der aber so raffiniert aufgebaut ist wie ein Fugenthema von Bach, hatte ich mir früher ausführlich den Kopf zerbrochen. Woody Allen hat die Komposition in seinem Film *Verbrechen und andere Kleinigkeiten* eingebaut. Ein Mann in beigem Anzug und einer Krawatte, die nicht mehr korrekt saß, kam auf mich zu und deutete mit dem Finger auf mich. Er wollte mit mir sprechen. Kein Musiker mag es, während des Spielens gestört zu werden, als wäre sein Spiel eine beiläufige Angelegenheit, neben der man locker Gespräche führen konnte. Der Mann lehnte sich gegen den Flügel, seine Augen blitzten feucht, im nächsten Moment nahm ich wahr, dass er nach Alkohol roch. Ich merkte sofort, dass seine Ansprache an mich als Auftritt für seine Begleitung im Hintergrund gedacht war. Zwei Paare und eine Frau nahmen eben an einem Tisch Platz. Gleich stand der Aushilfskellner Wieser bei ihnen und nahm die Bestellung auf.

Sag einmal, sagte der Gast, du hast doch sicher auch noch was anderes drauf. Er duzte mich mit der Selbstsicherheit eines Chefs. Wir waren einander vorher noch nie begegnet. Vielleicht war er ein Autohändler oder ein Wurstfabrikant.

Zweimal im Monat spielte ich in dem Café Klavier. Für manche der Besucher war ich vielleicht ein Dienst-

leister knapp über dem Status Gegenstand, eine Art lebender Wurlitzer, dem bloß ein Knopf fehlte, auf den man drücken konnte. Mir war das egal. Ich spielte vor allem zu meinem eigenen Vergnügen. Kennst du *Du hast mich tausendmal belogen*, fragte der Mann. Ich zog den Schluss des Songs in die Länge, hörte aber nicht zu spielen auf. Andrea Berg, sagte der Mann, die kennst du doch. Ich zog die Brauen hoch. Jetzt mach aber keinen Schmäh, sagte der Unbekannte. Andrea Berg, *Du hast mich tausendmal belogen, du hast mich tausendmal verletzt*, sagte er. Jetzt summte er undeutlich ein paar Phrasen, *ich bin mit dir so hoch geflogen, doch der Himmel war besetzt*, Andrea Berg, wiederholte er. Nix bekannt, sagte er resignierend und schüttelte den Kopf. Ich zuckte mit den Schultern. Jetzt war er frustriert. Im Abgehen rächte er sich. Ich habe geglaubt, ihr könnt was, sagte er. Er drückte sich vom Flügel weg. Noch einmal drehte er sich nach mir um und hob seinen Zeigefinger. Üben, sagte er. Üben.

Am Abend beschloss ich, endlich die Unterlagen für das neue Semester aus dem Vorjahr durchzusehen. Das Einführungsproseminar *Was ist Geschichte?* hielt ich seit zwölf Jahren im Wechsel mit einem Kollegen. Eigentlich handelte es sich um einen Routinevorgang, eine gedankliche Auffrischung. Ich wollte die Blätter für das Proseminar nur kurz ordnen, mehr nicht. Der Gedanke an den Beginn des Studienjahres hatte mich schon die ganze letzte Woche leise irritiert, ohne dass ich wusste, warum.

Der nächste Tag begann nicht wunschgemäß. Nach dem Aufstehen bemerkte ich, dass ich bis auf ein übrig gebliebenes Stück hartes Brot nichts im Haus hatte, um

mir ein Standardfrühstück mit Brot, Butter und Marmelade oder eines mit Joghurt und Früchten zuzubereiten. Ohne Unterlage ging ich aus der Wohnung. Unten an der Haustür bemerkte ich, dass ich die Pfandflaschen im Vorzimmer vergessen hatte. Ich musste in den dritten Stock zurück. Vorsatzgemäß verzichtete ich auf den Lift und ging zu Fuß.

Beinahe hätte ich wenig später nochmals in die Wohnung zurückgehen müssen. Ich stand bereits an der Ampelkreuzung zum Schillerpark, als mich plötzlich ein Schrecken überfiel, weil ich meinen Schlüssel nicht ertasten konnte. Kurz nach Überqueren der Bürgerstraße hielt ich an, um im Rucksack nach ihm zu suchen: Er fand sich in der äußeren Tasche. Für gewöhnlich trage ich den Schlüssel in der Hosentasche, ich konnte mich nicht erinnern, wie er in den Rucksack geraten war.

So früh am Morgen war der Supermarkt noch schwach besucht. Es handelte sich um einen Diskonter in zentraler Lage, der viele Migranten anzog, eine bunt gemischte Klientel, die man der Stadt gar nicht zutraute. Die von mir bevorzugte Verkäuferin, eine junge, schwarzhaarige Frau mit einem gepiercten Nasenflügel, hatte offenbar noch nicht Dienst.

Als ich wieder ins Haus ging, nahm ich die Zeitung aus dem Postfach. Im Stiegenhaus informierte mich ein Blatt lapidar darüber, dass die Hauskasse leer war. Mit dem Geld aus dieser Kasse wurde unsere Putzfrau bezahlt – schwarz.

Beim Frühstück hörte ich (Zerstreuung eins) ein Stück, das ursprünglich Mozart zugeschrieben worden war, neueren Forschungen zufolge nun aber von einem bisher nie gehörten Komponisten stammen sollte, später las ich in der Zeitung, dass in Deutschland, vorwiegend in Asia-Restaurants mit *All you can eat*-Angebot, Wirte überlegten, Gebühren für übrig gelassenes Essen zu verlangen (Zerstreuung zwei), anschließend drückte ich am Klavier vierstimmige Mollakkorde mit großer Septime in allen Tonarten (den Akkord, den ich für die Dauer dieses Sommers zu meinem bevorzugten gewählt hatte). Diese beiläufige taktile Übung – möglicherweise kämmten andere mit derselben Abwesenheit ihren Hund – wurde abgelöst durch das Hinhören auf ein unregelmäßiges Klopfgeräusch aus dem Geschirrspüler. Als ich den Spüler öffnete, schlug mir heißer Dampf entgegen. Ich nahm eine Bratpfanne heraus, deren Stiel offenbar ein rotierendes Teil an der Umdrehung gehindert hatte (Zerstreuung drei und vier).

Als ich auf die Küchenuhr sah, war es halb elf und ich beinahe zu müde, den Computer einzuschalten. Ich löschte vier Mails ungelesen, ein fünftes, das von der Uni kam, öffnete ich vorerst nicht. Im Internet las ich von zwölf Nahrungsmitteln, die man niemals im Kühlschrank aufbewahren sollte. Der Tipp für Kartoffeln bestand darin, *sie in einer Papiertüte an kühler Stelle im Keller oder im Schuppen* aufzubewahren. Ich wohnte in einer Mietwohnung mit geheiztem Keller, ohne Schuppen. An dieser Stelle schlug meine Aufmerksamkeit gegenüber verstärkt eindringenden Germanismen in der Sprache an, ein Spleen, den ich schon als Schüler gepflegt hatte und der mir geblieben war. Als ich jung war, hatten wir halt *Plastiksackerl* gesagt und ein Schuppen im Dorf meiner Kindheit war immer eine *Holzhütte* gewesen. So veränderte sich Sprache und hatte sie sich immer gewandelt.

Später holte ich mir aus der Küche ein Glas Wasser und legte mich auf die Couch. Obwohl ich mich müde fühlte, flottierten die Gedanken. Seit einiger Zeit führte ich eine sich ständig erweiternde Liste mit alternativen Karrieremöglichkeiten. Von einem isländischen Turnlehrer hatte ich vor vielen Jahren gelernt, dass es immer einen Plan B gab. In letzter Zeit hatte ich ein paarmal vage daran gedacht, meine Existenz als freiberuflicher Historiker zu verändern. Für diesen regelmäßig anflutenden Veränderungswunsch hatte ich mir eine Liste angelegt, die in zwei Rubriken eingeteilt war. Die Idee dazu verdankte ich einem Studienkollegen, der vor Jahrzehnten eine Theorie einer *Karriere nach unten* entworfen hatte. Der Studienkollege entstammte einer Fabriksarbeiterfamilie und überlegte damals, ob es nicht möglich wäre, als Akademiker seine wissenschaftliche Expertise wieder jenem Milieu zukommen zu lassen, dem er ursprünglich entstammte. Tatsächlich schrieb der Kollege aber eine Dissertation, habilitierte sich schließlich und ist bis heute als Dekan an einer philosophischen Fakultät in Süddeutschland tätig. Gelegentlich, wenn eine öffentliche Auszeichnung für ihn ansteht, lese ich von ihm. Nichts also von einer Karriere nach unten.

Dennoch nahm ich mir sein idealistisches Vorhaben – völlig privat und ohne wissenschaftlichen Anspruch – als Vorbild für meine Liste, in der ich links die Karrieremöglichkeiten nach unten (Schulbusfahrer, Tankstellenmitarbeiter und so weiter, die Liste war ziemlich umfangreich), rechts die nach oben (ordentlicher Professor an einer Uni, Dekan, berühmter Sachbuchautor etc.) aufgezählt hatte.

Ich lag auf der Couch und sah mich als Prokrastinationsexperte in einer der Talkshows am späten Freitagabend im dritten deutschen Fernsehen sitzen, ohne mir im Augenblick darüber klar zu sein, ob ich jetzt als direkt betroffener Experte (Karriere nach unten) auf der Couch saß oder als Wissenschaftler, der über das Phänomen des permanenten Aufschubs von Aufgaben und Vorhaben (das Vokabel Prokrastination hatte ich erst vor wenigen Jahren in meinen Wortschatz aufgenommen) forschte (Karriere nach oben). Möglicherweise und am wahrscheinlichsten traf auf mich sogar der Fall eines prokrastinierenden Wissenschaftlers zu (was den komplizierten Fall einer gleichzeitigen Karriere nach oben und nach unten bedeuten konnte).

Über diesen verwirrenden Überlegungen schlief ich ein. Die Unterlagen für das Proseminar, die ich ohnehin nur auf ihre Vollständigkeit hin untersuchen hatte wollen, blieben im Kasten. Als ich aufwachte und mir Kaffee machte, war es Zeit geworden, mich auf den Vortrag am Abend vorzubereiten.

Abends fuhr ich mit der Straßenbahn in das Pfarrzentrum weit draußen am Stadtrand. Die Veranstaltung sollte im Saal eines in den siebziger Jahren rasch hingebauten Betonkirchenneubaus mit Flachdach stattfinden.

Bis knapp vor der Haltestelle beim Pfarrzentrum hatte ich mich unvermutet in eine meiner Lieblingsbeschäftigungen beim Straßenbahnfahren, eine veritable kulturpessimistische Schelte, hineinfantasiert. Die Fantasie verrichtete gleichzeitig auch eine vorbeugende Wirkung. Erfahrungsgemäß musste ich bei diesen Veranstaltungen immer damit rechnen, dass das Publikumsinteresse für meinen Vortrag mäßig, schlimmstenfalls katastrophal ausfallen würde. Energetisch gesehen musste ich mir meine Kraft für den Abend daher so einteilen, dass neben der Konzentration, die ich für den Vortrag brauchte, noch genügend Energie übrig blieb, geknickte Veranstalter (*das war der letzte Vortrag, den ich organisiert habe*) aufzurichten und zu trösten.

Irgendwo in einem zentralen Register einer öffentlichen Bildungseinrichtung wurde ich als Referent mit Vorträgen zum Thema Massenmedien geführt. Die Ergebnisse meiner Dissertation, die ich vor knapp dreißig Jahren über die Presselandschaft in Österreich nach dem Krieg verfasst hatte, hatte ich mit neueren Veröffentlichungen zum Umbruch in den Printmedien und Studien über Social Medias zu immer wieder anders zusammengestellten Referaten gemixt. Auf diese Weise hatte ich mir über die Jahre den Ruf eines sogenannten *Medienexperten* im populärwissenschaftlichen Umfeld erworben, eine Zuschreibung, die mir ein regelmäßiges Zubrot zu meinen bescheidenen Einkünften als Lehrbeauftragter eintrug. Wenigstens hatte ich dank meiner Vortragstätigkeit ein Ableitungsventil für meinen durch Zeitungslesesucht angestauten Pessimismus gefunden. Durch das öffentliche Vor-mich-hinsagen von skeptisch-pessimistisch-apokalyptischen Zukunftsprognosen/-aussagen verschaffte ich mir so von Zeit zu Zeit eine Erleichterung, die sogar honoriert wurde.

Der Abend war besser besucht, als ich befürchtet hatte. Der Altersschnitt der Besucher lag, wie ich überschlagsmäßig noch während des Vortrags berechnete, sogar knapp unter fünfzig. Das Ritual nach meinem Referat sah eigentlich eine Diskussion vor. Weil Fragen aus dem Publikum ausblieben, beschränkte ich mich auf ein paar sarkastische Sätze meinerseits über das absehbare Zeitungssterben in den nächsten Jahrzehnten.

Rasch ging die Versammlung anschließend auseinander und strebte den kleinen Einfamilienhäusern zu, die sich rund um das Pfarrzentrum scharten. Auch der Organisator der Veranstaltung hatte offenbar Eile, mit mir die Formalitäten zu erledigen. Mir fiel zum wiederholten Mal auf, dass Honorarfragen stets diskret und wenn möglich in einem Nebenzimmer mit gesenkter Sprechstimme abgewickelt wurden, als handle es sich dabei tendenziell um etwas Unanständiges. Geld gehört zu den letzten wirklichen Tabus unserer Gesellschaft, sogar wenn es um derartige Kleinsummen geht, die nach solch einer Veranstaltung den Besitzer wechseln.

Gemeinsam mit dem Organisator verließ ich das Pfarrzentrum. Der Mann schloss hinter mir die Tür, setzte sich ans Steuer eines Kleinwagens und verschwand in der Dunkelheit. Leichter Nebel hatte sich gebildet. Er legte sich wie Schweiß auf die Haut und ließ mich frieren. Vor der Veranstaltung hatte ich den Fahrplan der Straßenbahn studiert und mir die spärlichen Abfahrtszeiten am späten Abend eingeprägt.

Auf dem Platz vor dem Pfarrzentrum stand eine ältere Frau mit einem Fahrrad, die offenbar auf mich wartete. Die Frau hatte graue Haare, mir fiel auf, dass sie ein kleines Kreuz um den Hals und silberne Ohrringe trug. Vorher im Saal hatte ich sie nicht bemerkt. Unvermutet sprach sie mich an.

Sie redete sehr leise und nuschelte, möglicherweise nannte sie mir auch ihren Namen, ich hatte es mir zur Gewohnheit gemacht, zu nicken, wenn jemand mit mir redete, eine Reihe von Hörtests hatte ich ohnehin schon hinter mir. Ich verstand die Frau erst, als sie sich dafür entschuldigte, mich angesprochen zu haben. Möglicherweise sagte sie auch, sie habe noch ein kleines Anliegen vorzubringen, oder sie formulierte sogar scherzhaft, dass sie einen kleinen *Anschlag* auf mich verüben wolle. Wie so oft stellte sich bei mir das Gefühl der verwirrenden Gleichzeitigkeit mehrerer Sinneswahrnehmungen ein. Einerseits merkte ich, wie klein die Frau war – ich überragte sie um mehr als einen Kopf, obwohl ich nicht besonders groß bin –, andererseits spürte ich in dem Moment, dass ich hungrig war. Ab und zu kam es vor, dass mich nach einer Veranstaltung der Organisator zu einem Imbiss oder auf ein Glas Wein einlud, hier in dieser abgelegenen Wohngegend war offenbar kein Gasthaus mit Küche in der Nähe. Ich war jedenfalls zu nichts eingeladen worden. Außerdem wurde mir schlagartig klar, dass sich nicht nur der Nebel wie Schweiß auf meine Haut setzte, sondern dass ich tatsächlich durch den Vortrag ins Schwitzen gekommen war. Hoffentlich hatte ich nicht nach Schweiß gerochen, als ich noch ohne Mantel im Saal gestanden war.

Ich wollte Ihnen nur von einem seltsamen Erlebnis berichten, sagte sie, das Sie wahrscheinlich interessieren wird.

Ah ja, sagte ich.

Sie lebe allein in einem kleinen Häuschen in der Nähe und habe wie jedes Jahr kürzlich ihren Keller gründlich gereinigt und unnütze Dinge, die sich dort im Lauf der Zeit angesammelt hätten, aussortiert, sagte die Frau. Ein Bekannter habe ihr geholfen, die Sachen in sein Auto zu verfrachten, um sie abzutransportieren. Vorher habe sie mit dem Mann Kaffee getrunken und sich mit ihm unterhalten. Und, vielleicht werden Sie jetzt lachen, sagte die kleine Frau zu mir, ich erwähnte meinem Bekannten gegenüber auch, dass ich heute Abend zu Ihrem Vortrag gehe.

Ich stand da und hörte zu. Aha, sagte ich und nickte.

Und dann erwähne ich ihm gegenüber auch noch, wer der Referent ist und nenne Ihren Namen, sagte die kleine Frau und wich ein bisschen zurück. In dem Moment sagt mein Bekannter: Ja, den kenne ich. Sage ich: Wieso kennst du den? Sagt er: Weil wir den gleichen Vater haben. Aber wir haben nichts miteinander zu tun. Er weiß gar nichts von mir.

Weil wir den gleichen Vater haben, wiederholte die Frau und lachte leise. Ich habe mir gedacht, vielleicht interessiert Sie das. Sie sind doch Historiker. Mehr habe ich ihm nicht entlocken können, sagte die Frau. Sachen gibt es, sagte sie. Ich habe mir gedacht, ich schreibe Ihnen seinen Namen auf. Sie drückte mir einen Zettel in die Hand. Die Telefonnummer steht auch dabei. Aber jetzt muss ich gehen, Sie haben wahrscheinlich auch noch zu tun. Sie stieg aufs Rad und fuhr davon. Eben hatte es leicht zu nieseln begonnen. Ich stand verblüfft da und sah ihr nach. Ich war im Moment so erstaunt, dass ich nicht weiter reagierte und auch keinen Versuch unternahm, die Frau aufzuhalten oder ihr etwas nachzurufen. Nach wenigen Metern bog sie um eine Ecke und war in der Nacht verschwunden.

Wenig später saß ich in der Straßenbahn Richtung Stadtzentrum. Zwei Jugendliche mit Skateboards waren mit mir eingestiegen, beide trugen ihre Kappen verkehrt auf dem Kopf. Sie setzten sich mir gegenüber. Einer der beiden holte sein Handy aus der Tasche und wischte darauf herum, um seinem Freund etwas zu zeigen. Dann lachten beide meckernd auf. Fett, Oider, sagte der Kleinere der beiden schließlich, was ein neuerliches Meckern auslöste. Dann kam der Moment, wo sie bemerkten, dass ich sie beobachtete. Gleich darauf kicherten sie wieder los, jetzt hatte ich Mühe, ihr Gelächter nicht auf mich zu beziehen. Sie musterten mich, so wie ich sie eben gemustert hatte. Ich wandte den Blick ab und betrachtete mein Spiegelbild im Fenster. Zwei Stationen später stiegen die beiden aus. In der Hand hielt ich noch immer dieses kleine Stück Papier, das mir die Frau in die Hand gedrückt hatte. Ich betrachtete die Buchstaben einer zarten Frauenschrift, die einen Namen und Ziffern auf den Zettel geschrieben hatte: Johann Preinfalk. Mir war kein Mensch dieses Namens bekannt.

Ich war konsterniert. Wie sediert saß ich da. Ich fühlte mich behelligt. Unsittlich betastet. Mit einem fremden Satz traktiert, ausgesprochen von einer mir unbekannten Radfahrerin. Der Satz *Weil wir den gleichen Vater haben* hüpfte in meinem Kopf wie die Nadel eines Plattenspielers, wenn sie wegen eines Kratzers auf der Scheibe hängen bleibt. Ich habe zwei Schwestern, eine ältere und eine jüngere. Für alle drei von uns stimmte die Aussage: Wir hatten alle den gleichen Vater.

Aber es gab bis zum heutigen Tag keinen männlichen Menschen außer mir, der diesen Satz sagen hätte können. Die Ungeheuerlichkeit, die diese Behauptung beinhaltete, brachte mich völlig durcheinander.

Der weitere Abend zerfiel in drei Teile: in die Nachhausefahrt mit der Straßenbahn (Grübelphase, Infragestellung); in die Ankunft in der Innenstadt (nächtliche, ungesunde Halbsättigung an der Wurstbude am Schillerplatz) und das Eintreffen in meiner Wohnung (Unruhe, Schlaflosigkeit).

Von meinen Studenten war ich es gewohnt, die ungewöhnlichsten Sätze zu vernehmen, meistens ausgefallene Ausreden, warum eine Arbeit nicht fristgerecht fertig geworden war oder eine Prüfung verschoben werden musste. Da starben ununterbrochen Großmütter und entfernte Verwandte, da mussten Haustiere urplötzlich und unerwartet zum Tierarzt gebracht werden (Durchfall, verschluckte Gegenstände), da traten Unpässlichkeiten oder unerklärliche körperliche Beschwerden auf (rasende Kopfschmerzen, Migräne, Eileiter- und Prostataentzündungen, Kopf- kombiniert mit Regelschmerzen), da traten Unfälle und Lebenskatastrophen ans Licht und ins Leben, die es Menschen verunmöglichten, Termine einzuhalten. Nichterscheinen wurde mir meist per E-Mail mitgeteilt, manchmal durch eine telefonische Mitteilung der Institutssekretärin, sehr selten auch per handgeschriebenem Zettel, der an meinem Postfach im Institut hing: Bin beim Augenarzt wegen plötzlichem Erblinden etc.

Auch von meinen Beinahefreundinnen, Kurzzeitfreundinnen, Exfreundinnen und Freundinnen in spe und in nuce hatte sich im Laufe der letzten Jahre eine Liste von Unpässlichkeiten angesammelt, die vorab vereinbarte oder beabsichtigte oder sich eventuell zufällig ergebende sexuelle Handlungen im letzten Moment stoppten: die Monatsregel, Kopfschmerzen, der Besuch einer Mutter, eines Verwandten, eines Zeugen Jehovas, die Vortäuschung eines Verkehrsunfalls, eine versehentlich eingenommene zu hohe Dosis eines Medikaments (vornehmlich Schlafmittel), der Tod eines Haustieres (Wellensittich), ein Wasserrohrbruch, der Einbruch in eine Wohnung, ein Hochwasser, ein Stromausfall, ein Taxifahrerstreik, ein Scheidenkrampf, eine Ischiasnervreizung etcetera.

Der Vorrat auf mich einprasselnder Sätze, die die Lebensfreude augenblicklich beeinträchtigten und knickten, war also lang. Aber ein Satz der Gattung *Weil wir den gleichen Vater haben*, ausgesprochen von einer Unbekannten, hatte sich in über fünfundfünfzig langen Lebensjahren bisher noch nicht eingestellt. Plötzlich war mein Vater im Spiel. Über ihn nachzudenken hatte ich an diesem Abend nicht wirklich vorgehabt. Mein Vater war zweimal verheiratet und zweimal verwitwet gewesen, hatte drei Kinder gezeugt, soweit mir bekannt war, und dann den Rest seines Lebens alleinerziehend verbracht. Vor mehr als zwanzig Jahren war er verstorben. Möglicherweise hatte die Frau sich wichtigmachen wollen, möglicherweise lag auch eine Pathologie vor. Gelegentlich war ich in der Straßenbahn schon von offenbar Schizophrenen oder Psychopathen angesprochen worden, Menschen, deren Selbstgespräche unvermittelt auf einen Fremden, in dem Fall auf mich, übersprangen.

Dann also der Besuch der Imbissbude am Schillerplatz. Damit brach ich mein Vorhaben, so spät am Abend nichts mehr zu essen. Der Vorfall mit der Frau hatte meine innere Festigkeit ins Wanken gebracht und meinen Vorsatz, Gewicht zu verringern, im Nu pulverisiert.

Die Mahlzeit am Würstelstand (eine Bosna, Weißbrot, gefüllt mit einem currygewürzten Paar Schweinsbratwürstchen) war nichts anderes als ein Rehabilitationsunternehmen zum erlittenen Unbill des Tages: Zur Feier der inneren Versöhnung trank ich auch noch eisgekühltes Bier aus der Flasche. Beim Verzehr der Bosna dachte ich darüber nach, wann ich das letzte Mal das Wort *Unbill* verwendet hatte und ob es einen Plural dafür gab (ein solcher wäre für diesen Tagesausklang angemessen gewesen): Unbille?

Als ich ins Haus trat, kam mir die Nachbarin, Frau Hüsch, entgegen, die Leute wohnten ein Stockwerk über mir, wir grüßten uns beinahe tonlos. Mir fiel ein, dass wir vor Jahren, als mich mein Freund, Maturakollege und jetzt Psychotherapeut Konrad Mitterbach auf ein Bier besuchte, einen lauten Streit von oben mit anschließenden dumpfen Schlägen vernommen hatten. Die Schlag- und Stoßgeräusche hatten uns aufgeschreckt, sodass wir überlegt hatten, nach oben zu gehen und nachzufragen, ob alles in Ordnung wäre. Kurz überlegten wir sogar, die Polizei zu rufen. Minutenlang saßen wir damals schweigend in der Wohnung und lauschten. Als wir keine Geräuschentwicklung mehr vernahmen, unternahmen wir damals: nichts. Und setzten unser Gespräch fort. Die Hüschs waren zufällig meine Nachbarn, ich hatte sie mir nicht ausgesucht, sie mich nicht. Einzelheiten aus ihrem Privatleben waren mir unbekannt. Ich fiel in die Kategorie passiver Nachbarn, die immer dann in den Zeitungen gescholten werden, wenn jemand wochenlang in einer Wohnung tot herumlag und niemand etwas bemerkt haben wollte.

Ich hatte kaum eine Ahnung, wer in unserem Haus wohnte. Man kannte sich vom Sehen, vom raschen Grüßen, vielleicht von einer der seltenen Hausversammlungen. Ich wusste nichts von den anderen, ich war ahnungslos. Wir ließen einander in Ruhe und stiegen uns im Lift nicht auf die Zehen oder gingen im Stiegenhaus in angemessenem Abstand aneinander vorbei.

In der Wohnung schaltete ich den Fernseher ein und sah in den Spätnachrichten die gewohnten Bilder von den Pressekonferenzen und kleineren Katastrophen des Tages. Ich war schon erleichtert darüber, keine Nachrichten von größeren Unglücken aufschnappen zu müssen: Der Tag war vergangen ohne weitere Zwischenfälle. Irgendwo demonstrierten in unserer Stadt Menschen, weil ein Park einer Wohnanlage zum Opfer fallen sollte. Das war der Aufreger des Tages. In meinem Kopf aber pochte der Satz, den die fremde Frau heute Abend zu mir gesagt hatte. Ich wusste, dass ich keinen Schlaf würde finden können.

Vorher wurde ich ohnehin von eine Gelse belästigt, die in der Küche um den Lampenschirm kreiste. Ich schloss sofort alle Fenster und machte mich auf die Jagd. Ich bezeichne mich als analogen Gelsenjäger, was bedeutete, dass ich bei der Gelsenjagd weder chemische Waffen noch andere elektronisch-technischen Hilfsmittel verwendete. Seit einiger Zeit benutzte ich eine Adalbert-Stifter-Ausgabe mit dessen Erzählungen, die ich auf einem Flohmarkt günstig erworben hatte. Das Buch war vom Format her nicht zu klein, lag aber dennoch gut in der Hand und wog so viel, dass ausreichend Anpressdruck erzeugt werden konnte. In mehreren leidgeprüften Nächten hatte ich die Wirkung der Adalbert-Stifter-Werkausgabe als Anti-Gelsen-Waffe und Wurfgeschoss vor allem an die Decke erfolgreich und zufriedenstellend ausprobieren können. Der psychologische Effekt, das Ergebnis des Anwurfes, der eigentlich ja ein Aufwurf, besser noch ein Hinaufwurf war, unmittelbar feststellen zu können, war enorm und motivierend. Ein Fehlwurf konnte durch einen erneuten Wurf korrigiert werden, ein Treffer zeitigte sofort einen dunklen, matschigen Fleck an der Decke oder aber, wenn es sich um eine Gelse handelte, die sich bereits an mir vergriffen hatte, einen hellroten Blutfleck. Den Aufpralllärm, der durch den Stifter-Band erzeugt wurde, verrechnete ich als Lärmausgleichskompensation an das Ehepaar Hüsch für vergangene Polterereignisse, die Lärmbilanz zwischen den Apartments schien mir danach ausgeglichen, selbst wenn ich nachts am Keyboard übte, verwendete ich Kopfhörer.

Dieses Jahr konnte als ausgesprochen hartnäckiges Gelsenjahr bezeichnet werden, keine Ahnung, woher mitten in der Stadt diese Horden an Stechmücken kamen, die ihre Existenz ja stehenden Gewässern oder Tümpeln und Regentonnen verdankten. Mit einem gezielten Wurf an die Decke formte sich ein neuer, dunkler Fleck aus Chitin, der die ursprüngliche Körperstruktur der Gelse noch ungefähr erahnen ließ. Ein wenig erinnerte mich der insektide (existierte dieses Wort?) Abdruck an der Decke an die gepressten Pflanzen in meinem Herbarium, das ich vor Jahrzehnten als Schüler der Unterstufe erstellt hatte. Ich lobte mich innerlich für den gelungenen Buchwurf und machte sofort einen kurzen Kontrollgang ins Schlafzimmer, um Ausschau nach weiteren Gelsen zu halten. Als ich das gekippte Fenster schloss, warf ich einen Blick über den Innenhof in die Wohnung schräg gegenüber, in der ich seit einiger Zeit regelmäßig die Bewegungen einer jungen Frau beobachtete, die keine Gardinen zuzog, weil sie das Anbringen von Vorhängen wohl uncool und überflüssig für eine Wohnung ihres Geschmacks fand: Von schräg unten sah ich in die kleine Wohnküche, in der zwar Licht brannte, sich aber im Moment nichts bewegte. Meine beiläufigen Beobachtungen hatten mittlerweile ergeben, dass die junge Frau allein wohnte und keine regelmäßigen Besuche empfing. Wieder zurück in der Küche, beschloss ich, mir noch eine Tasse entkoffeinierten Kaffees zuzubereiten. Für solche Bedürfnisse hatte ich eine Packung Instantpulver gekauft, das nur mit heißem Wasser aufzugießen war. Ansonsten bevorzugte ich Filterkaffee. Im Kühlschrank entdeckte ich, dass keine Milch mehr da war. Für den Fall hatte ich eine Plastikdose mit Kondensmilch parat. Das Öffnen der Dose hatte mir immer schon Schwierigkeiten bereitet, obwohl an ihr der Vermerk *kräftig drücken, dann Lasche anheben* angebracht war. Außerdem stand in Versalien das Wort PRESS auf der Lasche. Trotzdem war ich schon mehrmals beim Öffnen gescheitert und hatte dann ein spitzes Messer gebraucht, um an die Kondensmilch heranzukommen. Bei dieser nicht ganz ungefährlichen Operation fiel mir mein Kollege Holger Wuttke ein, der mir im Pausenraum unseres Instituts ein YouTube-Video aus den siebziger Jahren gezeigt hatte, in dem ein Direktor einer Kondensmilchdosen-Fabrik kurz nach Einführung des Tetrapak im Fernsehen vor laufender Kamera daran gescheitert war, den Verschluss zu öffnen, und sich mit Milch vollgekleckert hatte.

Die Dose mit der Kondensmilch hatte auf dem Küchentisch einen weißen Ring aus Milch gebildet, den ich ausführlich betrachtete. Ein Insekt, das Milchprodukten nicht abgeneigt war, würde an dieser feingezeichneten Null aus Milch wohl eine abgerundete Abendmahlzeit vorfinden. Eben aber hatte ich das einzige im Raum befindliche Insekt mittels Buchanwurf erledigt.

Spätnachts saß ich vor dem Computer. Ich störte niemanden. Ich ging zu Bett, wenn mir danach war, ich stand auf, ohne den Betrieb der Welt zu stören.

Ich hatte nichts weiter in der Hand als einen Namen, den ich niemals vorher gehört hatte. *Weil wir den glei-*

chen Vater haben; wenn dieser Satz stimmte, dann hatte ich soeben erfahren, dass mein Vater noch ein Kind gezeugt hatte, außer uns, seinen ehelichen Kindern. Zuerst dachte ich: *noch ein Kind*. Dann dachte ich: *mindestens noch ein Kind* und musste lachen. Die Vorstellung war so absurd wie überwältigend.

Der Satz kreiste weiter in meinem Kopf. Der Historiker, der Rationalist in mir versuchte, die Oberhand über meine Ratlosigkeit zu gewinnen. In meinem Kopf überschnitten sich Vorstellungen von Sätzen, die ausgesprochen eine jähe Stimmungsveränderung hervorriefen: *Sie haben Krebs. Sie bekommen die Stelle. Sie haben gewonnen. Sie werden entlassen. Sie sind gefeuert. Ich möchte dich heiraten. Ihr Kind ist tot. Morgen verlasse ich dich.* Sätze wie Kreuzungen. Sätze, die ausgesprochen wurden und vom Moment des Aussprechens an das Leben in eine bestimmte Richtung lenkten. Nach links. Nach rechts. Hinauf. Hinunter. Sätze, die, kurz nachdem sie ausgesprochen waren, dem Leben eine Wende gaben. Ich spürte mein Herz pochen und bemerkte, dass mir der Schweiß ausbrach.

Wie immer versuchte ich mich durch eine Denkübung aus dem Gefühlswirbel zu ziehen. Da gab es die Liste meiner eigenen Lebenssätze, die mir durch den Kopf schwirrten, eine Liste lapidar kurzer Sätze, die mein Leben gelenkt hatten:

Max ist tot (mein kleiner Bruder, der als Säugling gestorben war). Mama ist tot. Du kommst ins Internat. Leirich, das Historische könnte Sie interessieren (ein Lehrer). Wir bedauern, Sie nicht aufnehmen zu können (am Aushang der Musikhochschule). Da kann ich leider nichts für Sie machen (ein Professor nach Abschluss meiner Dissertation, als ich einen Job suchte). Wir soll-

ten heiraten, meinst du nicht? (Ariane) Es ist ein Mäd-chen (bei der Geburt unserer Tochter). Papa ist tot. Ich gehe (Ariane). Und dann: Weil wir den gleichen Vater haben.

Ein hechelnder Durchlauf durch meine Biografie, der die skurrilen, tragischen Wendungen meines Lebens beschrieb. Jeder Satz eine Weichenstellung, eine Fest-legung, jeder Satz, der mich ein Stückchen weiterschob im Dickicht meines Lebens, ein Labyrinth hindurch, in dem es nur eine Richtung gab, nämlich vorwärts, seit Jahren ruckelnd vorwärts, gefühlt abwärts, und wo irgendwo (unten? seitlich?) ein Ausgang lauerte, Exit, und ein Satz: *Er ist tot.* (Der sollte dann mir gelten.)

Oder es wartete ein anderer Imperativ, wie ich ihn als Ministrant in meinem Heimatdorf besonders drama-tisch in Erinnerung hatte: *Auf!* Es war das Kommando des Bestatters Willi Dorfner für die Träger, zwei Hölzer, auf denen der Sarg über der offenen Grube lag, weg-zunehmen und den Sarg dann vorsichtig ins Grab zu senken. Das Kommando *Auf!* setzte die letzte kurze endgültige Bewegung eines Toten in Gang, hinunter ins Grab. Mich wunderte, dass mir plötzlich dieser schräge Bestatter einfiel, der mich wegen seiner Schirmmütze immer an einen Seemann oder einen Kapitän erinnert hatte. Ein Kapitän beaufsichtigte (für mich als Kind) in unserem Dorf die letzte schaukelnde Ausfahrt eines Toten (der Sarg wurde damals noch auf den Fried-hof getragen; selbst dieser Vorgang findet heute fast ausschließlich mit motorisierten Wägelchen statt) und gab seltsam klingende Bibelverse wie *Ich weiß, bei dir wohnt Milde und dein Gesetz gibt mir Vertrauen* von sich. Mir fiel ein, dass dieser Bestatter auch als Aus-richter des jährlichen Sporthöhepunkts von S., einem internationalen Motocross WM-Lauf, aufgetreten war. Beim ersten von ihm organisierten Straßenrennen war es gleich zu zwei tödlichen Stürzen gekommen. So war, wie sich die Leute später erzählten, der skurrile Fall eingetreten, dass Dorfner zuerst als Veranstalter des Todesrennens (unvermutet, absichtslos) und später als Bestatter der zu Tode gekommenen Fahrer (folgerichtig) fungierte und damit doppelt profitiert hatte. Diese Koinzidenzbehauptung war aber unbestätigt und historisch nicht mehr nachweisbar.

Dann tippte ich den Namen in den Computer, der so gar nichts mit mir zu tun zu haben schien: Johann Preinfalk. Die Suche ergab sofort einen Treffer und lieferte ein Ergebnis, das mir bereits bekannt war: die Telefonnummer und die Adresse. Er lebte in der Nähe der Pfarre, wo ich meinen Vortrag gehalten hatte. Nur einen längeren Fußmarsch entfernt davon. Er hatte von dem Termin gewusst. Er war aber nicht zu meinem Vortrag erschienen.

Dann entdeckte ich eine Ergebnisliste mit dem Namen Johann Preinfalk auf der Homepage eines Sportvereins. Er führte zahlreiche Sektionen, von Fußball über Judo bis Tischtennis. Ich klickte die Sparten durch, rief zuletzt die Stockschützen auf.

Ich scrollte die Seite hinunter zu der Fotoserie einer Vereinsmeisterschaft. Kleinformatige Aufnahmen eines Asphaltplatzes waren das, zum Teil aus großer Entfernung aufgenommen, unter ihnen ein Stillleben mit vier Asphaltstöcken. Am Schluss dieser Serie dann ein paar Aufnahmen, offensichtlich aus einem Vereinslokal. Gutgelaunte Männer saßen an einem Tisch, einer der Männer hatte wie zum Scherz eine Kieferbinde um den Kopf gebunden. Das nächste Foto zeigte ein Porträt dreier älterer Herren, alle drei lachend, der Mann in der Mitte hatte seinem Sitznachbarn freundschaftlich die Arme um die Schultern gelegt. Dieser Mann sah aus wie mein Vater, ich sah meinen Vater, so wie er mit vielleicht sechzig Jahren ausgesehen hatte: sein Gesicht, sein Lachen, die Form seiner großen Ohren, eine Hakennase, seine nach hinten verlaufende fliehende Stirn. Aber die Aufnahmen stammten aus dem Jahr 2012. Damals war mein Vater bereits sechzehn Jahre tot gewesen. Ich spürte, wie sich etwas in mir gegen dieses Erkennen sträubte. Wie ich mir wünschte, einem Irrtum aufzusitzen. Aber da gab es keinen Irrtum.

Nebenbei lief im Radio das Nachtkonzert, die Schwärmerei, die mich in Bezug auf Musik oft befiel (unglaublich, in welch verschwenderischer Vielfalt die Historie Komponisten hervorgebracht hatte: Ries, Bertali, Reinecke, Braunfels, Weinberg, Herschel, Mealli, Namen, die ich noch nie gehört hatte und die doch alle Könner ihres Fachs gewesen waren!), stellte sich heute nicht ein.

Zuerst einmal wollte ich bei den Fakten bleiben. Eine unbekannte Frau hatte mir eine Telefonnummer und den Namen eines Mannes in die Hand gedrückt. Ich hatte noch nie von dem Mann gehört. Er wusste offenbar, wer ich war. Er wusste, wer sein Vater war. Hatte er behauptet. Ich hatte eben sein Foto im Internet gesehen. Auf jeden Fall sah er meinem Vater ähnlicher als ich ihm. Der Mann war sichtbar älter als ich. Warum hatte er so lange geschwiegen? Der Vater war doch lange schon tot. Welche Absicht verband sich mit der Nachricht an die Frau? Wollte er, dass diese mich informierte? Wenn ja, warum jetzt? Warum überhaupt? Konnte ich die Nachricht einfach abtun? Mich so verhalten, als ob die Frau mir den Zettel nicht in die Hand gedrückt hätte? Hatte sie mir damit etwas an den Hals geschafft, womit ich mich beschäftigen musste? Sie sind Historiker, hatte sie gesagt. Was bedeutete das? Sollte ich einen Informationskongress einberufen? Das Faktum spektakulär enthüllen? Sollte ich der Sache nachgehen, in einer Angelegenheit wühlen, die offenbar nicht meine, sondern die meines Vaters gewesen war? Hatte es etwas in seinem Leben gegeben, wovon ich vielleicht gar nichts wissen wollte? Welche Anstrengungen lauerten, wenn ich mich mit dieser Sache zu beschäftigen begann? Musste ich Zahlungen leisten? Bedeutete das womöglich, für eine Sünde des Vaters zu büßen? Oder sollte ich die Nachricht als wundersame Botschaft auffassen? Wo sollte ich anfangen? Sollte ich den Typen einfach anrufen? Sollte ich jemanden aus meinem Umfeld informieren? Meine Schwestern? Meine Ex? Meine Tochter? Margit, die Halbverflossene? Meine Kollegin Gabriele, die jüngst Ersehnte? Meinen Freund Konrad, den Psychotherapeuten? Sollte ich nach der Frau suchen, die mir den Zettel in die Hand gedrückt hatte?

Der pedantische Anteil in mir gewann allmählich die Oberhand über die schreckbesetzten Bezirke in meinem Kopf. Pedanterie – Erschrecken 1:0. Ich schrieb eine Liste.

Instinktiv schloss ich aus, als erstes Johann Preinfalk anzurufen. Dazu wusste ich zu wenig über ihn. Ich würde mich auf ihn vorbereiten müssen. Mich vielleicht mit einer Person meines Vertrauens beraten. Auf einen Zettel schrieb ich eine Reihe von Namen, spontan und ungeordnet. Margit. Gabriele. Ariane. Hanna. Ulrike. Judith. Konrad. Ich begann die Liste durchzudenken.

Margit also. Sie arbeitete als Helferin beim praktischen Arzt im vierten Stock unseres Hauses. Ich hatte sie zufällig in der Mittagspause unten im Park kennengelernt, als sie sich für eine kurze Rast auf eine Bank setzte und einen Bulgursalat aus der Plastikdose löffelte. Über ein paar Banalitäten waren wir ins Gespräch gekommen, erst als wir gemeinsam ins Haus traten, stellte sich heraus, dass sie ein Stockwerk über mir ihren Dienst versah. Die Formulierung *so ergab eins das andere* war in Bezug auf Margit tatsächlich zutreffend. Irgendwann einmal traf ich sie im Treppenhaus, beim Abholen eines Rezepts tauschten wir etwas verstohlen die Telefonnummern aus, wenige Tage später gingen wir miteinander essen, wo mir Margit die Geschichte ihrer Misere darlegte (sie befand sich in der Trennungsphase von ihrem Mann, einem Immobilienmakler), irgendwann einmal saßen wir spätabends in der Ecke eines Gastgartens, wo es zu ersten einvernehmlichen Annäherungen kam. Kurz darauf besuchte mich Margit dann ein paarmal in meiner Wohnung, wo die Einvernehmlichkeit an Heftigkeit zunahm. In der intensivsten Phase erreichten mich während des Tages mehrere Margitsche SMS, die ich unverzüglich beantwortete. Zum Konflikt mit ihrem Mann kamen Auseinandersetzungen mit ihren Kolleginnen (es ging um Arbeitszeiten, um Eifersucht und Konkurrenz, sie fühlte sich vor allem ungerecht behandelt). Tatsächlich war es nicht einfach, sie zu treffen. Margit achtete penibel darauf, dass nicht ruchbar wurde, dass sie einen Mann kennengelernt hatte, der ausgerechnet in dem Haus wohnte, in dem sie arbeitete. Meine naive Fantasie, dass Margit in der Mittagspause nur ein Stockwerk herabzusteigen brauchte, um mich in meiner Wohnung zu besuchen, verblasste rasch, weil sie während der Dienstzeiten (und also auch in der Mittagspause) keine Lust auf eine rasche Entspannung hatte und noch weniger darauf, beim Verlassen der Wohnung von wem auch immer gesehen zu werden. In den letzten Wochen hatte die Frequenz der SMS von Margit auf dramatische Weise nachgelassen, was ich mir nicht erklären konnte. Über Monate hatte ich ihren Scheidungsprozess wohlwollend und freundschaftlich zuhörend begleitet, nun aber, da die Trennung abgeschlossen war und Margit sich *freier* fühlte, wie sie sagte, war meine Zuhörhilfe offenbar nicht mehr so dringend erwünscht. Kürzlich hatte sie vage angedeutet, dass sie nun ein paar Tage nicht erreichbar sei. Ich hatte es nicht gewagt, nachzufragen. Dem Impuls, einen Kontrollgang in die Praxis zu machen, um zu sehen, ob sie arbeitete oder zu eruieren, ob sie auf Urlaub gegangen war, hatte ich nicht nachgegeben.

Wenn ich ehrlich war, musste ich mir eingestehen, dass die Margitepisode möglicherweise bereits an ihr Ende gekommen war, darüber brauchte ich mir keine Illusionen zu machen. Dennoch überlegte ich kurz, sie jetzt spätnachts in ihrer neuen Singlewohnung anzurufen und ihr von einem möglichen Familienzuwachs zu erzählen. Ich verwarf den Gedanken, ich hatte sie zuletzt kontaktiert, jetzt war sie dran. Ich wollte nicht den Eindruck erwecken, ich laufe ihr nach oder sei von ihr abhängig. Vor Kurzem noch hatte ich ihr gestanden, dass ich oft an sie dachte und sie begehrte. Du solltest wissen, dass das Verb *begehren* für mich zu den Vokabeln der höchsten Kategorie gehört und von mir nur ganz selten ausgesprochen wird, hatte ich zu Margit gesagt. Sie hatte darauf mit dem kleinen, gurrenden

Lachen reagiert, das mich von Anfang an für sie eingenommen hatte. Jetzt aber Margit wegen dieses Preinfalk anrufen? Nein. Definitiv nicht.

Als Nächste stand meine Kollegin Gabriele auf der Liste. Unser Beziehungsstatus war im Augenblick nicht genau geklärt. Gabriele war Zeithistorikerin wie ich, sie hatte seit Jahren eine Dreivierteilanstellung an der Uni, gemeinsam hatten wir bereits mehrere Lehrveranstaltungen abgehalten. Wir trafen uns gelegentlich auf einen Kaffee oder zum Essen. Mit Gabriele fanden sich, auch wenn ich sie länger nicht gesehen hatte, sofort Gesprächsthemen. Sie liebte Jazz wie ich, vor allem vokalen. Und meistens hatte ich mit ihr auch etwas zu lachen.

Sie war schlagfertig, ein wenig frech, wirkte fast immer fröhlich und gehörte zu den Menschen, deren Nähe ich mir heimlich wünschte. Außerdem war sie hübsch, allerdings verheiratet. Sie war einige Jahre jünger als ich. Daher hatte ich nie daran geglaubt, dass aus unserem freundschaftlichen Verhältnis einmal mehr werden würde. Seit einem gemeinsamen Erlebnis, das uns zwei Monate vorher beim Institutsausflug ungeplant und unvermutet nähergebracht hatte, hatte ich Gabriele auf meiner kleinen, ungeschriebenen Zukunftsliste als Hoffnungsprojekt verzeichnet. Der Ausflug hatte in die Wachau inklusive einer Nächtigung in einem Hotel in Spitz an der Donau stattgefunden. Nach dem Abendessen in einem Heurigenlokal war unsere kleine Gruppe zu Fuß ins Hotel zurückgekehrt. Die meisten von uns waren etwas alkoholisiert und suchten sofort das Bett auf. Der Abend war warm, der Himmel klar. Gabriele hatte spontan vorgeschlagen, noch kurz zur Donau hinunterzugehen, ich war ihr gefolgt. Auf einer Bank ließen wir uns nieder, schauten in den Sternenhimmel und wurden uns über die mangelhafte Qualität eines sogenannten *Bratlgeigers* einig, der uns beim Abendessen mit seinem Spiel zwangsbeglückt hatte. Zuerst streifte ich zufällig Gabrieles Handrücken, später ihren nackten Unterarm. Kurz darauf lehnte sie sich an mich, bald darauf küssten wir uns. Im Nachhinein stellte sich diese Annäherung als stringente und den Ereignissen des Abends folgerichtige dar. Ich war leicht angeduselt, hatte wohl auch für einen Moment einen Zustand der schwebenden Wahrnehmung erlebt und erinnere mich an einen Seufzer des Wohllauts, der aus Gabrieles Körper drang, als wir uns küssten. Beide hatten wir unsere Brillen beim Kussvorgang anbehalten. Die Zartheit des unvermuteten Kusses war dann wohl in einen kurzen Anfall haptiler Gier meinerseits übergegangen, den Gabriele offenbar zu genießen schien. Von diesem Abend an teilten wir also eine kleine erotische Erfahrung, die bisher glücklicherweise weder Klammerversuche noch weitere Begehrlichkeiten ausgelöst hatte: Seit dem nächtlichen *Vorfall* in dem bekannten Weinort in der Wachau hatten wir uns kein einziges Mal gesehen, im Sommer lediglich ein paarmal miteinander telefoniert. Aber wir teilten nun ein kleines Geheimnis, das den anderen hoffentlich verborgen geblieben war. Möglicherweise waren seit dem Wachau-Ausflug die Chancen gestiegen, dass sich mein Verhältnis zu Gabriele über das Stadium freundlicher Sympathie hinaus entwickeln würde.

Die Sehnsucht, jetzt mit ihr zu telefonieren und ihr von dem Vorkommnis zu erzählen (sie beschäftigte sich mit Biografieforschung, vielleicht interessierte sie mein

Erlebnis auch als Wissenschaftlerin), überfiel mich unvermittelt und mit leisem Verlangen.

Ich drückte Gabrieles Nummer, die in meinem Handy eingespeichert war, und war enttäuscht, als ich nur ihre Stimme auf dem Anrufbeantworter vernahm. Leicht verstimmt legte ich auf, der Wunsch, Gabriele mitten in der Nacht erreichen zu wollen, war verwegen gewesen. Vielleicht war sie irgendwo unterwegs, vielleicht schlief sie schon.

Ariane stand als Nächste auf der Liste. Ich wusste aber sofort, dass es illusorisch war, mich an sie zu wenden. Dazu waren wir schon zu lange getrennt. Ihr hatte ich früher immer alles als Erste erzählt und dargelegt. Zu Arianes Stärken gehörte es zweifellos, dass sie sich – im krassen Gegensatz zu mir – sagenhaft gut abgrenzen konnte. Dinge, die sie nicht interessierten oder die sie instinktiv ablehnte, schüttelte sie ab wie ein Hund, der gerade aus dem kalten Wasser kam, und in einer Geschwindigkeit, die manchmal das Ende meiner Erzählung überrundete. Ich begann zu erzählen und sie rollte mit den Augen und ich war informiert und ruhiggestellt oder es kam zum lauten Streit. Ich habe nie jemanden kennengelernt, der so schnell zu einem Urteil über eine Sache oder eine Person gekommen war wie sie. Wenn ich gut gelaunt war und bei Kräften, konnte ich diese Blitzurteile, die leider oft auch negativ (aus meiner Sicht) ausfielen, mit einem Scherz abfedern, indem ich sagte, die Rakete spricht, oder jetzt hast du wieder den Turbo gezündet oder ähnlich Albernes, womit ich auf die europäische Trägerrakete gleichen Namens anspielte, ein Scherz, der meistens das Gespräch sofort vergiftete. Möglicherweise hatte ich das Prinzip, Schlimmes oder Unangenehmes zu antizipie-

ren, im Lauf der Jahre auch auf Arianes Gesprächs-
verhalten angewendet und mein Mitteilungsbedürfnis
nach und nach gedrosselt. Eigenartig, dass sie mir dennoch eingefallen war. Früher hätte sie mir zugehört, aus
dem Bauch heraus geurteilt und vielleicht sofort gewusst, wie ich vorzugehen hatte. Wir lebten aber seit
sieben Jahren getrennt, waren seit fast fünf Jahren geschieden und telefonierten nur mehr selten miteinander – eine Form der Distanz, die uns nach einer längeren
Kontaktlosigkeit als praktikabelste aller Möglichkeiten
erschien. Wir waren eine erkleckliche Strecke unseres
Lebens parallel marschiert, irgendwann hatten sich
unsere Wege getrennt, über Hanna blieben unsere Exis-
tenzen bis an unser Ende verbunden. Ariane würde ich
also nicht informieren, natürlich nicht.

Mein nächster Gedanke galt Hanna. Sie jetzt anrufen
und ihr von diesem Johann Preinfalk erzählen? Der,
wenn stimmte, was behauptet wurde, ihr Onkel war?
Ich hörte direkt ihr helles Auflachen, das Ungläubig-
keit ausdrückte. *Chill deine Basis*, erklärte sie mir
neuerdings, wenn sie mich beruhigen wollte. Vielleicht
hätte sie mich für verrückt erklärt.

Jetzt war unsere Tochter siebenundzwanzig, lebte in
Wien und führte dort ihr eigenes Leben, angeblich mit
zwei Frauen in einer WG. Ich hatte die WG noch nie
betreten.

Zu oft verspürte ich das schlechte Gefühl, mich seit
Längerem zu wenig um sie zu kümmern. Der Gedanke
befiel mich regelmäßig und traf mich immer unvor-
bereitet. Ich wusste zu wenig von Hanna, wie es ihr
erging, wie sie versuchte, ihre manifeste Prokrastination
in den Griff zu kriegen (sie schob ihre letzte Master-
prüfung seit mehr als einem Jahr vor sich her), ich mä-

kelte höchstens an der Tatsache herum, dass sie sich von ihren Eltern noch immer teilalimentieren ließ. Das, was sie durch das Kellnern in einem Lokal verdiente, war ihr zum Leben zu wenig und hielt sie erst recht vom Studienabschluss ab. Ab und zu jobbte sie bei einem Trendforschungsinstitut. Gab es Studien darüber, dass sich Prokrastination vererbte? Hatte ich Hanna überhaupt jemals darüber aufgeklärt, dass sie diese Aufschubstendenz möglicherweise von mir, ihrem Vater geerbt hatte? Ich rief sie regelmäßig an, machte offenbar aber irgendetwas falsch, wenn ich sie einlud. Sie schlug meine Einladungen nämlich fast immer aus, außer wenn es um Weihnachten und ein Treffen rund um meinen Geburtstag ging. Dabei wusste ich, dass wir uns sehr mochten. Unsere Zuneigung kam aber eher wortlos daher. Hatte sie mir die Trennung von Ariane jemals verziehen? Wir hatten uns darüber nie unterhalten.

Ich war zu müde, um die Liste bis um Ende abzuarbeiten. Ich würde morgen weiter überlegen. Und vielleicht eine meiner Schwestern anrufen. Oder mit Konrad ein Treffen vereinbaren.

Beim Zähneputzen dachte ich an meinen Vater. Als ich studiert hatte, war er schon in Rente gewesen. Alle paar Wochen war ich nach Hause gekommen und hatte mich gewohnheitsmäßig mit einem Stoß alter Zeitungen (der Vater wusste, dass er sie für mich aufbewahren musste) in mein Zimmer zurückgezogen und den ganzen Packen durchforstet. Mein Zimmer lag neben dem seinen, auch der Vater legte sich nachmittags gerne zum Ausruhen ins Bett. Durch eine einzige Mauer getrennt, hörte ich ihn husten und schnarchen. Eine Erinnerung an ihn war: dass ich mir damals als knapp Zwanzigjähriger oft bewusst gemacht hatte, dass der Vater jetzt, im Moment, lebte. Ich hörte ihn durch die Wand hindurch sich räuspern, hörte, wenn er sich schnäuzte, hörte, wenn er hustete. Seltsamerweise ging mir damals der Satz durch den Kopf: Jetzt höre ich dich. Noch. Noch lebst du. Es wird der Tag kommen, da werde ich dich nicht mehr hören. Nichts mehr von dir. Du wirst nicht mehr da sein. Ich lag dann in meinem Zimmer und war dankbar für den Augenblick. Ich nahm den Augenblick wahr, den Moment: Jetzt. Jetzt leben wir.

Ich ging in mein Schlafzimmer und legte mich ins Bett. In der Wohnung war es ruhig. Kein Geräusch, kein Husten, kein Schnäuzen aus einem Nebenzimmer. Ich sah auf die Uhr. Es war halb zwei. Morgen musste ich früh zur Universität aufbrechen. Ich sah die Frau auf dem Fahrrad vor mir.

Spätnachts legte ich eine Aufnahme mit der feinen Stimme von Chet Baker auf: *I fall in love so easily: My heart should be well schooled' / Cause I've been fooled in the past / But still I fall in love so easily / I fall in love too fast /* sang Baker. War das bloß ein simpler Text oder beschrieb der Text eine simple Wahrheit?

Lieder mit Sätzen des Inhalts über Männer, die bei Verliebtheit rasch in die Verwirrung hineindelierierten, gab es wahrscheinlich zu Tausenden. Ein Lied mit dem Satz *Weil wir den gleichen Vater haben* war mir unbekannt.

2

Morgens erwachte ich in diffuser Stimmung. Ich duschte, ich trank einen schnellen Kaffee, ich sah, dass die junge Frau in der Wohnung schräg gegenüber im Nachtgewand barfuß durch ihre Küche lief. Eine Fleischfliege krachte brummend gegen das Fenster. Mir fiel ein, dass Hanna in der frühen Pubertät versucht hatte, Fliegen mit bloßen Händen zu schnappen. Irgendwann einmal war es ihr zufällig gelungen, eine Fliege beim Abheben zwischen ihren Handflächen einzufangen. Ab da hatte sie an ihre Fähigkeit geglaubt, schnell genug zu sein, um spielend Fliegen zu erhaschen, obwohl ich ihr erklärt hatte, dass Fliegen mit ihren Facettenaugen die Bewegung unserer Hände gewissermaßen wie in Zeitlupe verfolgten und sich daher rechtzeitig aus dem Staub machen konnten. Ob meine Fliegenflugerklärung naturwissenschaftlich gesehen richtig gewesen war, wusste ich bis zum heutigen Tag nicht. Hanna hatte monatelang ihr Fliegenfangspiel fortgesetzt, bis sie begann, Wespen in Marmeladegläser zu sperren und in Gefangenschaft zu beobachten.

Ich ließ die Fliege in Ruhe. Obwohl alles für ein Frühstück in der Wohnung vorrätig war, ging ich aus dem Haus. Ein schöner Spätsommertag hatte begonnen, in einer Bäckerei bestellte ich Kaffee und eine Buttersemmel, die ich im Stehen aß. Ich hatte die irrwitzig egomanische Vorstellung, jemand könnte mir gratulieren, so wie man einem neugebackenen Vater zu seinem Nachwuchs gratulierte. Ich war über Nacht nicht Vater geworden, wohl aber Bruder eines Bruders. Eines offenbar älteren Bruders. Beim Aufstehen hatte ich das Foto noch einmal analysiert. Da lachte mein

Vater vom Bildschirm, es war verrückt. Der Erwachsene in mir begriff bald, dass die Gratulationen ausbleiben würden. Die Verkäuferinnen in der Schnellbäckerei waren freundlich wie immer, aber sie gratulierten mir natürlich nicht. Nach dem Frühstück erfasste mich eine Stimmung nervöser Planlosigkeit, in der ich nicht in die Wohnung zurückgehen wollte, obwohl es jetzt endgültig Zeit war, die Unterlagen für die Lehrveranstaltungen durchzugehen. Die Nachricht von gestern hatte mich aber in einer Weise durchgerüttelt, dass ich, so kann man sagen, ordentlich durcheinander war.

Über die Jahre hatte ich mir ein System vorauseilender Schutzgedanken aufgebaut. Ich neigte dazu, jederzeit mit allem zu rechnen. Genauer gesagt, ich hatte Angst davor, ständig mit allem rechnen zu müssen, auch mit dem Schlimmsten. Ich malte mir aus, wie ich reagieren würde, wenn etwas sehr Schlimmes eintrat. Ich überlegte, wie ich mich am besten von vornherein so verhielt, dass das Schlimme nicht geschah. Oder, falls ich das Schlimmste nicht verhindern konnte, dass ich mich wenigstens so weit wappnete, dass ich es nicht mehr als das Schlimmste auffassen musste, weil ich ja bereits damit gerechnet hatte.

Im Internat hatte ich mir einmal in der morgendlichen Eile mit einer erst neu angeschafften Brille am Kopf die Haare gekämmt und die Brille in einem unbedachten Augenblick mit dem Kamm vom Kopf und zu Boden gefegt, wo ein Glas zu Bruch gegangen war. Eine Brille war teuer, natürlich hatten wir keine Bruchversicherung abgeschlossen und außerdem war ich durch den Glasbruch für mindestens einen Tag schwer sehbeeinträchtigt. Noch vor dem Spiegel, die Scherben zusammenklaubend, mit Tränen der Wut in den Augen, schwor ich mir, dass dieser Fall nie mehr eintreten sollte. Ich wertete diese Anekdote weniger als Beleg für ein vermeidendes, vorausschauendes Verhalten als das einer Konditionierung. Die unbedachte Bewegung hatte zur Folge, dass ich für immer lernte, vor dem Kämmen die Brille abzulegen.

Nicht das erste Mal, aber beinahe das erste Mal in meinem Leben, dass etwas wirklich Schlimmes geschah, war, als meine Mutter starb. Der Vorgang ihres Sterbens ereignete sich buchstäblich über Nacht. Das achtjährige Kind wusste zwar, dass die Mutter erkrankt war und am nächsten Tag ins Krankenhaus gehen sollte (die Ursache der Erkrankung war dem Kind unbekannt), daher verabschiedete ich mich von der Mutter mit einer Umarmung und einem Kuss, wie sich ein Kind von seiner Mutter abends verabschiedet. Der Unterschied zu anderen Abschieden lag offenbar in einem Satz, den die Mutter zu mir sprach und der später noch viele und verhängnisvolle Grübeleien im Kind, im Jugendlichen, im Erwachsenen auslösen würde: *Du bist ja schon groß.*

Es war der letzte Satz gewesen, den die Mutter zu mir gesprochen hatte. Daraufhin war ich in mein Zimmer und ins Bett gegangen. Als ich aufwachte, war die Mutter – nach dramatischen nächtlichen Ereignissen, von denen ich nichts mitbekommen hatte – bereits tot. Einmal noch, am Nachmittag des folgenden Tages, in der Prosektur des Krankenhauses, gab ich meiner toten Mutter einen letzten Kuss auf die Wange. Es war nicht das erste Mal, dass etwas Schlimmes geschehen war im Leben des Kindes, aber dieses Schlimmste war völlig unvermutet und, wie man sagt, aus *heiterem Himmel* geschehen. Der Himmel hatte sich verdüstert an diesem

Tag, in einer Art, mit der nicht zu rechnen gewesen war. Besser: mit der das Kind nicht gerechnet hatte.

Mit diesem Geschehen hatte sich eine Erfahrung in das Kind eingebrannt, die für eine gesamte Lebensexistenz reichte: Es gab Dinge, mit denen zu rechnen war. Man konnte nicht vorsichtig genug sein, gegen das gewappnet zu sein, was einem zustoßen konnte. Meine Neigung, ständig mit dem Schlimmsten zu rechnen, war daher auch die Folge dieser traumatischen Erfahrung und mein Versuch, das Schlimmste vorausschauend zu bannen. Eine Art psychischer Trauma-Panzerung? Eine Trauma-Wappnung? Eine Schreckens-Prävention?

Aber warum bedeutete das Auftauchen eines möglichen Bruders etwas Schlimmes? Hatte ich mir nicht eben noch eingebildet, jemand könne mir zum Auftauchen des bisher nicht Existenten gratulieren? Mich ärgerte, dass ich mich gedanklich wieder einmal zu einer Art Opfer stilisiert hatte, etwas, das ich unbedingt vermeiden wollte. Ein Opfer ist passiv, stumm, dumpf und bewegungseingeschränkt. Als Kind hatte ich mich nicht und niemals als Opfer gefühlt. Ich hatte die Umstände meiner Existenz so akzeptiert, wie sie waren. Ich hatte ohnehin keine Wahl gehabt. Dem Vater waren gleich zwei Mal die Frauen gestorben. Systemtechnisch hatte es sich bei uns schon damals um eine Patchworkfamilie gehandelt, ohne dass der Begriff damals gebräuchlich gewesen war: Ulrike war das Kind aus Vaters erster Ehe, ich und Judith stammten aus der zweiten. Schicksalsmäßig schien das Unglück unserer Familie in den Zusammenhang des Dorfes eingepasst. Das Vergleichen, das Hineinrutschen in schicksals-retuschierende Fantasie-Biografien, mein mich Hineinreklamieren in fremde, erfundene Lebensläufe (mein Vater war Universitätsprofessor, meine Mutter Ärztin, ich habe in Wien, Cambridge und Singapur studiert und ein Auslandsjahr *in den Staaten* absolviert) begann erst viel später, als der Zustand meines jederzeit kündbaren Status als Lehrbeauftragter unmerklich chronisch zu werden begann.

Als Kind hatte ich also immer mit allem Vorstellbaren gerechnet, ausgenommen einem Krieg – der letzte war gerade einmal fünfzehn Jahre vor meiner Geburt zu Ende gegangen. Schnell begriff ich, dass das Unvorhergesehene, eine Katastrophe, ein Unglück, ein Schicksalsschlag nicht nur die eigene Familie, sondern auch andere, benachbarte treffen konnte. Da ereigneten sich tödliche Raserunfälle junger Burschen, da verstarben Kinder plötzlich im Kleinkindalter, da starb ein junges Mädchen beim Bad am Samstagnachmittag wegen einer defekten Gasleitung, während die ältere Schwester den Unfall, bewusstlos geworden, überlebte, da wurde der beliebte Pfarrer während der Silvesteransprache vom Schlag getroffen und verstarb eine Woche später.

Alles also war denkbar. Mit vielem hatte ich in der Folge gerechnet. Dass ich nun einen Bruder hatte, konnte daher keine Katastrophe bedeuten, war aber eine überraschende Pointe, mit der ich nicht gerechnet hatte. Ich war vorläufig froh, dass eine Hemmung (nicht zu wissen, wem ich die Geschichte meines neu aufgetauchten Bruders mitteilen sollte) eine andere aufhob (dass ich nämlich die Vorbereitung auf das neue Semester vor mir herschob).

Wenig später war ich am Institut. Zu Semesterbeginn wehte mich dort eine Stimmung an, als könne alles, und also auch das eigene Berufsleben, noch einmal von vorn beginnen, als gewährten einem Herbst- und Schulbeginn eine Chance auf einen Neuanfang. Diese Hochstimmung hielt wie ein warmer Föhnsturm aber bloß ein paar Tage an und flaute dann rasch ab. Denn allen kindlichen, kindischen Erwartungen zum Trotz lief natürlich der Institutsbetrieb nach kurzer Zeit wie gewohnt und die Stimmung kippte, die notorisch gut aufgelegten Sekretärinnen ausgenommen, in einen Modus, über den ich in der Lage gewesen wäre, ein Stück zu schreiben. Einen Titel für dieses Schauspiel – eine tragische Komödie? – hatte ich mir bereits zurechtgelegt: *Die Fliehenden.* Wer auch immer als Lehrender ohne fixe Anstellung an der Uni zu tun hatte, der wurde schon nach wenigen Wochen Unterrichtstätigkeit von einem schwer zu zügelnden Fluchttrieb ergriffen, als würde es sich bei der Universität um eine gefährliche Zone handeln, um ein kontaminiertes Gelände, auf dem man sich eine ansteckende Krankheit einhandeln konnte. Der heftigste Wunsch aller Lehrenden bestand tatsächlich darin, nach Ende der jeweiligen Unterrichtstätigkeit so rasch als möglich zu fliehen. Egal wohin. Nach Hause, in einen Garten eines Einfamilienhauses in der Vorstadt, in ein Fitnessstudio, auf ein Mountainbike, zu einem abstrusen Hobby, zu einer heimlichen Nebenbeziehung oder vielleicht sogar an einen heimischen Schreibtisch, wo eine unabgeschlossene wissenschaftliche Arbeit lag.

Nichts von dieser Flucht-Atmosphäre war an diesem Tag zu spüren. Noch hatte es keine nervige Konferenz gegeben, manche waren noch gar nicht aus ihren jeweiligen Urlauben zurückgekehrt und reizten die freie Zeit bis zum letzten Tag vor Vorlesungsbeginn aus.

An den Anschlagtafeln waren die Zettel des vergangenen Semesters längst abgenommen worden, jetzt hing dort wieder Zukunft: Die Stundenpläne des folgenden Studienjahres mit den Kürzeln der Lehrenden.

In der Teeküche und auf dem anschließenden Balkon standen einige Kollegen, darunter Gabriele, tiefgebräunt, und Holger Wuttke, der Hobbyradleistungssportler, offenbar über den Sommer noch eine Spur schlanker geworden. Ich schnappte Sätze auf, die eine Art Kurzzusammenfassung von Sommerurlauben waren: war nicht ganz so toll, aber das Wetter hat uns entschädigt / ein paar Höhenmeter habe ich schon zusammengebracht / du kannst hinkommen, wo du willst, die Deutschen sind schon da (ein Satz, der gegen Holger gerichtet war) / und das Beste war dann, als ... / das Übliche halt / Familie, verstehst du ...

Jemand drückte mir einen Becher in die Hand und goss Kaffee ein, jemand legte mir kurz die Hand auf die Schulter: Und bei dir?

Bei Gabriele riskierte ich einen zweiten Blick. Sie war umringt, sie war besetzt, aber sie zwinkerte mir kurz zu: Ich interpretierte ihr Zwinkern als Zeichen eines Einverständnisses über unser sommerliches Erlebnis. Im Vorbeigehen drückte sie mir den Oberarm, eine Berührung, die ich als angenehm empfand. Ich überlegte kurz, wie viele der Anwesenden mich je anfassten, wen ich überhaupt nicht anfassen würde und bei welchen Kolleginnen eine Berührung vielleicht sogar als Übergriff interpretiert werden und notgedrungen eine unmittelbare Nachberührungsentschuldigung nach sich ziehen würde.

Ich klinkte mich aus der lauten und unstrukturierten Unterhaltung aus, noch ehe ich richtig eingestiegen war.

In der Straßenbahn hatte ich in der Gratiszeitung von einer Umfrage gelesen, laut der ein Drittel der Österreicher im Urlaub einmal eine Romanze erlebt hatte. Was genau mit dem Begriff Romanze gemeint war, war dem Artikel nicht zu entnehmen gewesen. Der Titel des Textes hatte etwas holprig *Ein Drittel der Österreicher hatte schon eine Romanze im Urlaub* gelautet. Für einen Moment sah ich mich im Lehrsaal zu meinen Studierenden sprechen: Die Art und Weise, wie wir über Wirklichkeit sprechen, ist Konstrukt. Genauso richtig (und so holprig) wäre es gewesen, *Zwei Drittel der Österreicher hatten noch keine Romanze im Urlaub* zu titeln. Die Überschrift war natürlich nicht gegendert gewesen. Ich sah noch einmal zu Gabriele hinüber und fragte mich, zu welchem Drittel sie wohl in diesem Sommer gezählt hatte. Ihr Mann arbeitete als Geschäftsführer einer Firma, die Kinder waren aus dem Haus, ihr Leben, gesettelt und abgesichert, war aber von einer steten unglücklichen Unruhe angekränkelt.

Unvermutet fielen mir mein Vater ein und sein offenbarer Sohn: Hatte es vielleicht in Vaters Leben eine Romanze gegeben, von der ich bisher nichts gewusst hatte? Wer war denn die Mutter gewesen? Und wenn Preinfalk Vaters erster Sohn war, war ich wohl ab jetzt der Zweitgeborene. Der Gedanke mutete seltsam an.

Beim Fußweg zurück zur Straßenbahn durchströmte mich ein kurzes Gefühl der Dankbarkeit, dass ich Holger Wuttke für diesen Tag ausgekommen war. Gleichzeitig schlug mein Vorurteilsbarometer aus. Auf meiner privaten Ressentiment-Skala stand Wuttke relativ weit oben. Es gab kaum eine Sitzung, in der einem Wuttke nicht einen Ratschlag erteilte, wie etwas zu bewerkstelligen, einzuschätzen, abzuhandeln, zu *wuppen* war, wie er gern sagte. Egal ob es sich um Fachliches oder Privates handelte, Wuttke wusste (auch unaufgefordert) Bescheid. Unsere gegenseitige Sympathie hielt sich in engen Grenzen, obwohl ich den offenen Konflikt mit ihm vermied. Für mich war er ein Klugscheißer, auch wenn ich mir nicht sicher war, ob meine Abwertung nicht doch einem Minderwertigkeitsgefühl entsprang: ich war nicht so eloquent, nicht so taff, nicht so schlagfertig wie Wuttke. Er wusste Bescheid, ich hatte oft keine Ahnung. Er wusste, wie das Leben (auch anderer) zu optimieren war, ich wusste es nicht einmal für mich, ich lavierte mich wie ein blinder Maulwurf dilettierend durch die enge Röhre meines Lebens. Wie Wuttke mich einschätzte, wollte ich lieber gar nicht wissen.

In der Straßenbahn betrachtete ich eine Frau mit Kopftuch, die mir gegenüber saß. Das Tuch, das ihr Haar vollständig verhüllte, betonte ihre schönen, dunklen Augen. Kurz trafen sich unsere Blicke. Schnell schaute sie weg. Ein paar Stationen noch betrachtete ich ihr Gesicht, wie es sich im Fenster spiegelte. In meiner Fantasie betrat gleich darauf eine Abordnung der Moralpolizei das Abteil und unterzog mich einer Kontrolle. Für einen Moment hatte ich eine mir fremde Frau zu lange angeschaut und das Delikt *Blickbelästigung* ausgelöst. Die Welt war kompliziert. Ich wurde gerade noch einmal abgemahnt.

Im Internet war ich auf eine Liste von 13 Dingen gestoßen, die mental starke Menschen unbedingt vermeiden sollten. Beim Surfen im Netz ging ich immer wieder den Listen und Aufzählungen über Dinge und Sachen auf den Leim, die man entweder kennen, kosten, besuchen, kaufen, essen oder strikt vermeiden sollte.

Zahlen spielten in diesen Auflistungen eine große Rolle, etwa die Zahl 111, oder aber, wie in diesem Fall, die Zahl 13. Hier schwang die Bedeutung als Unglückszahl mit. Das Netz war voll von moralischen Imperativen. Früher waren diese strengen Vorschriften von den Kirchenkanzeln verkündet worden. Heute hatte das Netz die Funktion einer moralisierenden Instanz übernommen. Jetzt posteten viele Menschen, die sich längst von den moralischen Anmaßungen der Amtskirchen verabschiedet hatten, freiwillig diese Verhaltenslisten, die das Leben in Anweisungen und Verbote schieden. Ich notierte im Kopf den Begriff *Säkularkatechismus.*

Von den Dingen, die jeder mental Starke unbedingt vermeiden sollte, hatte ich nichts über das Anschauen/Anstarren/Beobachten in der Straßenbahn gelesen. Dafür gab es den Hinweis, dass man keine Zeit daran verschwenden sollte, in Selbstmitleid zu baden. Vielleicht badete ich allein durch den Vorgang, dass ich mich innerlich rechtfertigte, die fremde Frau zu lange betrachtet/angesehen/angestarrt zu haben, in Selbstmitleid, das sich als Selbstzensur tarnte.

Ein weiterer Punkt, den ein mental starker Mensch unbedingt vermeiden sollte, war, *auf der Vergangenheit herumzureiten,* so wörtlich. Ich überlegte, wie sich diese Anweisung auf meine Profession, die Geschichtswissenschaft, auswirken würde. Ob man sagen konnte, dass ein Historiker auf der Vergangenheit *herumritt* (warum war für dieses Verdikt eigentlich eine Metapher aus der vorindustriellen Zeit verwendet worden?)? Oder aber es war unausgesprochen klar, dass es sich gerade bei Historikern um eine mental schwache Gruppe handelte. Ich versuchte, mir einen redlichen

Historiker vorzustellen, der *nicht* in der Vergangenheit *herumritt*. Kurz darauf stellte ich mir einen Selbsthilfegesprächskreis mental schwacher Historiker vor, bei dem die Teilnehmer (und innen!) gegenseitig an, auf und in ihren Vergangenheiten herumritten. Ich brach meinen Versuch wegen Ermüdung ab.

Kurz nachdem die Frau ausgestiegen war (ich hatte sie nach der Begegnung mit der Moralpolizei weder direkt noch gespiegelt im Fenster ein weiteres Mal betrachtet), fiel mir ein, dass ich unversehens eine Hauptrolle in dem Stück *Die Fliehenden* übernommen hatte. Ich war nämlich der Erstfliehende gewesen, ich hatte die kaffeetrinkende, ihre gefilterten Urlaubserinnerungen als konstruierte Erzählungen vor sich hertragende Gruppe als erster verlassen und war als Erstfliehender sogleich in das Netz meiner herbeifantasierten Tugendaufsicht geraten.

Bei der Fahrt über die Donaubrücke überlegte ich, wie ich mit der Nachricht von gestern weiter vorgehen sollte. Ich ertappte mich dabei, zu sehr in aufschiebende Fantasien zu fliehen. Ich nahm mir vor, am Abend meine Schwester Ulrike anzurufen. Gleichzeitig fehlte mir der Plan, wie ich ihr die Nachricht stecken sollte. Weißt du eigentlich, dass wir noch einen Bruder haben? Allein diesen Satz auszusprechen, kam mir nahezu unmöglich vor. Ich blickte mich um. Vielleicht saß der neue Bruder ein Stück weiter vorne in der Straßenbahn. Oder ein naher Angehöriger von ihm. Vielleicht war ich diesem Bruder in meinem Leben schon einmal begegnet, ohne es zu ahnen. Wo? In der Straßenbahn? Im Supermarkt?

Dann läutete mein Handy. Entgegen meiner Gewohnheit, in der Straßenbahn nicht zu telefonieren, hob ich ab. Am anderen Ende der Leitung war Herr Meilinger, der Veranstalter meines Vortrags vom Vortag.

Schöner Abend gestern, sagte Meilinger. Und der Besuch war ja auch ganz ok.

Vielen Dank, sagte ich. Jetzt fiel mir ein, dass ich am Vortag ein seltsames Zucken in seiner Wange bemerkt hatte.

Weswegen ich anrufe, sagte er: Sie haben einen Knirps liegen lassen. Sie können sich den jederzeit bei uns abholen. Wir haben ihn in der Sakristei verwahrt. Für den Fall, dass niemand da sei: Vielleicht ist ja die *Reserveorganistin* der Pfarre zugange, so Meilingers Ausdrucksweise. Die sitze fast jeden Tag an der Orgel.

Jetzt war ich erstaunt. Tatsächlich hatte ich einen Knirps bei mir gehabt, aber geglaubt, ich hätte ihn in meiner Tasche verstaut.

Vergisst man ja leicht, sagte Meilinger.

Kurz überlegte ich, ihm von der Frau zu erzählen, die mich gestern angesprochen hatte. Vielleicht kannte er sie. Noch während ich überlegte, hatte er auch schon wieder aufgelegt. Er sei in Eile.

Pflichtbewusst – ich wollte ja abnehmen – verzichtete ich auf den Lift und ging zu Fuß in meine Wohnung hinauf. Um mich vom anstrengenden Aufstieg abzulenken, kippte ich in das Spiel, wen und ob ich dieses Mal jemand im Stiegenhaus antreffen würde. Es wohnten Leute im Haus, denen ich monatelang nicht begegnete. Dann wieder traf ich einen Nachbarn gleich mehrere Tage hintereinander. Viele, die in den oberen Stockwerken wohnten, sah man noch seltener, sie fuhren ja Lift.

Dieses Mal begegnete ich Hüsch, der abwärts ging. Wenn ich ihn sah, musste ich nicht nur an seine Frau, sondern auch an den vor einigen Jahren verstorbenen Kabarettisten gleichen Namens denken und überlegen, ob die beiden vielleicht miteinander verwandt waren. Hüsch trug einen Namen, der zu seinem schleichenden Gang ideal passte: Er huschte regelrecht über die Stufen, gerade dass er nicht, wie wir es als Jugendliche im Internat gemacht hatten, in Pantoffeln die Treppen hinunterrutschte. Wie immer trug er einen grauen Anzug, dazu eine schmale, aus der Mode gekommene Krawatte. Er wirkte wie eine aus dem Fundus geholte Figur aus einem Bürofilm der frühen sechziger Jahre. Er trug tatsächlich eine abgewetzte Aktentasche, die vollends dem Klischee entsprach. Die Tasche hielt er ängstlich an die Brust gepresst. Es hätte nicht gepasst, dass wir uns laut grüßten, kurz trafen sich unsere Blicke.

Später ging ich in die Küche und bereitete mir ein Käsebrot zu, das ich im Stehen aß. In der Wohnung schräg gegenüber saß die Nachbarin am Küchentisch und telefonierte. Sie fuhr sich mehrmals mit der Linken durch ihren blonden Schopf. Die nackten Füße hatte sie auf den Tisch gelegt. Vom Fenster der Toilette sah ich in den Innenhof hinunter. Unten im Büro der Privatdetektei brannte Licht. Das Büro im Erdgeschoß im Haus gegenüber hatte einiges mitgemacht. Früher hatte sich dort ein Sexshop befunden, mit dem Niedergang der Videoindustrie hatte der Laden Pleite gemacht. Ein Bestattungsunternehmen hatte sich kaum ein Jahr lang gehalten, aus mir unbegreiflichen Gründen. Gestorben wurde ja nach wie vor. Anschließend war ein Privatdetektiv in den Laden eingezogen, der vor wenigen Jahren einen spektakulären Abgang geliefert hatte. Der Mann, ein auffälliger Glatzkopf, dessen Name skurrilerweise mit dem eines österreichischen Olympiasiegers im Judo ident war, war bei einer Observierung erschossen und in einem Waldstück an der tschechischen Grenze aufgefunden worden. Der Mord war bis zum heutigen Tag nicht aufgeklärt worden. Ein junger Türke führte den Laden seither weiter.

Dann nahm ich mir doch die Mappe mit meinen Semestervorbereitungen vor, ein Vorgang, der mich beruhigte. Ich hatte die Proseminare sorgfältig erarbeitet. Es würde mir leicht fallen, sie routiniert abzurufen.

Draußen war es bereits ganz dunkel geworden. Die junge Frau in der Wohnung gegenüber hatte das Licht in der Küche abgedreht, aus einem anderen Raum fiel ein schmaler Streifen Licht, den ich an der Decke wahrnehmen konnte.

Später rief ich Ulrike an, meine ältere Schwester, die seit über zwanzig Jahren in Passau lebte und dort an einem Gymnasium unterrichtete. Manchmal telefonierten wir wöchentlich (als es mit Ariane und mir abwärts ging), dann gab es wieder Zeiten, in denen wir monatelang nichts voneinander hörten.

Sie klang verwundert, als sie abhob. Hast du kurz Zeit, fragte ich.

Aus irgendeinem Grund verschlug es mir plötzlich die Stimme: einerseits wortwörtlich, denn ich musste mich plötzlich räuspern, andererseits im übertragenen Sinn. Kaum hatte sie gesagt, dass sie Zeit zum Reden hätte, wusste ich, dass ich ihr noch nicht berichten konnte, was mich seit gestern beschäftigte. Ich entschied mich blitzartig für höfliches Plaudern. Mir erschien alles noch zu diffus, zu unklar. Ich wollte erst mehr Informationen haben. Mehr über den Vater erfahren, mehr über den Bruder. Mit so einer Bombenmeldung wollte ich Ulrike nicht am Telefon kommen. Ich wollte sie nicht belasten. Ich würde ihr erst von der Geschichte erzählen, wenn ich mir selbst ein Bild über den Bruder gemacht hatte.

Wie geht's dir, sagte ich.

Geht so, sagte sie. Das Schuljahr läuft. Sie haben mir wieder mehr Musikstunden draufgedrückt, sagte sie. Bring du mal Dreizehnjährige zum Singen. Sie lümmeln herum, starren dich an oder bearbeiten ihr Handy. Aber als Sozialarbeiterin werde ich nicht bezahlt, sagte sie.

Und Kurt, fragte ich. Kurt war Beamter im Rathaus. Dort war er in der Verrechnung tätig. Irgendwie hatten wir es über die Jahre nicht geschafft, miteinander in Kontakt zu kommen. Wenn wir einander trafen, redete ich ihn auf das letzte Hochwasser an (ein letztes Hochwasser hatte sich in Passau immer ereignet), er wiederum stichelte in Sachen Fußball. Er als Bayernfan tat sich leicht, für ihn gehörte ich zu den Ösis, die seit ewig nicht mehr gegen die Deutschen gewonnen hatten. Und unser städtischer Fußball lag seit Jahren darnieder. Die Mannschaft war sogar in die dritte Liga abgestiegen und hatte gerade erst wieder den Aufstieg in die zweite Liga geschafft.

Ulrike rapportierte kurz, dass Kurt am Knie operiert worden wäre, aber sich schon wieder aufs Rad geschwungen hätte, und schwenkte dann auf ihre Kinder um. Ich hatte die zwei, beide etwas älter als Hanna, völlig aus den Augen verloren. Der Sohn studierte offenbar in Berlin und die Tochter war dabei, trotz Baby ihr Soziologiestudium abzuschließen.

Ulrike erzählte und lachte ein bisschen, ihrem dunklen Alt hörte ich gern zu. Jedes Mal fiel mir auf, wie sich ihr Akzent dem Bairischen mehr und mehr annäherte, obwohl auch sie, die so lange schon in Passau lebte, dort noch immer als *die Österreicherin* wahrgenommen wurde. An ihrer Schule galt sie als Expertin für österreichische Literatur. Gemeinsam mit einem Kollegen führte sie auch den Theaterkurs. Einmal hatte sie sogar Nestroys *Die schlimmen Buben in der Schule* aufgeführt: Die Bayern packen's halt nicht ganz, das Wienerische, hatte ihr Kommentar damals gelautet.

Und was ist mit dir, fragte Ulrike dann.

Das Semester beginnt, du kennst das ja, sagte ich ausweichend.

Dann kam auch schon ihre peinigende Frage: Und wie geht's dir mit den Frauen? Das schien Ulrike immer am meisten zu interessieren. Eine Frage, die mir umso unangenehmer wurde, je länger die Scheidung zurücklag.

Die Organisation unseres Alltags, das Gefühl, dass keiner mehr zu dem kam, was ihn ausmachte, hatte die Beziehung zu Ariane zermürbt. In diesem Gezerre um Zeit hatte ich, so sah ich es, den Kürzeren gegen meine taffe Frau gezogen. Jahrelang konnte ich veröffentlichten Studien entnehmen, dass Frauen weniger als ihre Männer verdienten, sich mehr um ihre Familien kümmerten, dass die Gesellschaft männlich dominiert war und so weiter. Statistisch gesehen hatte ich gegen diese wissenschaftlichen Erkenntnisse nichts vorzubringen. Mich ärgerte nur, dass ich laut diesen Statistiken so gut wie nicht existierte. Ökonomisch war bei uns nämlich das Gegenteil der Fall. Ariane hatte immer eine volle Anstellung gehabt, ich hatte mit meinen paar Stunden Lehrauftrag gerade einmal die

Grundlage für meine Sozialversicherung geschafft gehabt, mich ansonsten aber auf jahrelanges Jobben auf Werkvertragsbasis eingelassen: eine Sackgasse, wie ich leider zu spät bemerkte. Ich werkte da an einem Beitrag für einen Ausstellungskatalog, arbeitete dort an einer Recherche für eine Ausstellung oder zeitlich begrenzt an einem Forschungsprojekt eines zeitgeschichtlichen Institutes. Gemeinsam war diesen Tätigkeiten, dass sie alle schlecht bezahlt waren. Am Ende dieser Einbahn winkte die Mindestrente.

Aber ich wollte schon lange nicht mehr auf diese Phase meines Lebens angesprochen werden. Und auch nicht auf meinen anhaltenden Status als Single.

Ich merkte, dass ich Ulrike gar nicht mehr richtig zuhörte. Vielleicht sollte ich auch etwas sagen. Wie wäre es, wenn wir uns wieder einmal treffen, vielleicht auch außerhalb der Feiertage, fragte ich. Was meinst du dazu? Ulrike schien erstaunt, aber nicht abgeneigt.

Judith, unsere jüngere Schwester, würde ich benachrichtigen. Vielleicht konnten wir uns an einem der nächsten Wochenenden zu einer Wanderung irgendwo im Donautal verabreden.

Das fällt dir jetzt einfach so ein, fragte Ulrike verwundert.

Eigentlich schon, sagte ich ausweichend.

Oder hat es doch was mit einer Frau zu tun, bohrte sie nach. Sie konnte es nicht lassen. Wir vereinbarten, dass wir uns per Mail verständigen würden. Kurz darauf legte ich auf.

Ich ging unruhig in der Wohnung herum. Draußen war es stockdunkel geworden. Für heute schien es mir zu spät, ich hatte keine Lust mehr, jetzt noch Judith anzurufen, die abends selten zu Hause war. Sie lebte als Single mit einem starken Bedürfnis nach Menschen. Ihr Verschleiß an Bezugspersonen und unglücklichen Männerbekanntschaften war groß.

Ich schaltete den Fernseher ein und zappte/tappte in eine Sendung, in der in einer abgelegenen, dünn besiedelten Gegend in Deutschland besorgte Bürger vor ihren Einfamilienhäusern mit Doppelgaragen standen und freimütig vor der Kamera bekannten, dass sie sich vor Überfremdung fürchteten. Viele Bewohner von Vorpommern, glaubte ich zu wissen, hatten sich noch während und nach dem Krieg als Flüchtlinge aus Polen, Schlesien und Ostpommern im Osten Deutschlands angesiedelt. Ich wunderte mich, warum mir in diesem Moment der selten gewordene Ausdruck *freimütig* eingefallen war, und schaltete den Fernseher aus. Jetzt streifte mich die Vorstellung, ich kuratierte eine Ausstellung mit aus der Mode gekommenen Ausdrücken, zu denen unter anderem die Worte *gnadenlos, ungnädig* und *freimütig* gehörten. In einer eigenen Vitrine sollten Worte präsentiert werden, die Ausdruck eines freudigen Erstaunens waren, also Stimmungsaufheller. Darunter sollten ebenfalls Worte sein, die früher auf dem Land verwendet worden waren: *Höllteufel! Kreuzteufel! Sapperlot!* Sie waren längst von wow, cool, krass, abgefahren oder heftig abgelöst worden. In einem speziellen Giftraum sollten die Worte ausgestellt werden, die angesichts der sogenannten Flüchtlingskrise durch die Medien kursierten, Vokabel des neuen Volksbewusstseins: Flüchtlingsstrom, Flut, Gutmensch, Asyl-Industrie, Welcome-Klatscher, Kulturbereicherer, Human-Neurotiker undsoweiter.

Als ich das Fenster öffnete, hörte ich das Folgeton-horn eines Rettungswagens. Mit der kühlen Abendluft kamen leider auch einige Stechmücken ins Zimmer. Ich schloss das Fenster, setzte mich ans Klavier und spielte ein paar Takte von *Both Sides Now* von Joni Mitchell. Vor ein paar Tagen hatte ich eine Aufnahme dieser Nummer des Pianisten Fred Hersch im Netz gefunden, der aus diesem Hit der Folksongwriter-Ära eine ge-finkelt harmonisierte Jazzballade im Dreivierteltakt ge-macht hatte.

Später ging ich in die Küche und holte mir ein Bier aus dem Kühlschrank. Ich stellte es auf die Anrichte und suchte nach dem Öffner. Ich sah meinen Vater vor mir, der sein Abendessen gern an der Kredenz stehend eingenommen hatte. Ich sah mich auf der Eckbank in der Wohnküche unseres Hauses sitzen, wie ich den Vater betrachtete, der jausnend an der Anrichte stand. Mit dem Alter war er langsam und bedächtig geworden, er war schnell gealtert, nicht vergleichbar mit den fitten und aktiven Senioren von heute.

Ich erinnerte mich daran, wie ich mich um ihn be-müht hatte, als ich etwa zwanzig Jahre alt gewesen war. Vater hatte sich in sich verkrochen, war einsilbig ge-worden. Judith gegenüber hatte er einmal angedeutet, dass er sich einsam fühlte. Wahrscheinlich hätte heute ein Arzt eine Depression diagnostiziert und ihm Stim-mungsaufheller verschrieben. Ich studierte in Wien und war selten zu Hause, mein Freundeskreis bestand ausschließlich aus Studenten, daheim fehlte mir der Anschluss an Gleichaltrige. Judith lebte bei Vater daheim, sie war bereits befreundet mit einem Mann, mit dem sie später ein paar Jahre zusammenwohnte. Sie verbrachte ihre Zeit oben in ihrem Zimmer, Vater hauste in der Küche. Dennoch war sie aber am meisten von uns in unsägliche Kämpfe mit ihm verwickelt, seinen Launen, seinen gelegentlichen jähen Ausbrüchen ausgeliefert.

Wenn ich nach Hause kam, versuchte ich, mit ihm ins Gespräch zu kommen. Ich spürte, dass den Vater am Ende seines Lebens etwas bedrückte. Etwas, das man wohl die Summe seines Schicksals nennen konnte. Natürlich brachte ich seine Niedergeschlagenheit oft mit dem frühen Tod seiner Frauen in Zusammenhang. Der junge Mann, der ich war, wollte seinem Vater nahekommen. Beim Kartenspielen war er manchmal aus der Reserve zu locken. Während wir spielten, begann ich Fragen zu stellen. Über seine Jugend, über seine Erfahrungen im Krieg. Gelegentlich legte ich meinem Vater, der immer auch geschichtlich interessiert gewesen war, obwohl er keine höhere Schulbildung erhalten hatte, ein Buch auf den Tisch. So hatte er etwa die Erinnerungen von Simon Wiesenthal gelesen, ich hatte ihm, der im Krieg als Sanitäter gedient hatte, *Die Prüfung* von Willi Bredel, Anna Seghers' *Das siebte Kreuz* und Feuchtwangers *Die Geschwister Oppermann* zu lesen gegeben.

Wir spielten Karten und ich stellte Fragen und versuchte, etwas aus dem Vater herauszubekommen. Ohne zu wissen, wie das ging, bemühte ich mich, seine Stimmung aufzuhellen. Einmal während der Weihnachtsferien – an der Universität war ich gerade mit der Methode der Oral History vertraut gemacht worden – schlug ich ihm vor, ihn über seine Lebensgeschichte zu befragen. Ich stellte einen Kassettenrekorder auf und bat den Vater zu einem Interview. Das erste Interview hatte vielleicht eine Dreiviertelstunde gedauert. Dann hatte es eine Unterbrechung gegeben. Wir hatten eine Fortsetzung vereinbart, zu der es nie gekommen war.

Aus nicht geklärten Gründen hatte sich die Kassette dann zu denen gesellt, mit denen ich Musik aus dem Radio, Jazzsendungen des Bayerischen Rundfunks und des ORF, aufnahm. Unglücklicherweise und unbedacht hatte ich später ausgerechnet das Interview mit dem Vater fast zur Gänze gelöscht. Geblieben waren bloß die letzten Minuten vor der Unterbrechung. An dieses verbliebene Aufnahmefragment mit meinem Vater musste ich denken, als ich durch die Wohnung ging. Irgendwo in einer Kiste, irgendwo in einem Regal, musste diese Kassette liegen, eine der wenigen Ton-aufnahmen, auf der die Stimme des Vaters gespeichert war. Heute war auf den Festplatten der Welt alles aus dem Leben einer Familie tausendfach festgehalten, von der Wiege bis zur Bahre. Aus dem Leben des Vaters existierten ein paar wenige Fotos aus einem Kriegs-lazarett, aber keine einzige Aufnahme aus der Kind-heit, und nur ein paar wenige Fotos aus der Zeit mit seinen Frauen.

Ich zog ein paar Schubläden aus den Schränken und begann plötzlich, diese Aufnahme zu suchen. Mir war damals wahrscheinlich nicht ganz klar gewesen, warum ich den Vater befragen wollte. Vielleicht wollte ich nur ein Tondokument sichern. Vielleicht trug ich eine Ahnung eines Familiengeheimnisses in mir, vielleicht hoffte ich, der Vater, der in seinen letzten Jahren traurig wirkte und sich mit Rotwein abdämpfte, würde sich mir öffnen oder ich könnte durch meine Befragung für ihn eine Tür zu dem Raum aufstoßen, in dem er sich lebendig fühlte. Ich als Sohn hatte die wahnwitzige

Vorstellung gehabt, meinem Vater helfen zu können. Die Kassette fand sich nicht, in einer Lade fiel mir aber ein zusammengefalteter Packen Papier in die Hand, den ich jahrzehntelang nicht beachtet hatte.

Anlässlich seiner Pensionierung hatte der Vater sich von den Bewohnern der Gemeinde, in der er als Sekretär und also rechte Hand von zwei Bürgermeistern fast dreißig Jahre lang tätig gewesen war, mit einer persönlichen Lebensskizze verabschiedet, die er an jeden Haushalt verschickt hatte. Ich war damals gerade frisch an die Universität gekommen und hatte die Pensionierung meines Vaters nur nebenbei miterlebt und auch nicht begriffen, welche Rolle dieser Einschnitt in seinem Leben gespielt hatte. Seinen Lebenslauf hatte ich damals eher beiläufig gelesen, aber wenigstens nicht weggeworfen, sondern in irgendeine Lade gesteckt. Diese Biografie war bis zum heutigen Tag eines der wenigen Dokumente, die mich direkt an ihn erinnerten.

Nach vielen Jahren nahm ich nun Vaters Lebenserinnerungen wieder in die Hand und begann zu lesen. Seine sechzehnseitige Broschüre war gestaltet wie das Informationsblatt, das damals in der Zeit vor Computerprogrammen und Druckern regelmäßig an die Bewohner der Gemeinde ausgesandt wurde. Die Blätter waren auf Matrizen abgezogen worden. Die Abzugmaschine dazu stand in einer Ecke des Amtsraumes. Auf dem Fensterbrett im Amtsraum, mit Blick in den Garten hinter dem Gemeindeamt, war ich als Kind oft gesessen und hatte dort in Büchern geschmökert. Der Platz hinter der Abzugmaschine war für mich der ideale Ort für Lesenachmittage. Dort verschlang ich meine ersten Karl-May-Romane. Nebenbei verrichteten die Kollegen meines Vaters ihre Arbeit. Ich saß also in einem öffentlichen Amtsraum.

Der Vater richtete sich mit seiner Lebensskizze an alle Gemeindebewohnerinnen, nannte zuerst die Frauen, dann die Männer und sprach ausdrücklich auch die Jugend und die Kinder an. Die ersten Sätze dieser Skizze lauteten: *Wie allgemein bereits bekannt ist, werde ich mit 1. Juli 1980 in den dauernden Ruhestand gehen. Aus diesem Anlass erlaube ich mir, Euch allen eine kleine Biografie von mir zu widmen.*

Der Vater hatte seine Aufzeichnung in mehrere kleine Unterkapitel unterteilt, von denen das erste mit *Die Kinderzeit!* überschrieben war. Manche Details seines Lebens waren auch mir neu, oder ich hatte sie vergessen oder nicht beachtet, weil sie mir unbedeutend erschienen waren.

Mein Vater war als neuntes Kind einer *armen Kleinhäuslerfamilie*, so wörtlich, am 5. Jänner 1920 geboren worden. Augenblicklich begann ich mich meiner Onkel und Tanten väterlicherseits zu erinnern, ich kam einschließlich meines Vaters auf sieben Kinder, die ich gekannt hatte und von denen heute niemand mehr am Leben war. Zwei Geschwister meines Vaters mussten also als Kleinkinder oder als Kinder sehr früh gestorben sein, der Vater erwähnte sie in seiner Skizze nicht einmal. Auf nicht mehr als einer halben Textseite beschrieb er seine ersten Lebensjahre, deutete die politische Situation der Nachkriegsjahre an – die Monarchie war aufgelöst, 1920 trat eine totale Geldentwertung ein, die Gemeinden zwang, Notgeld zu drucken. Der Vater summierte: *In dieser schweren und harten Zeit wuchs ich auf und kannte nichts als ein hartes, karges Leben.*

Ein einziges seiner Geschwister erwähnte der Vater in diesem ersten Kapitel nach einem Hinweis, dass es damals noch keine gesunde Kinderernährung gab und viele Kinder früh an Krankheiten starben. Es war der Satz, an dem ich hängen blieb: *Es ergab sich, dass ich und mein älterer Bruder diese Zeit überdauerten.*

Und dann, ein paar Zeilen später die Anmerkung: *Uns beiden Brüdern wurde das Los zuteil, dass wir schon vor der Schulpflicht zu Bauern in der Nachbarschaft Viehhüten und Ochsenweisen gehen mussten.*

Formulierungen waren das, die völlig aus der Zeit gefallen anmuteten. Der Historiker in mir versuchte, den Text analytisch zu verstehen. In einer Zeit, in der die Autonomie des Subjekts und die Wahlfreiheit des Individuums betont wurde, in der wir selbstverständlich von der freien Wahl von Partnern, Beruf, Wohnort ausgingen, in der einem jungen Menschen von heute mindestens der ganze Schengenraum offen stand, in einer Zeit, in der viel von Ich-AGs die Rede und eine ständige Selbstoptimierung in den Medien angesagt war, hörten sich die Sätze des Vaters, vor gut fünfunddreißig Jahren geschrieben, seltsam an. Da resümierte ein Mensch, der vor beinahe hundert Jahren geboren worden war, die Tatsache seiner Geburt und Existenz mit einer lapidaren Wortwahl, die mich an die biblische Weihnachtsgeschichte denken ließ: *Es ergab sich, dass ich und mein älterer Bruder diese Zeit überdauerten.* Nicht erlebten. Nicht überlebten. *Überdauerten.* Wie bewusst hatte der Vater damals diese Formulierung gewählt und was verbarg sich für ihn dahinter? (Zeitlebens hatte der Vater Texte verfasst, berufsbedingt, Amtsschreiben, Protokolle, Niederschriften, aber auch aus Neigung, Gedichte, literarische Gebrauchstexte, Sketche, und über Jahrzehnte auch Berichte über das lokale Geschehen für mehrere regionale Zeitungen.) Wie *überdauerte* man eine Zeit, die die Kindheit war?

Wie viel Unfreiheit steckte in dieser Formulierung, wie viel Gefühl von in die Welt geworfen sein aus Zufall? Glück? Schicksal? Fügung?

Wenige Zeilen später dann der Hinweis, dass ihm das *Los zuteil* wurde.

Zum Leben wurde man eingeteilt, schon als Kind. Als noch nicht schulpflichtiges Kind zur Arbeit verpflichtet. Keine behütete Kindheit. Keine Wahlfreiheit. Nichts anderes gekannt. Das Leben, ein Los. Dieses Los wurde einem zugeteilt.

Ich mochte nicht an eine zufällige Formulierung glauben. *In Sätzen steckt Obrigkeit*, heißt es in einem Buch von Handke. Die Obrigkeiten dieses Lebens in den zwanziger Jahren des vergangenen Jahrhunderts waren eine autoritäre Gesellschaft, ein strenger Vater, die Enge einer dörflichen Gemeinschaft und die rigiden Vorschriften der Kirche.

Beim Lesen seiner Zeilen hatte ich das Gefühl, diesem Kind nahe zu kommen, das mein Vater vor fast hundert Jahren gewesen war. Hanna fiel mir ein, die, vielleicht war sie fünf Jahre alt gewesen, einmal um mich herumgestrichen war und mich dann aus ihren blauen Augen groß angeschaut hatte: *Papa, es ist eigentlich komisch, dass es uns gibt.* Ich war Zeuge eines ersten philosophischen Anfalls geworden, bei dem Hanna, die unter ganz anderen Bedingungen als ihr Großvater aufgewachsen war, über ihr Leben, über die Realität ihrer puren Existenz nachgedacht hatte.

Ihr, die ihren Opa nur vom Hörensagen kannte, hatte ich damals die Geschichte seiner Errettung durch einen Kameraden im Krieg erzählt, die für mich und meine Geschwister immer eine Ursprungsgeschichte unserer Familie gewesen war. Am 22. Juni 1941, gleich am ersten Tag des Russlandfeldzuges, war unser Vater schwer verwundet worden. Ein Unterarzt, der ihn notdürftig erstversorgt hatte, starb wenig später neben ihm im Schützengraben. Nach einer kurzen Bewusstlosigkeit, war der Vater wieder aufgewacht. Er hatte bereits russische Infanteristen über einen Wiesenhang laufen gesehen, sich aber wegen seiner schweren Verwundung nicht bewegen können. Auch der Satz stand in seinem Lebensbericht: *Wie durch ein Wunder wurde ich gerettet.* Ein Kompaniesanitäter aus Freistadt, den mein Vater von der Sanitätsausbildung her kannte, entdeckte den Verwundeten und organisierte den Abtransport. Der Vater wurde in eine Zeltplane eingepackt, an ein Geschützrohr gehängt und aus dem Gefahrengebiet herausgebracht. Die Episode gehörte für uns Kinder zu den wenigen Kriegserinnerungen, die er uns öfter erzählt hatte. Der Freistädter Gendarm war dabei vom Vater immer als sein *Lebensretter* tituliert worden. Ich glaube, dass der Vater nach dem Krieg viele Jahre Kontakt zu dem Mann pflegte, der in Freistadt bis zu seiner Pensionierung bei der Gendarmerie beschäftigt gewesen war.

Auch für Hanna erzählte ich die Geschichte mit einer Frage am Ende: Was wäre geschehen, wenn dein Großvater, also mein Vater, damals nicht gerettet worden wäre?

Mein Vater hatte die harten Jahre seiner Kindheit überdauert und den Krieg überlebt. Nur deshalb konnte ich Jahre später vor seiner Skizze sitzen, um sie zu lesen.

3

Anderntags saß ich erstmals im Einführungsproseminar vor neunzehn Erstsemestrigen, die vor wenigen Monaten noch Mittelschüler gewesen waren und Maturaarbeiten verfasst hatten. Pickelige, junge, hochgewachsene Burschen, junge Mädchen schauten mich an. Mein Proseminar mussten alle Anfänger in Geschichte absolvieren, ich vermittelte die Grundlagen, legte ein paar Überlegungen zum Geschichtsstudium dar, klärte die wichtigsten Begriffe. Was war eine Quelle, was ein Artefakt? Vor allem aber sollte ich ihnen handwerkliche Grundlagen beibringen. Wie erstellte man ein Exzerpt, wie orientierte man sich in der Bibliothek, wie funktionierte richtiges Bibliografieren, wie formulierte man das Erkenntnisinteresse für eine Arbeit? Während des Semesters forderte ich eine Rezension eines historischen Fachbuches, um zu sehen, wie weit die Studenten sich sprachlich ausdrücken konnten und wie weit sie in der Lage waren, komplexe Texte zu verstehen. Am Ende des Semesters stand eine kurze schriftliche Arbeit, in der der Umgang mit Fachliteratur belegt werden sollte. Der Zeitraum von einem Semester war für so ein Programm natürlich lächerlich kurz.

Jede wissenschaftliche Beschäftigung mit Geschichte beginne mit einer Frage, so begann ich meinen Kurs. Durch Quellen belegte historische Tatsachen müssten in einen Sinnzusammenhang gestellt werden, in dem sie interpretiert und ausgelegt würden. Geschichtsschreibung war ein Konstrukt, um historische Abschnitte zeitlich zu gliedern. Natürlich existierten historisch eindeutige Daten: So war man sich einig darüber, wann der Zweite Weltkrieg begonnen hatte. Mit welchem

Ereignis aber hatte das Spätmittelalter begonnen? Wann hatte der Minnesang geendet? Hatten sich am Silvesterabend des Jahres 1249 die Minnesänger zusammengesetzt und beschlossen, dass ab dem nächsten Tag der Meistersang begann?

Meine Frage, als Pointe beabsichtigt, hatte meistens ein paar Lacher zur Folge gehabt. Heute blieb die Runde stumm, ich kam mir vor wie ein Komiker, der einen Gag in den Sand gesetzt hatte. Jeder Kurs war anders, ich musste schnell herausbekommen, wie die Gruppe tickte. Der Geschichtsunterricht an den Mittelschulen war je nach Schultyp doch sehr dürftig ausgefallen, auch musste ich immer damit rechnen, dass ein paar Studierende aus Versehen und irrtümlich in meiner Lehrveranstaltung saßen. Nach ein paar Wochen Herumirren hatten die Irrenden ausgeirrt und ich sah sie nie mehr wieder. Manche verschwanden aus meinen Augen, ohne dass ich je ein persönliches Wort mit ihnen gewechselt hatte.

In einer Vorstellrunde fragte ich die jungen Leute, was sie motiviert hatte, Geschichte als Studienfach zu wählen. Ich ging die Runde der Reihe nach durch, notierte mir die Namen, machte ein paar Stichworte zu den einzelnen Teilnehmern, registrierte die, die mir selbstsicher erschienen, und die, die ich kaum verstand, weil sie so leise sprachen. Morgen würde ich ein Geschäft aufsuchen, um letzte Feinjustierungen an mir angepassten Hörgeräten vornehmen zu lassen.

Ich wusste nicht, wie viele solcher Vorstellrunden ich bisher schon absolviert hatte. Dann und wann hatte sich ein Student als Talent und wissbegieriger und findiger Forscher herausgestellt. Die wenigsten waren allerdings für die Akribie einer forschenden Tätigkeit begabt genug, die meisten, die ich um mich sitzen sah, wünschten eine Berufslizenz für eine Beschäftigung zu erwerben, die ihnen geläufig war: sie hatten schließlich als SchülerInnen mindestens zwölf Jahre lang mit Lehrern zu tun gehabt. Selten spürte ich bei einem der Anfänger das Feuer der Neugier und der Wissbegierigkeit, das mich als Student erfasst hatte. Zu meiner Zeit war es leichter gewesen, den eigenen Spleens und Interessen nachzugehen. Mehrere Professoren hatten mir eine gewisse Narrenfreiheit gelassen, ohne die ich mir eine forschende Tätigkeit nicht vorstellen kann. Schon bald war ich damals im Großformatmagazin der Nationalbibliothek gesessen und hatte mich durch die publizistische Zeitgeschichte der Nachkriegszeit geblättert. Diese Beschäftigung hatte mich das ganze Studium hindurch bis zur Dissertation begleitet.

Manche waren durch die Persönlichkeit eines Lehrers, einer Lehrerin animiert worden zum Studium, einige hatten eine Fachbereichsarbeit im Fach Geschichte geschrieben. Einer erzählte von einem Interview, das er mit seinem Großvater geführt hatte, der als Kind mit seiner Familie aus dem Sudetenland geflohen war. Wenn stimmte, was ich gelesen hatte, besaß mindestens jeder dritte in unserem Bundesland einen Migrationshintergrund, wobei vor allem die Migration nach dem Zweiten Weltkrieg gemeint war. Studenten der Gastarbeitergeneration oder gar der jüngeren Einwanderergeneration waren kaum unter meinen Hörern. Es gab sie, ihre Zahl war aber klein. Und wenn stimmte, dass beinahe jeder zweite der Jugendlichen bei der letzten Bundespräsidentenwahl den Kandidaten der freiheitlichen Partei gewählt hatte, musste es wohl eine erstaunliche Schnittmenge derer geben, die sowohl einen Migrationshintergrund in ihren Familiengeschichten als auch eine Partei gewählt hatten, die sich vehement gegen die Zuwanderung von Flüchtlingen, viele davon aus einem Kriegsgebiet, aussprach. Dass die Studentenschaft aus überwiegend linken kritischen Geistern bestand, wie es zu meiner Zeit gewesen war, konnte heute ausgeschlossen werden. Ich nahm mir vor, so vorurteilsfrei wie möglich an die Studierenden heranzugehen, aber es fiel mir von Jahr zu Jahr schwerer. Die Routine des Berufes wirkte einerseits wie eine Neugierdsbremse, andererseits auch wie ein Schutzschild.

Dann war die Vorstellungsrunde vorbei, es hatte keine peinlichen Ausreißer gegeben. Ich erinnerte mich, dass vor zwei Jahren jemand das Interesse für Geschichte mit seinem Interesse für *Harry Potter* und andere Fantasy-Romane begründet hatte. *Harry-Potter*-Leser saßen inzwischen auch in allen möglichen Fächern: in der Germanistik, in der Anglistik sowieso.

Ich gab den Studierenden einige Überlegungen mit nach Hause: Was würden Sie sagen? Hat Ihre persönliche Geschichte mit Ihrer Geburt oder bereits mit der Ihrer Vorfahren begonnen? Kurz wurde ich ein wenig persönlich: Meine Großeltern mütterlicherseits habe ich noch als Kind kennengelernt, als mir uralt erscheinende Menschen, schwerhörig, alt, verbraucht, abgerackert, *verkalkt*, sagte ich. Aber die Großeltern väterlicherseits waren schon tot, ehe ich geboren wurde. Ich wusste lange nicht einmal, wann genau sie geboren worden waren. Und doch würde ich heute nicht vor Ihnen sitzen, wenn es sie nicht gegeben hätte.

Wann begann also eine individuelle Lebensgeschichte? Spannende Frage, sagte ich. Ich freue mich, wenn

Sie sich für solche Fragen interessieren und wir uns gemeinsam Antworten darauf überlegen können. Mit diesem Satz schloss ich die erste Sitzung. Lectio prima brevis esto, die erste Vorlesung sei kurz, sagte ich, einen meiner Professoren aus der Mittelschulzeit zitierend.

Im Pausenraum traf ich Gabriele, die zielsicher auf mich zuging. Wir unterhielten uns mit gedämpften Stimmen, es musste nicht der gesamte Raum mithören, was wir besprachen. Wie geht es dir, fragte ich. Man lebt, sagte sie, aber möglicherweise ist mir das zu wenig. Sie blickte mir fest und direkt in die Augen. Für einen Moment entstand eine Verbindung zwischen uns oder konstruierte sich wenigstens die Einbildung einer exklusiven Verbindung zwischen uns, die mich stolz machte. Am liebsten hätte ich ihr auf der Stelle gestanden, dass ich gern zur Verfügung stand, welchen Mangel auch immer in ihrem Leben zu beheben.

Gabriele trug ein Top ohne Ärmel. Ich spürte, wie mich augenblicklich eine Art Berührungswunsch streifte. Gabriele wollte, dass wir einander bald trafen, und deutete an, dass sie mir etwas erzählen wolle. Du schaust gut aus, sagte ich. Blendend, ergänzte ich. Ich sagte ihr nicht, dass sie dazu auch noch ziemlich gut roch. Du flunkerst natürlich schon wieder, sagte sie. Sie zwinkerte mir zu und lächelte. Ich erinnerte mich, wie sie in der Sommernacht in der Wachau vor Wohlgefühl geseufzt hatte. Ich empfand den Wunsch, ihren Wachauer Wohlfühlgesang bald wieder zu hören. Ich hatte keine Ahnung, wie ich diesen Wunsch jetzt, im Konferenzzimmer des Instituts, angemessen zum Ausdruck bringen hätte können.

Wird Zeit, dass wir uns wieder einmal gemütlich zusammensetzen, sagte Gabriele verbindlich. Oder wir finden doch einen Termin, gemeinsam in ein Jazzkonzert zu gehen, sagte ich. Wir verständigten uns darauf, abends zu telefonieren.

In der Straßenbahn fiel mir ein, dass ich einen tags zuvor entwickelten Gedanken nicht zu Ende gedacht hatte. Von den 13 Dingen, die mental starke Menschen vermeiden sollten, hatte ich bis auf den Punkt, nicht in Selbstmitleid zu baden, alle anderen bereits wieder vergessen. Die Zahl 13 hatte in meinem Leben immer schon eine Rolle gespielt. Den Geburtstag sucht man sich nicht aus. Ich war an einem 13. September geboren worden, wie der Komponist Arnold Schönberg, die Schriftstellerin Marie von Ebner-Eschenbach, die Schauspielerin Maria Furtwängler, der deutsche Fußballweltmeister Thomas Müller und der wahrscheinlich weniger bekannte Historiker Holger Afflerbach, der in Leeds lehrte.

Die Zahl 13 hatte mich als Volksschulkind nie verwirrt. Rund um meinen Geburtstag hatte stets das neue Schuljahr begonnen. Der Tag war für mich immer mit einem Gefühl von Aufbruch und Neubeginn verbunden gewesen. Außer zum Weihnachtseinkauf waren meine Eltern nur zu Schulbeginn mit mir einkaufen gefahren. Im nahegelegenen A. besuchten wir das Papierwarengeschäft Neumann, wo ich neue Stifte, Ölkreiden und Schulhefte bekam. Im Geschäft roch es angenehm nach frischem Papier. Wir wurden freundlich bedient und ich genoss es, dass sich an diesem Tag alles um meine Bedürfnisse als kleiner Schüler drehte. Der Schulbeginn und seine ihn begleitenden Umstände hatten mich immer fröhlich gemacht. Für manche begann mit dem Herbst eine Zeit der Einigelung und eine sich gleichsam naturgemäß aufdrängende Depressionszeit, für mich bedeutete vor allem der Frühherbst eine Zeit besonders kostbaren Lichts. Im schräg einfallenden Sonnenlicht kam das Grün der Wiesen noch einmal kräftig zur Geltung. Meine Lieblingsfarbe jener Jahre war immer ein kräftiges Hellgrün gewesen. Das Farbengemisch aus Gelb-, Grün-, Rot- und Brauntönen, mit denen die Laubbäume sich bis zu den Herbststürmen Ende Oktober, Anfang November verfärbten, das Gehen und Schlendern auf belaubten Wegen und Parks, das Rascheln und der Geruch frisch gefallenen Laubes hatten mich immer beflügelt, begeistert. Meine mit Borstenpinsel hingetupften bunten Herbstwiesen und Bäume hatten später sogar einen Zeichenlehrer beeindruckt, obwohl ich zeichnerisch nicht begabt war. Zufall, meinte er und gab mir ein Sehr gut.

Von meiner Vorliebe für frisch gefallene Kastanien habe ich noch nicht berichtet. Scheinbar weniger nutzlose Früchte gab es nicht. Man kann sie nicht essen, sie fallen einfach vom Baum. Ich liebte es aber, mit den glatten Kastanien zu spielen. Noch als Erwachsener hatte ich oft monatelang eine Kastanie in einer Manteltasche mitgetragen, um sie gelegentlich zu fühlen. Einmal verirrte sich eine durch ein Loch in meiner Jacke. Jahrelang trug ich sie im Unterfutter mit mir herum.

Die Erinnerung an den 13. September meiner Kindheit schien mir so weit weg zu sein wie die Einführung des elektrischen Lichtes. Damals waren die Bauern noch mit Ochsen zum Heuen gefahren, täglich waren wir Kinder um die noch körperwarme Milch zum

Nachbarbauern gegangen, hatten dort im Keller den Most aus dem Fass gezapft, als Kinder hatten wir Späne für das Einheizen gekloben, damit wir es in einem Raum der Wohnung warm hatten. Morgens kratzten wir im Kinderzimmer an den Eisblumen im Fenster oder brachten sie mit unserem warmen Atem zum Schmelzen.

Gerade als die Straßenbahn am Gelände des Jahrmarktes vorbeifuhr, fiel mir ein, dass ich als Kind ein einziges Mal die Zeltbude einer sogenannten Wahrsagerin betreten hatte. Spontan und ungeplant war ich in das Zelt eingetreten, in dem eine Frau als Wahrsagerin verkleidet in eine Glaskugel geblickt und irgendetwas vor sich hin gemurmelt hatte. Ihre ganze Aufmachung und alles, was in dem Zelt an gläsernem Klunker und glitzerndem Beiwerk herumlag und -hing, war dem Kind vom ersten Augenblick an als lächerlich und unseriös erschienen. Möglicherweise hatte der Junge, der vielleicht zwölf Jahre alt gewesen war, das Zelt deswegen betreten, weil der Kauf eines Kärtchens, das man aus einer Glasschüssel fischte und worauf ein Spruch über die eigene Zukunft stand, erschwinglich gewesen war. Während andere aus meiner Klasse sich selbstverständlich auch mit verschiedenen Fahrgeschäften vergnügten, beschränkte sich das Vergnügen des Zwölfjährigen auf eine Schaumrolle und eben eine Spruchkarte, die die verkleidete Wahrsagerin dem Kind vorgelesen hatte. Für mehr hatte mein Taschengeld nicht gereicht.

An der Rudolfskreuzung stieg ein jüngerer, nicht sehr groß gewachsener Mann ein, der mich sofort an einen Bergsteiger erinnerte. Der Mann, bärtig und braun gebrannt, trug einen Rucksack, der auch um seine Brust festgezurrt war. In seinen Ohren steckten kleine Kopfhörer, als wäre der Mann mit irgendeiner Leitstelle verbunden. In der Hand trug er das vordere Saugrohr eines Staubsaugers mit Bürste, das er während der Fahrt zwischen seine Beine klemmte. Ich hatte zwingend den Eindruck, der Mann befinde sich gerade unmittelbar vor dem Aufbruch zu einer größeren Berg-expedition zum Zweck der Gipfelreinigung. Mir fiel sofort der Begriff der *Staubfreimachung* ein, ein Be-griff, der in den sechziger Jahren in der Arbeitsstelle meines Vaters häufig und jahrelang verwendet worden war, als damals die Landes- und Gemeindestraßen, später auch die Güterwege des Dorfes asphaltiert wor-den waren. Heute war das Bundesland nicht nur fast lückenlos staubfrei gemacht, heute war es weitgehend verdichtet und die Böden versiegelt. Bei Starkregen, die immer häufiger auftraten, wurden daher nicht Staub-sauger, sondern vor allem Wasserpumpen benötigt, um abgesoffene Keller und Garagen auszupumpen. Ich stieg aus und ließ den Berggipfelreiniger in der Straßen-bahn zurück. In der Nähe unserer Stadt gibt es keine nennenswerten Gipfel.

Als ich nach Hause kam, war es bereits Nachmittag. Jetzt konnte ich keinen Herrn Preinfalk mehr anrufen. Ich betrachtete die drapierte Ungeordnetheit der Gegen-stände auf meinem Küchentisch. In der linken Ecke lagen, auf dem Wirtschaftsteil der *Süddeutschen* von vorgestern, eine Schüssel mit Löffel (darin hatte sich mein Frühstücksmüsli befunden), der Plastikdeckel eines Joghurtbechers, darauf ein Messer, mit dem ich in der Früh einen Pfirsich klein geschnitten hatte, daneben standen eine Tasse mit kalt gewordenem

Kaffee und ein Glas mit Mineralwasser, halbvoll. Diese Belegung betraf nur den linken unteren Rand des Küchentisches, gleichsam den südwestlichen. Auch der Rest des Tisches war vollbelegt oder vollgestellt. Ich war der einzige Mensch, der über die archäologische Schichtung und chronologische Besiedelung meines Küchentisches annähernd wahrheitsgetreu Auskunft geben hätte können. Anfangs, das heißt, vor mehreren Tagen, als ich zuletzt den Tisch abgeräumt und abgewischt hatte, stand da nur ein leerer Brotkorb. Dann folgten eine Wanderkarte der Region Schärding, weiters ein Salzstreuer, später die Müslibox aus Plastik, eine ausgepresste halbe Zitrone, ein Plastiklöffel mit zwei abgenagten Pfirsichkernen, zwei Medikamentenschachteln mit dem Wirkstoff Paracetamol (eine Originalmarke, ein Generikum), ein Sackerl mit einem halben Roggenbrot, eine Einkaufstasche der Grünen mit der Aufschrift *Bio macht schön* (zusammengeknüllt). Wie zwei Türme in einem überdimensionalen Schachspiel standen eine Mineralwasserflasche (in der Mitte) und eine angebrochene Flasche Cola Light (im rechten oberen Eck), zentral dann ein beim Frühstück geöffneter Tetrapak mit Kondensmilch, daneben der ausgelöffelte Joghurtbecher (500 g, das reichte für mehrere Tage). Links oben (Nordwesten) hatte die leere Kaffeekanne ihre Position eingenommen. Die Kanne war wohl der einzige Gegenstand, der in den letzten Tagen regelmäßig, wenn auch nur für den Vorgang der Neubefüllung, den Tisch verlassen und wieder betreten hatte. Ein weiteres Schneidmesser fiel mir erst jetzt auf. Ich überlegte, ob ich die Position des Tatortforensikers (-archäologen) in die Liste der Karrieremöglichkeiten nach unten/oben aufnehmen sollte.

Ich schob das Abräumen des Esstisches (das der gegenständlichen Archäologie ein gewaltsames Ende gesetzt hätte) noch einmal auf. Stattdessen setzte ich die Rückholung meines Knirpses auf die Agenda und wiederholte die Fahrt in das Pfarrzentrum am Stadtrand von vor zwei Tagen.

Besser wäre es gewesen, vorher dort anzurufen. Als ich ankam (gegen halb acht am Abend), fand ich die Kirchentüre offen, die Sakristei aber verschlossen vor. Zum Glück übte jemand recht tadellos einen Choral auf der Orgel, dessen Melodie, bloß anders harmonisiert, man auch für einen Jazzstandard halten hätte können. Ich machte mich bemerkbar, indem ich in die Hände klatschte, wonach das Orgelspiel abrupt abbrach und gleich darauf das jugendliche Gesicht eines Mädchens, vielleicht fünfzehn Jahre alt, auf der Empore erschien. Ich trug mein Anliegen vor, kurz darauf war das Mädchen bei mir, schloss die Sakristei auf und drückte mir den Knirps in die Hand. Ich konnte meine Neugier nicht unterdrücken und fragte das Mädel, welches Stück es denn gerade gespielt habe. War von Pachelbel, sagte sie und ergänzte lapidar: *Alle Menschen müssen sterben, alles Fleisch vergeht wie Heu.*

Ob ich noch eine Weile zuhören dürfe, fragte ich. Wenn es Ihnen Spaß macht, sagte sie und huschte wieder nach oben. Wieder hörte ich den Choral, dem eine Variation auf dem Manual folgte. Ich saß in der Kirchenbank und drückte auf meinem Handy, bis ich den Text des Chorals im Netz fand: *... alles Fleisch vergeht wie Heu, was da lebet, muss verderben, soll es anders werden neu.* Der Text war von einem gewissen Johann Georg Albini, einem Barockdichter, verfasst worden. Der Name sagte mir nichts. Sein Text über die

Vergänglichkeit erinnerte mich an die Zeilen aus dem Brahms-Requiem: *Denn alles Fleisch, es ist wie Gras...* Brahms hatte seine Texte, so viel wusste ich noch, der Bibel entnommen.

Ich verließ die Kirche, den Knirps in der Hand. Hinter mir verebbte die Orgelmusik. In leichte Vergänglichkeitsmelancholie gehüllt, stand ich an der Haltestelle und wartete auf das Eintreffen der Straßenbahn. Während der zwanzigminütigen Wartezeit dorrte unhörbar das Gras in mir.

Nach den Nachrichten setzte ich mich an den Schreibtisch, um weiter über Johann Preinfalk zu recherchieren. Plötzlich funktionierte mein Computer nicht mehr. Vielmehr gab mir das Betriebssystem die Anweisung, dass nun ein ultimatives Update folgte. Angeblich hatte mich das System vorher zehnmal vergeblich daran erinnert. Mir blieb nichts anderes übrig, als den betreffenden Zustimmungsbutton zu drücken. Ich rechnete mit wenigen Minuten Wartezeit. Für das Update musste der Rechner mehrmals herunterfahren und dann wieder neu starten. Das dauerte. Die Recherche war hinfällig. Zwischendurch warf ich einen Blick auf mein Handy und registrierte eine Koinzidenz. Auch mein Handy teilte mir jetzt lapidar und unbegründet mit: *Ihr System muss optimiert werden.* In dem Moment war ich froh, dass das Handy beim förmlichen Sie blieb und mich nicht per Du ansprach.

Die Nachbarin in der Wohnung schräg gegenüber hatte offenbar Besuch von einem jungen Mann erhalten. Ihn hatte ich vorher noch nie zu Gesicht bekommen. Die Küche war beleuchtet, die junge Frau ging barfuß und in Unterwäsche durch ihre Wohnung: Ich notierte die nächste Koinzidenz. Möglicherweise hatten die beiden etwas zu feiern. Auf dem Küchentisch, den ich einsehen konnte, stand eine Sektflasche. Dann kam der junge Mann ins Bild, nun ebenfalls in Unterhose, und machte sich an der Flasche zu schaffen. Gekonnt gelang es ihm, sie zu entkorken. Die Nachbarin füllte die Gläser, die beiden stießen gut gelaunt an. Der weitere Handlungsverlauf blieb mir verborgen.

Ich begann herumzutrödeln. Bei 80% Update nahm ich die Zeitung zur Hand und blieb auf der Wissenschaftsseite an einer Studie über Blindenhunde hängen. 23 Hundemütter und 98 Welpen waren an einer Universität in New Jersey von Wissenschaftlern untersucht worden. Die Studie kam zu dem Ergebnis, dass Welpen, die in ihren ersten Lebenswochen von ihren Müttern besonders stark verwöhnt wurden, später bei Prüfungen häufiger durchfielen als andere. Ich dachte an unsere StudentInnen – niemand war bis jetzt auf die Idee gekommen, ihre Testergebnisse damit zu begründen, dass sie als Kinder von ihren Eltern verwöhnt worden waren. Es habe den Anschein, so wurde die Studienleiterin zitiert, als müssten die Hunde schon in frühen Jahren mit kleinen Herausforderungen konfrontiert werden. Falls das nicht geschehe, schade ihnen das später. Ich dachte darüber nach, inwiefern sich die Ergebnisse der BlindenhundforscherInnen auch auf unsere Studentenschaft übertragen ließ.

In einem anderen Artikel äußerte sich ein ostdeutscher Künstler kritisch über die Sexismusdebatte und den durch Meinungs- und Haltungsvorgaben des inquisitorischen Umfelds, wie es hieß, befangenen Umgang zwischen Männern und Frauen. Ich las den Satz: *Heute dominiert der Typus des* gendersensiblen Bücklings, *der sich nicht ins Leben hineinwagt, weil dort zu viele Gefahren lauern.*

Ich musste kurz auflachen. Sofort sah ich eine Prozession gendersensibler Bücklinge an mir vorbeiziehen, die bußfertig einem imaginären Wallfahrtsort der Entsagung und der Reinheit entgegenwallten. (Ich stand nebenbei und überlegte, ob ich mich einreihen sollte.)

Als das Update beendet war, waren neunzig Minuten vergangen, die Dauer eines ganzen Fußballspiels. Ich war müde und ging ins Bett. In der Wohnung schräg gegenüber brannte kein Licht mehr.

Nachts wachte ich mit Ischiasschmerzen auf, die mich nicht weiterschlafen ließen. Ich stand auf und ging in der Wohnung umher. Es war möglich, kleine Runden zu drehen. Vom Flur in die Küche, von der Küche in mein Arbeitszimmer, vom Arbeitszimmer zurück in den Flur. Nur im Flur brannte Licht, die anderen Räume durchschritt ich im Dämmer- und Streiflicht. Überall lagen die Dinge meines Lebens herum, so als würden sie ein Eigenleben führen, als würden sie während meiner Abwesenheit selbständig durch die Wohnung spazieren. Auf der Waschmaschine im Bad lag ein Teil einer Zeitung. Eine zusammengerollte Zeitung lag auch auf der Küchenkredenz und eine im Flur unter der Kleidergarderobe. Sehr seltsam fand ich einen kleinen Teelöffel ganz in der Ecke des Teppichs im Wohnzimmer. Der Löffel sah aus wie ein überdimensionierter Käfer oder ein metallener Wurm, der auf der Suche nach etwas Fressbarem über den Teppich gekrochen war und jetzt nicht mehr wusste, wie es weiterging. Ich bückte mich und klaubte den Löffel auf. In dem Moment, in dem ich ihn aufhob, hatte er seine Wesenheit als Käfer oder Wurm aufgegeben und war in seine Bestimmung als Löffel zurückgekehrt. Ich trug ihn in die Küche und legte ihn in die Abwasch. Als ich mich an den Schreibtisch setzte, hatten die Schmerzen bereits nachgelassen.

Unvermittelt fiel mir die junge Organistin vom Nachmittag wieder ein: In meiner Wohnung war es so ruhig, dass ich beinahe hören konnte, wie Gras (meines?) zu Heu verdorrte.

Auf dem Schreibtisch lag die Lebensskizze meines Vaters, die ich gestern durchgesehen hatte. Physisch war der Vater nicht mehr anwesend, er war *vergangen*, sein Leben Geschichte, sein Körper *verderbt*. Übrig geblieben von ihm waren die Erinnerungen derer, die ihn gekannt hatten, ein paar Geschichten, die er uns erzählt, ein paar Lieder, die er uns beigebracht hatte, und wir, die Kinder, die seine Gene in sich trugen, und ein paar Gegenstände, die er hinterlassen hatte.

Ich blätterte durch die Seiten und blieb an einer Szene hängen, die er uns Kindern öfter erzählt hatte. Die Szene war ihm wichtig gewesen. Der Vater hatte gewollt, dass wir sie als Geschichte seines Neuanfangs nach dem Krieg begriffen.

Der Vater war verwundet aus dem Krieg zurückgekommen und hatte in seiner Heimatgemeinde im Mühlviertel eine Stelle am Gemeindeamt angetreten, sich dann weitergebildet und für das Amt eines Gemeindebeamten qualifiziert.

Als nun 1951 in der für damalige Verhältnisse beträchtlich weit entfernten Gemeinde D. in einem Bezirk nördlich des Salzkammerguts ein freier Posten ausgeschrieben wurde (Oberösterreich war bis 1955 von den Alliierten besetzt, zum Übertritt aus der sowjetischen Zone nördlich der Donau bedurfte es eines Passierscheines, um in den Süden Oberösterreichs zu gelangen), bewarb er sich und erhielt die Stelle als Gemeindesekretär.

Seine Ankunft am neuen Wohnort hatte der Vater wie eine Filmszene beschrieben: Von S. aus, wohin er mit der Bahn gefahren war, war er abends zu Fuß nach D. gegangen und hatte dort die auf einer kleinen Anhöhe stehende Pfarrkirche genau in dem Moment erblickt, in dem die Glocken zum Avegebet geläutet hatten. Der Vater hatte seinen Koffer abgestellt, das Avegebet verrichtet und damit gleichsam mit dem ersten Anblick von D. um ein gutes Ankommen für seine neue Zukunft gebetet.

So hatte ich die Vatergeschichte, von ihm erzählt, in meinem Kopf behalten – so lange, bis ich sie jetzt in seiner Skizze wieder las. Die Geschichte in meinem Kopf stimmte im Großen und Ganzen mit dem überein, was der Vater in seiner biografischen Notiz beschrieb, nur das Detail mit dem Koffer hatte meine Fantasie der Erzählung hinzugefügt. In der Skizze erwähnte der Vater, dass er den Koffer in einem Gasthaus in S. abgestellt und sich ohne Gepäck nach D. begeben hatte. Der Vater hatte auch notiert, was ihm in diesen Minuten durch den Kopf gegangen war: *Dann dachte ich nach, wie ich wohl hier in dieser Fremde aufgenommen werde. Was werde ich hier alles erleben, werden die Menschen mich annehmen und mich als neuen Gemeindesekretär anerkennen. Werde ich wohl immer gesund sein und wo werde ich wohnen und essen können.*

Diese Episode hatte sich mit den Jahren als eine Art Familienlegende in unserem Gedächtnis festgesetzt. In D. hatte er seine berufliche Karriere begonnen, hier hatte er seine Familie gegründet, auf der Geburtsstation in S. kamen seine Kinder zur Welt, in seiner neuen Heimat wurde er bald in den verschiedensten Vereinen aufgenommen.

So wuchsen wir auf: in einem Dorf, in einer Gemeinde, die ungefähr je zur Hälfte von Bauern und Arbeitern bewohnt wurde. Letztere verdienten vor allem in der nahegelegenen Papierfabrik ihr Brot. So wuchsen wir auf: als Kinder des Gemeindesekretärs, die sich nach der Schule mit den Kindern des Dorfes spielend herumtrieben, in einem Graben hinter dem Schulgebäude, in dem wir Fußball spielten, im Wald, in den Scheunen der Bauern, auf der langgezogenen Friedhofsmauer, in allen möglichen Gebäuden. Später fiel mir auf, dass ich als Kind fast alle Wohnhäuser unseres Dorfes von innen gesehen hatte. Auch die sogenannten Gemeindebauten, in denen sozial Benachteiligte wohnten.

Unsere Verwandten (meine Mutter stammte auch aus dem Mühlviertel) waren weit weg und wurden nur zwei-, dreimal im Jahr besucht, gelegentlich bekamen auch wir Besuch. Aber nur eine unverheiratet gebliebene Schwester meines Vaters, Tante Agnes, die in Linz als Bedienerin in einem Kloster arbeitete, kam, als der Vater bereits verwitwet war, regelmäßig zu Ostern und Weihnachten zu uns, um uns Kinder, die wir während des Jahres im Internat lebten, zu versorgen und zu bekochen.

Der Vater war also wegen einer Arbeitsstelle in das ihm vorher völlig fremde D. übersiedelt. Niemand von uns hatte je die Frage gestellt, ob es außer einem beruflichen noch einen anderen Grund für seine Übersiedlung gegeben hatte. Er liebte, ja, er idealisierte seinen Geburtsort, über den wir gelegentlich mit Anekdoten aus der Kindheit versorgt wurden, und immer, wenn wir seinen Geburtsort besuchten, in dem in den frühen siebziger Jahren der Film *Die Alpensaga* von Peter Turrini gedreht worden war, hatte ich den Eindruck, dass der Vater dort bestens über die Menschen und ihre Lebensumstände Bescheid wusste. Nach seiner Entlassung aus der Wehrmacht betreute er in seinem Heimatort die Stelle für die Verteilung der Lebensmittelkarten. Zu Kriegsende am 8. Mai 1945, so schrieb er später in seiner Skizze, habe er *die schöne Aufgabe* gehabt, den Ort kampflos an die Amerikaner zu übergeben.

Keiner von uns Geschwistern stellte das Weggehen aus seinem Heimatort, das möglicherweise eine Absetzbewegung, eine Flucht gewesen war, je in Frage. In den Nachkriegsjahren strömten Hunderttausende durch Oberösterreich. Viele Kriegsflüchtlinge, Ausgebombte und Heimatvertriebene suchten sich entlang neu aufgebauter Siedlungen von Linz, Traun, Haid, Marchtrenk bis Schwanenstadt und Vöcklabruck eine neue Heimat: Sudetendeutsche, Schlesier, Donauschwaben, Katholiken, Protestanten. In dieser Zeit des Neubeginns, der Siedlertätigkeit, der Orientierung nach vorne, fragte niemand nach den Gründen des Weggehens. Der Krieg war zu Ende, für die Generation, die zwischen 1915 und 1930 geboren worden war und deren Jugend in die Kriegszeit gefallen war, sollte endlich eine späte Zukunft beginnen. Häuser wurden gebaut, Ehen geschlossen, die Kinder der Babyboomjahre gezeugt. Auch in unserem Dorf gab es etliche Flüchtlinge, die sich nach dem Krieg hier niedergelassen hatten, eine Tatsache, die bei uns zu Hause, soweit ich mich erinnern kann, nie thematisiert wurde. Gelegentlich, wenn mich der Vater bei einer seiner Fahrten durch das Gemeindegebiet mitnahm, um von jemandem eine Unterschrift einzuholen, fiel mir ein seltsam anmutender Akzent bei älteren Menschen auf, den ich damals aber nicht zuordnen konnte. Später begriff ich, dass es sich bei diesen Menschen wohl um Deutsche aus einem der Flüchtlingsgebiete gehandelt haben musste.

Alle blickten nach vorne, bildeten neue Gemeinschaften und packten an. Der Assimilationsdruck für die Vertriebenen muss groß gewesen sein und wurde wohl in vielen Familien als Überlebensparole ausgegeben: nicht auffallen, fleißig arbeiten, fleißig lernen, ankommen. Sich den Schmerz verbeißen. Nicht zurückschauen. Wenigstens nicht zu sehr. Nicht wehleidig sein. Das Schicksal, das Leben nehmen, wie es einmal war. Froh sein, überlebt zu haben. Sich über das kleine Glück zu freuen, das nun manchen erwuchs: die Geburt von Kindern, der Bau eines kleinen Häuschens, der Kauf des ersten Autos, später des ersten Fernsehgerätes, die Feste, die es zu feiern gab, die Welser oder die Rieder Messe zu besuchen und sich regelmäßig in den Vertriebenenverbänden zu treffen, dort, wo der gemeinsame Schmerz an die aufgegebene Heimat, die Erinnerung an die Vertreibung zulässig war. Und wo natürlich auch von manchen revanchistische Gedanken gewälzt wurden. Kaum war der Krieg vorbei, geisterte das Drohbild des Weltkommunismus herum.

Und kurz nach Kriegsende waren auch die schon wieder mit dabei im Dorfleben, die während des Nationalsozialismus Parteigenossen gewesen waren, aber die Entnazifizierung überstanden hatten, weil sie doch nur bloße Mitläufer gewesen oder auf findige Weise den Nachweis erbracht hatten, solche gewesen zu sein. Nun lebten sie als Gemeinderäte, als Parteiobmänner, in den Vereinen, bei den Jägern, in der Musikkapelle, bei Sportvereinen und natürlich im Kameradschaftsbund zum Teil mit denen Tür an Tür, die Jahre zuvor noch vor ihnen gezittert hatten.

Ihre Geschichten wurden entweder an den Stammtischen in Selbstreferaten zu Kriegsheldengeschichten ausgeschmückt und umgedichtet oder aber, nicht weniger gefinkelt, weggeschwiegen. Ihre *tatsächlichen* Geschichten wurden bei passender Gelegenheit dann doch ausgepackt. Sei es, um zu prahlen oder anderen zu schaden. Selten wurden sie ausgesprochen, weil es um die Wahrheit ging oder um Reue oder einen Vorgang, den man später *Vergangenheitsbewältigung* nannte. Das Vergangene schien tot, ausgelöscht, aber es war nicht vergessen. Es ruhte in den Träumen und Alpträumen der im Krieg Beteiligten, es wallte auf in gewaltigen Räuschen, es machte sich Platz in gelegentlich aufflammenden Raufereien und Zwisten, es rumorte in diffusen Ängsten der Nachgeborenen.

Erst viele Jahre später musste ich, wenn ich durch das aufgeblühte Oberösterreich und vor allem durch den Zentralraum fuhr, an die zehntausenden Geschichten von Flucht, Vertreibung und Familientragödien denken, die es gegeben haben musste, die aber zu lange nicht und zu wenig öffentlich erzählt worden waren. Aus Scham und Unvermögen hatten die meisten geschwiegen, weil es ja vor allem andere Opfer des Krieges gegeben hatte, die den Krieg nicht überlebt hatten. Die Erkenntnis, dass die eigenen Opfer ein Resultat vorhergehender Gräuel gewesen waren, sickerte erst in der sogenannten Achtundsechziger-Generation ein. Oder aber gar nicht.

So wurden Legenden gebaut und erzählt, an Stammtischen, in Familien, in der Politik: von Helden im Schützengraben, von Österreich als kollektivem Opfer des Anschlusses, vom Verführtwordensein durch einen Wahnsinnigen. Gelegentlich schien es, als ob ein einziger Böser, Hitler, allein und ausschließlich für den Krieg und die Verbrechen verantwortlich gewesen sei. Denn alles zusammen hatte doch auch sein Gutes gehabt. Die Autobahnen, Arbeit für alle: Beschwichtigungsparolen der Nachkriegsjahrzehnte, aufgelöffelt und eingesogen von Millionen von Nachkriegskindern.

Gab es einen Anfang von Geschichte? Gab es einen Zeitpunkt, ein Ereignis, ab dem man eine Geschichte beginnen ließ? Vielleicht war diese Geschichte meines Vaters gar nicht die Geschichte seines Anfangs gewesen, sondern nur die Version eines Anfangs, den er für seine Kinder festgelegt hatte. Mit der Ankunft im nördlichen Salzkammergut sollte seine Nachkriegsgeschichte, sollte die Geschichte unserer Familie beginnen. So hatten wir es von ihm gehört. So hatte er es gewollt und so las ich es jetzt wieder in einem Bericht. So hatten wir es geglaubt. In Vaters Leben existierte aber offenbar eine Vorgeschichte, von der er uns nichts erzählt und die auch keinen Eingang in seine von ihm publizierte Lebensskizze gefunden hatte.

4

Ich war der Schmerzen wegen zu spät ins Bett gegangen. Am Morgen verschlief ich. Beim hastigen Frühstück erhielt ich eine SMS von Margit: *Meine Katze ist gestorben. Gestern. Kann den Verlust noch gar nicht begreifen. Hoffe, dir geht es gut. LG Margit.* Ich überlegte kurz, ob ich kondolieren sollte. Ich schrieb ihr, dass mir das mit der Katze leid täte und dass ich mich demnächst bei ihr melden würde.

Kurz darauf rief mich Minkler vom Sozialforschungsinstitut aus Wien an und teilte mir lapidar mit, dass er für sein neues Projekt über Vertreibung und Exil (Ausgangspunkt dieser Studie waren Sammlungen mehrerer Wiener Rechtsanwaltskanzleien) das nötige Geld aufgetrieben hatte. Die Ausdehnung der Studie auf die Bundesländer aber, die er ursprünglich beabsichtigt gehabt habe und für die ich als Mitarbeiter vorgesehen war, sei aus finanziellen Gründen abgelehnt worden. Minkler geriet an dieser Stelle deutlich hörbar ins Stocken. Auf Deutsch gesagt, ich bin draußen, fragte ich. In dem Fall ja, sagte Minkler. Sie schreiben ja nicht, dass das Projekt nichts taugt. Sie schreiben, dass wir den Teil vorläufig aufschieben sollen, sagte Minkler. Auf einem Zettel notierte ich mir ein paar seiner Absagephrasen: Damit ist noch nicht aller Tage Abend. Vorläufig auf Eis gelegt. Nächstes Jahr wieder ansuchen.

Ich kann dich ja nicht zwingen, nach Wien zu ziehen, sagte er. Na eben, sagte er. Ich notierte: Na eben. Tut mir leid, dass ich dir heute nichts Besseres berichten kann, sagte er. Und so, fragte er. Ich notierte: Und so?

Man schlängelt sich durchs Leben, sagte ich. Die Formulierung war ein Running Gag unserer Gespräche, den wir seit Jahren am Telefon abspulten, und war einem Witz entnommen, in dem zuerst eine Schlange auf die Frage *Wie geht's dir* antwortete, später ein Vogel. Die Pointe des Witzes sparten wir uns längst, wir rissen den Joke nur mehr an. Na dann, sagte ich. Alles klar, sagte ich. Meine Antworten kamen nicht sehr überzeugend.

Es tut mir leid, wiederholte Minkler schließlich. Neues Spiel, neue Chance, sagte er. Vielleicht klinken wir uns demnächst ja in der Vertriebenenforschung ein. Dann bist du natürlich wieder an Bord, sagte er. Ich notierte: Natürlich wieder an Bord, und malte spontan ein kleines Schiffchen neben die Worte.

Der Rest des Gespräches gehörte Minkler. Ich spürte seine Erleichterung, dass ich nicht geflucht hatte oder wütend geworden war. Er war froh, wenigstens die Ressourcen für sein Team in Wien für die nächsten zwei Jahre gesichert zu haben. Mensch, du kannst dir gar nicht vorstellen, wie mich das nervt, sagte er. Dieses ewige Ansuchen, sagte er. Ich notierte noch einmal ein Wort, es war das letzte, das auf dem Zettel stand, als er auflegte: Mensch.

Mir fiel unpassenderweise das Verb *minkeln* ein, das ich aus meiner Kindheit kannte und schon lange nicht mehr gehört hatte. Minkeln meinte, dass etwas schlecht roch, faulig oder modrig war. Ich wusste nicht genau, in welchem Zusammenhang ich dieses Wort je gehört hatte. Ich sah einen abgeschalteten Kühlschrank vor mir, den jemand versehentlich geschlossen hatte. Beim Öffnen nach längerer Zeit minkelte es einen an. Ich stellte mir Minklers Büro vor wie einen Kühlschrank, der schon eine Zeit lang vom Stromnetz genommen und abgeschaltet war. Minkler saß in seinem angeschimmelten Büro und minkelte genervt vor sich hin. Auf seinem Tisch lag ein Blatt mit der Überschrift: Das ewige Ansuchen. Ich brach den Gedanken ab, kurz bevor die Moralpolizei einschritt. Über Familiennamen riss man keine Witze. Vielleicht stammte diese meine schlechte Eigenschaft aus meiner Internatszeit.

Da war sie auch schon zur Stelle, die Polizei meines schlechten Gewissens. Ehe ich mich versah, sah ich mich nun doch einem Vernehmungsbeamten gegenübersitzen, der mir schäbige Diskriminierung und eine herabsetzende Äußerung über einen unschuldigen Wiener Historiker vorwarf. Zu meiner Verteidigung hatte ich eben nur das schwache Internatsargument vorzubringen: dort hatten wir aus den Familiennamen der Zöglinge Spitznamen gemacht, die oftmals den Betroffenen nicht recht gewesen waren. Der Vernehmungsbeamte beugte sich über den Schreibtisch und sah plötzlich aus wie mein Deutschlehrer im Gymnasium. Der sah mich jetzt trocken an und sagte: Lieber Gott, nimm mir alles, nur die Ausrede lass mir. Dann stellte er mir einen schriftlichen Verweis aus.

Der Vormittag war fast vergangen, ich musste noch auf die Uni. Den Anruf bei Johann Preinfalk verschob ich auf den nächsten Tag.

Aus Ärger über das Telefonat mit Minkler schlitterte ich prompt in die nächste Fantasie. Bei einem Kaffee in einem Schanigarten auf der Landstraße schlüpfte ich in die Rolle des Casting Directors für eine Studie eines sozialwissenschaftlichen Projekts mit dem Titel *Sexualbiografien in der Fußgängerzone*. Meine Aufgabe bestand darin, Forschungshypothesen über vermutetes Sexualverhalten von Passanten aufzustellen. Ich betrachtete die Kaffeetrinker in meinem Umkreis und versuchte anhand von Äußerlichkeiten, Hypothesen über deren Sexualpraxis (Häufigkeit, Vorlieben, Devianzen) anzustellen. Am Nebentisch saß eine junge Frau, die sich die Ohren zugestöpselt hatte und leichte rhythmische Bewegungen zu einer Musik machte, die ich nicht hören konnte. Mir fiel auf, dass sie ihre Finger mit dreierlei Nagellack lackiert hatte. Sofort war mir klar, dass jeder Versuch, von den verschieden lackierten Nägeln auf die sexuellen Vorlieben ihrer Trägerin zu schließen, wahnwitzig war. Mein Versuch geriet zum reinen Desaster, mein Projekt schlitterte von Anfang an in eine wissenschaftlich nicht haltbare Abhandlung über Äußerlichkeiten. Mir fiel ein, dass ich am Morgen von einer Studie gelesen hatte, die belegte, dass dicke Menschen häufig stigmatisiert und ausgegrenzt würden und dass ein Großteil der Deutschen Dicke als unästhetisch betrachteten. Mein Forschungsansatz lief etwa in die gleiche ressentiment-geladene Richtung. Kurz streifte mich ein Blick der Frau. Vielleicht bemerkte sie, dass ich sie gemustert hatte. Nun musterte sie mich, als wolle sie sagen: He Dicker, lass es gut sein. Ich frage dich ja auch nicht, mit wem du es treibst.

Ich spürte, dass ich mich für meine alberne Fantasie genierte. In meiner Vorstellung saß ich nun an meinem Schreibtisch und zerriss auf der Stelle den Förderungsantrag für diese Sexualhistorien. Dieses ewige Ansuchen. (Das Leben als ewiges Ansuchen: als ein Dauerbegehren, das gestillt sein wollte.) Die Worte *minkeln* und *zufleiß* kamen zumindest auf die Kandidatenliste für die Ausstellung aussterbender Wörter, auch dem Wort *Mirpzahl*, das ich vor ein paar Tagen aufgeschnappt hatte, wollte ich weiter nachgehen.

Auf der Fahrt zur Universität blätterte ich in meinem Kalender. Ich gehörte zu den wenigen, die noch einen Taschenkalender aus Papier verwendeten, fast alle Kollegen und Kolleginnen benutzten die Kalender ihrer Handys. Vor meinen Augen hatten sich schon ein paarmal kleine Dramen abgespielt, weil plötzlich der Akku des Gerätes ausgegangen war. Der Moment gehörte zu den wenigen, in denen ich als Digital Immigrant Oberwasser verspürte. Ich deutete dann immer auf meinen Kalender und sagte: Alles da, alles auf einen Blick, alles aus Papier. Einmal hatte ich den Jahreskalender in der Bahn vergessen und nicht mehr wieder zurückbekommen. Mir war vorgekommen, als hätte ich das Gedächtnis verloren. Mir fiel ein, dass auch der bekannte Schriftsteller Martin Walser einmal bei einer Zugfahrt sein Tagebuch verloren hatte. Walser hatte es sich über Jahrzehnte zur Gewohnheit gemacht, alle seine Einfälle zu notieren (und später zu publizieren). Der Verlust seines Tagebuches war damals öffentlich kundgemacht worden und wahrscheinlich als Notiz in ein neues Tagebuch eingegangen. Einmal hatte ich eines dieser Bücher gelesen. Bei der Gelegenheit hatte ich mir den Titel *Martin ist ein anderer Name für Nabel der Welt* notiert.

Im Proseminar gab ich einen Überblick über einige Theorien zur Geschichtsphilosophie, worauf sich eine lebendige Diskussion entwickelte. Hat Geschichte eine Richtung, bewegt sie sich auf etwas zu? Auf eine Synthese aller Widersprüche, wie von Hegel behauptet? Hat sie gar ein Ende, wie von Francis Fukuyama in den neunziger Jahren postuliert wurde, oder ereignete sich Geschichte gleichsam zwei Mal, wie Hegel schrieb: das erste Mal als Tragödie, das zweite Mal als Farce?

Oder funktionierte sie chaotisch? Spielte der Zufall eine Rolle? Wie wäre Geschichte abgelaufen, wenn Hitler an der Kunstakademie in Wien aufgenommen worden wäre? Wenn der Terrorangriff auf die Twin Towers verhindert werden hätte können? Wie wäre das Ende der DDR verlaufen, wenn der schlecht vorbereitete ostdeutsche Pressesprecher Günter Schabowski nicht sein *unverzüglich* auf der Pressekonferenz von sich gegeben hätte (beziehungsweise, wenn er nicht von einem italienischen Journalisten so gefragt worden wäre, dass er dieses entscheidende Vokabel ausgesprochen hatte). Über den Fall der Berliner Mauer wussten alle Studierenden Bescheid. Als ich nach dem Namen Schabowski fragte, hoben aber nur mehr drei von fünfzehn die Hand. Mir fiel eine Anekdote ein, die bei der letzten Historikertagung die Runde gemacht hatte: da hatte offenbar an einer Universität ein Student den Namen Napoleon für eine französische Käsesorte gehalten.

Der Pausenraum war voll besetzt. Da ich wusste, dass Gabriele nicht da sein würde, hielt ich mich nur kurz auf, schnappte dabei aber einen einzigen Satz auf: *Ist eine der zehn Städte, die man gesehen haben muss.*

In dem inneren Monolog, den ich nun mit mir führte, gestand ich mir ein, dass für mich ein wichtiges Kriterium für einen Städtebesuch nach wie vor der Erwerb einer lesbaren deutschsprachigen Tageszeitung war. Jahrelang hatte ich davon geträumt, in einem Straßencafé in Reykjavík eine deutsche Zeitung zu lesen, und mir diesen Traum auch einmal erfüllt. Für den Preis der Wochenzeitung hatte ich in der bekannten Buchhandlung Mál og menning (noch vor Auftreten der Bankenkrise in Island) mindestens den Preis eines

Taschenbuches hingelegt. Um ein wenig Abwechslung für mich zu produzieren (als Hanna ein Kind gewesen war, hatten wir diesen Vorgang immer als *Kopfspiel* bezeichnet), bastelte ich seit Längerem an einer Liste von Städten, deren Besuch ich niemandem aufnötigen wollte, in denen ich mich aber gern aufgehalten hatte: Reykjavík, Tromsø, Regensburg, Třeboň, Domažlice, Karlshamn, Freistadt, Arrecife, Sóller, Stockholm, Passau, Berlin, Sibiu.

Dann sah ich Gabriele unvermutet doch. Ich blätterte gerade den Packen Institutspost durch, der sich in den Ferien in meinem Postfach angesammelt hatte. Plötzlich kam sie zur Tür herein und ging zielstrebig zur Kaffeemaschine, um sich Kaffee zu machen. Sie bemerkte mich zuerst nicht. Ich merkte (hoffentlich nur für mich), dass ich rot anlief und sich mein Puls beschleunigte. Gabrieles Eintreten verwirrte mich augenblicklich. Dann sah sie mich auch. Sie kam näher und lachte mich an. Sie war ganz locker, ich war es nicht. Sie sah gut aus. Sie roch gut. Sie sagte irgendetwas. Dass sie etwas am Institut vergessen hatte und deshalb sogar an ihrem freien Tag an die Uni gefahren war. Dass man daran ja sehen konnte, wie fleißig sie war. Sie sprach ununterbrochen, lachte, trank, schaute aus dem Fenster, sie wirbelte vor meinen Augen herum. Ab ihrem dritten Satz verstand ich gar nichts mehr. Der *gendersensible Bückling* in mir pausierte schlagartig. Irgendeine hormonelle Reserveabteilung in mir (war ich das, war ich das nicht?) war sofort hochgradig alarmiert. Gabriele war so lebendig, so quick, so umwerfend anziehend, dass ich sie, wenn wir alleine gewesen wären, am liebsten auf der Stelle geküsst hätte. Ich hatte nicht einmal Zeit, ihr ein Kompliment zu machen. Ich versuchte, etwas zu sagen, stotterte etwas von Boah, deine Power möchte ich haben. Mach's gut, aber nicht zu oft, sagte sie, zwinkerte mir zu und berührte mich am Oberarm. Vielleicht zog ich die Brauen fragend hoch, was sie damit gemeint haben konnte. Schon war sie aus der Tür. Hatte sie nicht versprochen, mich anzurufen?

Im Anschluss an das Proseminar hielt ich meine Sprechstunde. Ich vergab keine Termine, bei mir herrschte das Reihungskriterium *first come, first served*. Holger Wuttke hatte mich erst vor Kurzem darauf aufmerksam gemacht, dass ich damit das sogenannte Windhundprinzip anwandte. Wenn ich keine Zeit hatte, entfiel die Sprechstunde ersatzlos.

Der erste Student, der bei mir vorsprach, Vorbach, hatte sich für seine Masterarbeit die Rezeption der österreichischen Auschwitzprozesse in den Printmedien vorgenommen. Erst 1972 (und daher erst fast dreißig Jahre nach den historischen Ereignissen) war es zu Prozessen gegen vier Beschuldigte gekommen. Die Verfahren gegen einundfünfzig weitere Verdächtige waren überhaupt vorher schon abgebrochen worden. Alle vier Beschuldigten wurden schließlich von Geschworenen freigesprochen, weil es den überlebenden Zeugen des KZ schwergefallen war, sich nach dreißig Jahren an Details zu erinnern. Vorbach hatte sich intensiv in das Thema eingearbeitet, hatte in Wien im Dokumentationsarchiv des österreichischen Widerstandes recherchiert und war auch an den Nachlass Hermann Langbeins herangekommen.

Vor mir saß kopfschüttelnd ein Student, dem unbegreiflich war, wie es zu so einem Schandurteil kommen hatte können. Ich spürte eine aufblitzende Freude darüber, dass einer meiner Studenten offenbar für sein Thema Feuer gefangen und *angebissen* hatte. Die österreichischen Prozesse damals sind noch immer viel zu wenig beforscht, sagte ich zu ihm und gab ihm zu verstehen, wie einverstanden ich mit seinem Forschungseros war. Überlegen Sie sich, ob das nicht auch ein Thema für eine Dissertation sein könnte. Mit roten Backen verließ er den Raum.

Als nächstes kam Cornelia Maurer ins Besprechungszimmer. Sie bereitete eine Masterarbeit über die Berichterstattung bei Suiziden von Sportlern vor. Als Schülerin habe sie der Selbstmord des deutschen Fußballtorhüters Enke schockiert, so war sie auf das Thema gestoßen. In der Zwischenzeit hatten wir uns darauf geeinigt, dass sie sich auf österreichische SportlerInnen und damit auf die Recherche in österreichischen Zeitungen beschränken sollte.

Sie legte mir eine Liste mit Namen vor. An die Judo-Silbermedaillengewinnerin von Athen, die sich 2011 das Leben genommen hatte, konnte sie sich noch genau erinnern.

Andere Namen waren nur mir vertraut: Siegfried Denk, ein oberösterreichischer Radsportler, der das Image eines Draufgängers und wilden Hundes gehabt hatte. Der österreichische Slalomläufer Herbert Huber, ein feinnerviger, junger Mann aus Kitzbühel, der dem Druck des Leistungssportes nicht standhalten hatte können und bei einem Qualifikationsrennen einen Nervenzusammenbruch erlitten hatte. 1970 war das gewesen. Ein paar Monate später ertrank ein Mann in dem Schwimmbad, in dem Huber als Bademeister arbeitete. Nur wenige Tage danach nahm sich Huber das Leben.

Maurer hatte in einem ersten Recherchedurchgang die Tageszeitungen von damals durchgesehen.

Wie möchten Sie mit der Arbeit weiterverfahren, fragte ich.

Ich habe gelesen, dass der Skifahrer eine Freundin gehabt hat, damals, sagte die Studentin. Vielleicht ist sie noch am Leben und ich kann sie befragen. Vielleicht gibt es auch noch Angehörige, sagte sie. Bei der Judoka bin ich mir ganz sicher. Ich möchte gerne auch ein Kapitel über den sorgsamen Umgang bei Befragungen Angehöriger einbauen, ergänzte sie.

Ein heikles Thema, das Sie sich ausgesucht haben, sagte ich.

Man möchte niemandem nahe treten und doch etwas erfahren. Ich möchte verstehen, sagte die junge Frau. Und ich möchte wissen, wie es für einen Angehörigen, einen Freund ist, jemanden durch Selbstmord zu verlieren. Die Namen verschwinden rasch aus der Öffentlichkeit. Die Wunden, die ihr Tod schlägt, bleiben unsichtbar. Verheilen vielleicht überhaupt nie. Vielleicht sollte ich mich auch mit Fachleuten, Psychologen, über das Thema unterhalten, sagte sie. Die Idee fand ich gut.

Es geht mich nichts an, sagte ich. Die Wahl Ihres Themas ist etwas ungewöhnlich. Ich hoffe, es gibt kein belastendes Ereignis in Ihrer Umgebung, weswegen Sie auf dieses Thema gekommen sind.

Sie schwieg.

Was würden Sie machen, fragte sie mich plötzlich. Bei den Zeitungen bleiben, bei den gedruckten Quellen, oder Menschen befragen, Zeitzeugen?

Hängt davon ab, wie Sie das Thema einschränken, sagte ich. Wenn Zeitzeugen vorhanden sind, gibt das Ihrer Arbeit natürlich einen besonderen Anstrich, dann wäre das Ihre originäre Forschung. Vorausgesetzt, die Befragung ist seriös, wissenschaftlich und – gerade in diesem Fall – behutsam und emphatisch. Vielleicht starten Sie einen Versuch. Wo würden Sie denn gefühlsmäßig beginnen wollen?

In Kitzbühel, sagte sie. Der Fall liegt schon lange zurück. Vielleicht fällt es da Menschen leichter, über den Vorfall zu sprechen, als wenn der Todesfall erst ein paar Jahre her ist.

Wir schwiegen.

Da tauchen dann plötzlich noch so viele Aspekte auf. Der Umgang mit der Trauer, sagte sie. Der Umgang mit Schuldgefühlen. Vielleicht gibt es da auch viel Sprachlosigkeit, sagte sie. Die Angst, etwas aufzuwühlen. Sie war vielleicht zweiundzwanzig, dreiundzwanzig Jahre alt.

Übernehmen Sie sich nicht. Wenn Sie den Eindruck haben, dass Ihnen die Recherche zu stark wird, kommen Sie zu mir. Wenn Sie Hilfe brauchen, melden Sie sich. Ich bin dazu da, Sie zu unterstützen, sagte ich.

Sie stand auf, ein schmächtiges Mädchen. Ich spürte, dass ich ein bisschen stolz auf meine Studentin war.

Was ich besonders arg finde, sagte sie im Hinausgehen: Oft, wenn ein Selbstmord eines Sportlers passiert, erscheinen sofort darauf Listen mit bisherigen Selbstmorden von prominenten Sportlern. Selbst in Qualitätszeitungen. Gedankenlos, sagte sie. Hinter jedem Namen steckt ein Schicksal.

Journalismus und Ethik, sagte ich. Das wäre ein Thema, wenn Sie weiterarbeiten wollen.

Auf der Heimfahrt bemerkte ich, dass einige ihrer Sätze nachhallten: *Da kommen plötzlich noch so viele*

Aspekte dazu, hörte ich die Stimme der Studentin in mir. *Der Umgang mit der Trauer. Mit Schuldgefühlen. Vielleicht gibt es da auch viel Sprachlosigkeit*, hatte sie gesagt. *Die Angst, etwas aufzuwühlen.*

Ich versuchte mir vorzustellen, wie ich als Geschichtsstudent mit meiner eigenen Geschichte umgehen würde. Ich sah mich in meine eigene Sprechstunde gehen und den Fall vortragen: Plötzlich war das Gerücht (?) aufgekommen, dass es noch ein weiteres Familienmitglied gab. Einen Bruder. Johann Preinfalk sein Name. Der meinem Vater so ähnlich sah.

Was sollte ich machen? Wen könnten Sie befragen, befragte ich mich selbst. Welche Quellen könnte ich anzapfen, um Licht in diese Geschichte zu bringen? Warum nicht den Mann umgehend anrufen und die Sache klären?

Die Nachricht der Frau vor dem Pfarrzentrum hatte mich erschreckt. Vielleicht hatte ich selber Angst davor, Dinge aufzudecken, über die Jahrzehnte niemand gesprochen hatte. Vielleicht hatte ich auch ein schlechtes Gewissen. Die Angelegenheit war ziemlich heikel. Den Deckel eines offensichtlichen Familiengeheimnisses zu lüften. An ein Tabu zu rühren. Etwas Beschwiegenes aufzuwühlen. Wer war in diese Geschichte noch verwickelt? Viele Menschen, die darum wussten, lebten wahrscheinlich nicht mehr. Die Geschwister meines Vaters waren lange tot. Vielleicht konnte ich noch einmal im Nachlass meines Vaters graben.

Der Rest der Fahrt ging in eine Selbstbezichtigung über: Ich schalt mich einen Zögerling, einen Handlungsnovizen. Ich fragte mich, was mich denn bloß hinderte, nicht sofort aktiv zu werden. Meine Hemmung saß neben mir in der Straßenbahn, kuschte neben mir wie ein Hund an der Leine. Besser: Ich war der Hund. Die Hemmung hielt mich an der Leine. Ich scheute mich, das zu tun, was ich der jungen Frau geraten hatte.

An der Mozartkreuzung stieg ich aus. In der Fußgängerzone traf ich zufällig Ariane. Sie trug eine Sonnenbrille und ging direkt an mir vorbei. Entweder hatte sie mich bemerkt und blitzschnell die Entscheidung getroffen, mich nicht sehen zu wollen, oder aber sie hatte mich tatsächlich nicht erkannt. Ich ging ihr ein paar Schritte nach, tippte sie an die Schulter und sprach sie an. Erstaunt blieb sie stehen. Vielleicht hatte sie mich wirklich nicht bemerkt.

Mir fiel auf, dass sie ein wenig grau geworden und wie erstaunlich schlank sie immer noch war. Im gleichen Moment, in dem ich sie musterte, musterte sie mich ebenfalls. Jetzt fiel ihr sicher auf, dass ich schon wieder zugenommen hatte, dachte ich.

Dass wir uns wieder mal sehen, sagte ich. Zufall, fragte ich.

Wie man's nimmt, sagte Ariane und deutete auf einen Umschlag, den sie bei sich trug. Ich war beim Röntgen. Die Schulter spinnt wieder einmal, sagte sie.

Und sonst, wenn ich fragen darf, fragte ich.

Was willst du denn wissen, fragte sie zurück.

Zufrieden, fragte ich.

Du wirst ja gleich existenziell, sagte sie. Das Schuljahr läuft. Wir fangen halt früher an als ihr. Kennst du ja.

Ein paar Jahre haben wir noch, sagte ich.

Jammern hilft nichts, sagte Ariane. Da müssen wir durch.

Wir schwiegen. An uns zogen die Nachmittags-ShopperInnen vorbei. Ariane hatte sich die Sonnenbrille hochgeschoben.

Und bei dir, sagte sie. Besondere Vorkommnisse?

Der Fluss des Lebens, sagte ich. Mäandern. Hin und her. Immer schön in der Mitte bleiben.

Keine kleinen Sensationen, fragte sie.

Ich überlegte kurz, ob ich ihr von Johann Preinfalk erzählen sollte. Es hatte keinen Sinn. Ich lasse mich treiben und warte auf den Zufall, sagte ich. Und da kommst du daher. Zum Beispiel. Du hättest mich übersehen, wenn ich dir nicht nachgegangen wäre.

Sie überhörte den Vorwurf.

Neulich habe ich jemanden getroffen, der dich spielen gehört hat, sagte sie. Wusste ich gar nicht, dass du das immer noch machst.

Ein-, zweimal im Monat, sagte ich. Wer war das denn, fragte ich.

Kennst du nicht, winkte sie ab. Ich merkte, dass ihre Gesprächsbereitschaft eben wieder endete.

Hat Hanna sich schon gemeldet bei dir, fragte sie unvermittelt.

Ich schüttelte den Kopf.

Sie wird dich anrufen, sagte Ariane. Soll sie dir selber sagen. Na ja, sagte sie. Man sieht sich.

Wir gaben uns nicht die Hand, hatten uns auch vorher nicht die Hand geschüttelt. Sie schob sich die Brille wieder auf die Nase und ging Richtung Hauptplatz weiter. Ich sah ihr nach, bis sie in der Menge verschwand.

Zwischen uns in einer unsichtbaren Wolke direkt über der Landstraße hingen die Wunden, die wir uns geschlagen hatten, die Zwiste, die uns über Jahre die Energie entzogen, die Missverständnisse, die zu klären uns so viel Kraft gekostet hatten, unsere letztlich vergeblichen Versuche, die unterschiedlichen Rahmungen unser beider Leben abzugleichen, die Kämpfe, uns zu behaupten. Ihre Tränen, mein Zorn, ihre Wut, meine Verbitterung, ihre Verachtung und mein allmähliches Resignieren und ihres. Zwischen uns hing in einer mildherbstlichen Traube, nur für mich sichtbar, die Geschichte unseres beiderseitigen Scheiterns, nun feinsäuberlich getrennt und sortiert. Langsam verebbte der Krach unserer Lebenskollision. Wenn wir heute einander begegneten, konnte es sein, dass es kurz funkte. Manchmal nur grollte ein kurzes Echo, eine Reminiszenz an ein Gewitter, das lange abgezogen war.

Am späten Nachmittag saß ich in einem kleinen Raum einer Hörgerätfirma, um mir die Hörgeräte, die endgültig bestellt werden sollten, anpassen zu lassen. Über Wochen war ich mehrmals bei einer Mitarbeiterin der Firma, einer gewissen Birgit Firleis, erschienen und war ihren Anweisungen gefolgt. Heute sollte noch einmal eine Sprachaudiometrie mit eingespielten Hintergrundgeräuschen stattfinden. Frau Firleis schaltete zuerst ein Hintergrundrauschen ein, was eine Geräuschkulisse ergab, die man von stark befahrenen Straßen kennt, und knipste dann ein sehr altes Band mit Sprachaufnahmen aus den späten fünfziger Jahren dazu, wie sie mir erklärte. Ein norddeutscher Sprecher sprach dabei Worte überdeutlich aus, die ich, erst mit dem linken, dann mit dem rechten Ohr abhören und schließlich wiedergeben musste. Die Tonaufnahmen erinnerten mich an ein Musikstück, obwohl es nur gesprochene Worte waren. Bald versuchte ich, die Worte genauso akzentuiert und in exakt der Tonhöhe wiederzugeben, wie ich sie gehört hatte: Ich sagte also *Dunst, Hast, Frist, Blick, Pfau, Wurst* und versuchte, die Stimme des

Sprechers, sein Timbre und die Stimmlage nachzuahmen. Mein Eifer und meine Nachahmungslust verfehlten ihre Wirkung nicht und brachten erst Frau Firleis, schließlich auch mich zum Lachen.

Mit Frau Firleis verband mich, was ich Segmentkommunikation nannte: Man kannte eine Person ausschließlich aus einem einzigen Zusammenhang und konnte sich trotzdem über alles Mögliche unterhalten. So ging es mir mit einer Schalterbeamtin in der Landesbibliothek, dem Kellner Wieser in dem Café, in dem ich sonntags Klavier spielte, mit einem Mitarbeiter auf der Bank, der auch zum Fußball ging wie ich, einer Friseurin, einer Zahntechnikerin, und eben Frau Firleis.

Frau Firleis hatte eine angenehme Altstimme mit einem leicht brüchigen Timbre, ich vermutete, dass sie rauchte, obwohl sie nicht nach Zigarette roch. Schon letztes Mal hatte sie mir erzählt, dass sie in der Nähe von Linz wohnte. Offenbar hatte sie mehr Interesse, sich mit mir über alles Mögliche zu unterhalten als über meine Ohrenproblematik. Wir sprachen über die Einkaufsmöglichkeiten in ihrem Stadtviertel und sie erwähnte dabei den Namen einer Drogeriehandlung. Mir fiel die Geschichte eines deutschen Drogeriehändlers ein, die dieser ein paar Tage zuvor in einer Talkshow zum Besten gegeben hatte. Dieser sehr bekannte Unternehmer erzählte, dass er als Jugendlicher immer einen diffusen Zweifel an seinem Vater gehabt habe. Dieser sei gestorben, als er zwölf Jahre alt gewesen war. An seinem sechzehnten Geburtstag habe ihm der Nachbar, der Pate seines Bruders, unerwarteter Weise ein Geschenk gebracht. Am selben Tag habe der Jugendliche seiner Mutter auf den Kopf zugesagt, dass er glaube, dass der Patenonkel sein tatsächlicher Vater wäre. Die Mutter habe die fremde Vaterschaft sofort und auf der Stelle zugegeben, mit dem Zusatz, dass aber Elfriede, offenbar die Ehefrau des Nachbarn, nichts davon erfahren dürfe.

Ich war in eine planlose Plauderei mit Frau Firleis geraten. Wieder mussten wir beide lachen, bis sie mir sagte, dass sie mir auch etwas erzählen müsse. Erst vor wenigen Jahren habe sie erfahren, dass sie noch zwei Schwestern habe, die in Deutschland lebten. Sie sei bei ihrer alleinerziehenden Mutter aufgewachsen, habe zwar von ihrem abwesenden Vater gewusst, aber bis zum Tod des Vaters keine Ahnung von Geschwistern gehabt. Als der Vater vor drei Jahren gestorben war, hatten sich plötzlich ein Nachlassverwalter, die Bestattung und eine Versicherung bei ihr als Nachkommin gemeldet. Nur ihre Umsicht und Vorsicht habe sie davor bewahrt, ins Unglück zu stürzen, sagte sie. Hätte sie eines der Papiere, die man ihr unter die Nase gehalten hatte, unterschrieben, hätte sie als Alleinerbin die hohen Schulden ihres Vaters, der erst ein erfolgreicher Geschäftsmann, dazwischen ein Frauenheld und letztlich ein *Abhauser* gewesen war, geerbt. Erst nach dem Tod des Vaters habe sie sich auf die Suche nach ihren Schwestern gemacht und diese auch aufgestöbert. Seither pflege sie einen freundschaftlichen Kontakt mit den Neuentdeckten.

Jetzt habe ich Ihnen etwas erzählt, was ich Ihnen eigentlich nicht erzählen wollte, sagte Firleis und lachte noch einmal. Sie ging vor die Tür und vergewisserte sich, dass niemand wartete. Ihre für mich veranschlagte Zeit war längst abgelaufen.

Wenn Sie wollen, erzähle ich Ihnen auch eine Geschichte, sagte ich.

So kam es, dass ich einer fremden Frau, mit der mich nichts anderes verband als ein heilmedizinischer Zusammenhang, anvertraute, was ich erst vor ein paar Tagen erfahren hatte. Jetzt staunte Firleis. Innerhalb von zehn Minuten hatte uns das Wissen um ein ähnliches Schicksal verbunden – die Existenz eines weiteren Geschwisters.

Sie sind die Erste, der ich davon erzähle, sagte ich.

Sie müssen ihn anrufen, sagte Firleis. Er wird seine Gründe haben, weshalb er sich nicht bei Ihnen gemeldet hat. Jetzt sind Sie informiert, jetzt liegt der Ball bei Ihnen, sagte sie. Stellen Sie sich vor, vielleicht ist er verheiratet, vielleicht hat er Kinder. Ihre Familie erweitert sich, sagte sie und lachte wieder. Ich konnte nicht recht mitlachen.

Wenige Sätze später teilte sie mir mit, dass das heutige Zusammentreffen unser letztes gewesen wäre. Sie beende die Beratungstätigkeit, die ihr viel Freude gemacht habe, und ziehe mit ihrem Freund zu ihrer Schwester, die auf Mallorca eine Bar führe. Manchmal ist es Zeit für einen Wechsel im Leben, sagte sie.

Ich nahm die Nachricht fast persönlich. Unmittelbar, nachdem sie mir nahegekommen war, hatte sich Frau Firleis auch schon wieder aus meinem Leben verabschiedet. Weitere Höranpassungen und Folgeuntersuchungen sollte ich bei ihren Nachfolgern vornehmen lassen. Ein wenig geknickt trat ich den Heimweg an.

Abends begann ich erneut zu grübeln. Minklers Nachricht deprimierte mich noch immer. Verlor ich mit dieser Ausbootung nicht allmählich den Anschluss an die Forschungs-Community? Hatte ich mich nicht viel zu passiv und devot verhalten? Hätte ich nicht fordernder auftreten sollen? Reflexhaft versuchte ich gegen meinen Ärger *anzugehen*, indem ich sinnlos Wege in der Wohnung abschritt. Von der Küche in das Bad, vom Bad in das Schlafzimmer, vom Schlafzimmer auf den Balkon, vom Balkon ins Wohnzimmer. Ich schaltete den Fernseher ein und erblickte einen älteren Mann mit Glatze, dem links und rechts Reste eines ehemaligen Wuschelkopfes vom Schädel abstanden. Ein Insert wies den Mann als *Königsexperten* aus. Offenbar war ich in eine Sendung über den Adel geraten.

Das Wort *Königsexperte* besänftigte mich *prekären Historiker auf Abruf* und stellte mir in Aussicht, dass es wahrscheinlich noch jede Menge an Berufen und Beschäftigungsmöglichkeiten gab, an die ich noch gar nicht gedacht hatte. Der Beruf des Reserveorganisten fiel mir wieder ein, dann der eines Notlügenexperten. Sofort, und wahrscheinlich um mir Minklers deprimierende Neuigkeit vom Leib zu halten, schrammte ich in die Vorstellung, als Experte bei einem Notlügenkongress oder bei einem Notlügenexpertenkongress aufzutreten. Auch der Besuch eines Reserveorganist-Innenkongresses schien mir reizvoll. Möglicherweise existierte irgendwo eine ReserveorganistInnentauschbörse und ich wusste nichts davon. Für Hotelpianisten gab es ja ähnliches; Substitute in der Musik waren seit Jahrhunderten gang und gäbe.

Später stand ich in der Küche am offenen Fenster. In der Wohnung schräg gegenüber war es dunkel. Es hatte ziemlich abgekühlt, der Himmel war schwarz. Von Ferne das unentwegte Rauschen der Stadt. Unten schien noch Licht im Büro des Privatdetektivs. Der Türke stand im Hof und rauchte. Neben ihm eine junge, attraktive Frau, von der ich vermutete, dass sie seine Sekretärin war. Abwechselnd glimmten die Stängel ihrer Zigaretten auf. Dann hörte ich den Türken laut auflachen. Ich sah, wie er ständig das Standbein wechselte. Das Gespräch wurde laut geführt, war für mich aber zu weit entfernt, als dass ich irgendetwas verstanden hätte. In der Wohnung über mir hörte ich das Rücken eines Stuhls. Ich hatte vergessen, den Müll nach unten zu tragen. Im Parterre traf ich einen Prospektverteiler, der Werbung in die Postfächer stopfte. Ich grüßte den Mann im Vorbeigehen, er knurrte etwas, das ich nicht verstand. Kein Job für mich, kein Job für meine Liste der Karrieremöglichkeiten nach unten. Als Student hatte ich mehrere Sommer lang als Briefträger gearbeitet. Andere Zeiten waren das gewesen, in denen ich einerseits bereits kurz nach Mittag mit der Arbeit fertig gewesen, andererseits mit den Menschen am Lande ins Gespräch gekommen war. Zustelldienste heute waren anonyme Dienstleistungen, die offenbar auch bis spät in den Abend hinein erledigt wurden. Als ich in der Wohnung zurück war, versuchte ich, Hanna am Festnetz anzurufen. Sie war nicht zu Hause, der Anrufbeantworter schaltete sich ein.

Hier ist Papa, sagte ich. Wollte mich nur erkundigen, wie's dir geht, sagte ich. Vielleicht meldest du dich einmal in den nächsten Tagen. Sonst fiel mir nichts ein. Dann legte ich auf.

5

Die Idee, auf einem diskreten Weg mehr über meinen Vater und Johann Preinfalk zu erfahren, kam mir im Morgengrauen, im Dämmerschlaf. Ich erinnerte mich an eine Lehrveranstaltung, die ich vor einigen Jahren mit Gabriele zum Thema *Die Geschichte meiner Großeltern* abgehalten hatte. Die Mutter einer Studentin war als uneheliches Kind geboren worden. Im Laufe der Recherchen war die Studentin auf Material aus einem Jugendamt gestoßen und hatte diesen Akt schließlich ausgehändigt bekommen.

Nach dem Frühstück schlüpfte ich in meine Berufsrolle. Der Heimatort meines Vaters befand sich im nordwestlichsten Bezirk des Landes. Ich suchte nach der Nummer des Jugendamtes am Bezirksgericht und wurde fündig. Am Telefon meldete sich eine junge, weibliche Stimme.

Ich nannte meinen Namen mit Titel und behauptete, ich riefe von der Universität aus an. Gab an, dass ich eine Lehrveranstaltung zum Thema Biografieforschung abhielt. Nannte auch Gabrieles Namen. Mit Titel. Bis dahin handelte es sich bei meinen Angaben um unscharfe Flunkereien, es folgten eine Reihe beruflich indizierter Lügen. Ich wollte nicht, dass die Beamtin den privaten Grund der Anfrage mitbekam.

Wir haben da eine Studentin bei uns, die über ihre Familie forscht, log ich. Bei ihren Recherchen ist sie auf den Namen eines Onkels oder Großonkels ihrer Familie gestoßen, von dem aber nur der Name und möglicherweise der des Kindsvaters bekannt sind. Sagte ich. Log ich. Bog ich zurecht.

Wir können die Akten nicht einfach herausgeben, sagte die Frau am Telefon.

Verstehe ich, sagte ich. Kenne ich. Archivgesetze, sagte ich, klar. Verjährungsfristen, sagte ich. Es könnte aber sein, dass in diesem Fall die Verjährungsfrist bereits abgelaufen ist. Bei uns handelt es sich außerdem um eine Einsicht zu einem wissenschaftlichen Zweck. Im Fall einer Publikation würden Namen selbstverständlich anonymisiert. Wir haben im Rahmen unserer Arbeit immer wieder mit solchen Fällen zu tun, sagte ich. Wir arbeiten ja mit den verschiedensten Einrichtungen zusammen, sagte ich. Staatsarchiv, Forschungsstellen, zum Beispiel auch mit dem Landesarchiv. Ich weiß nicht, ob Sie Dr. Forster kennen, fragte ich forsch.

Forster hatte ein paar Jahre vor mir maturiert, wir kannten uns flüchtig, bei einem Archivar-Symposium hatten wir einmal länger miteinander gesprochen gehabt, hauptsächlich über unsere Erinnerungen an unsere Internatszeit. Forster hatte es, so glaubte ich mich zu erinnern, im Faustball bis zum Jugendstaatsmeister gebracht.

Ich merkte, dass es mir gelungen war, die Frau zu verunsichern.

Um welchen Zeitraum handelt es sich, fragte sie schließlich.

Das ist ja das Problem, sagte ich. Deswegen hat die Studentin unsere Mithilfe erbeten. Es handelt sich um den Zeitraum 1940 bis 1951, sagte ich.

Oh, sagte die Frau. Das ist aber lange her. Da weiß ich gar nicht, ob wir noch Akten liegen haben. Kennen Sie den Geburtsort des Mannes, fragte sie.

Wir kennen ihn, sagte ich und nannte ihn.

Und wie lautet der Name des Mannes, nach dem Sie suchen, fragte sie.

Johann Preinfalk.

Damals war das Bezirksgericht in N. zuständig, sagte die Frau. Die Gerichte sind zusammengelegt worden. Wenn noch Akten vorrätig sind, sind sie entweder zu uns gebracht worden oder sie liegen im Landesarchiv.

Es lag nahe, vorerst bei Ihnen nachzufragen, log ich. Der Geburtsort des Kindsvaters befindet sich im Bezirk. Bei Herrn Preinfalk sind wir uns nicht sicher. Sie würden uns sehr helfen, wenn Sie nachsehen könnten, ob noch Akten vorliegen, sagte ich. Wenn Sie einen offiziellen Rechercheantrag von uns brauchen, werden wir den selbstverständlich nachreichen, sagte ich. Wenn Sie gegebenenfalls eine Einverständniserklärung der Mutter unserer Studentin brauchen, können wir die natürlich ebenfalls besorgen, faselte ich. Es handelt sich hier aber um ein offizielles Forschungsprojekt. Siebzig Jahre sind lang, sagte ich. War ja doch ein Stück vor unserer Zeit, sagte ich.

Die Frau am Telefon lachte kurz auf. Sie zögerte einen Augenblick. Ich muss mich da mit meinem Abteilungsleiter kurzschließen, sagte sie. Vielleicht haben wir den Akt vorrätig. Versprechen kann ich nichts.

Ich nannte ihr noch einmal meinen Namen (mit Titel) zum Aufschreiben und gab ihr meine Handynummer. Wann kann ich mit einer Antwort rechnen, fragte ich.

Wenn wir etwas liegen haben, kann ich Ihnen bald eine Antwort geben, sagte sie. Sie hören von mir. Dann legte sie auf.

Als ich auf der Fahrt Richtung Universität meine Lieblingsauslandszeitung las, die ich mir in der Buchhandlung in der Landstraße besorgt hatte, schnappte ich in einem Artikel das Wort *Serendipität* auf, das ich erst verstand, als ich den Artikel fertig gelesen hatte. In dem Moment hätte ich ein Fremdwortlexikon gut gebrauchen können. Sofort erinnerte ich mich an ein Spiel namens *Nobody is perfect*, das wir, als wir noch als Familie zusammengelebt hatten, regelmäßig mit Hanna gespielt hatten. Man zog ein Kärtchen, auf dem ein unbekanntes Fremdwort oder ein Fachwort aus einer Spezialsprache stand, für das man eine Definition erfinden musste: Gemeinsam mit der tatsächlich richtigen Bedeutung des Wortes wurden dann die erfundenen Definitionen vorgelesen. Die Pointe des Spiels bestand darin, dass die anderen auf die selbsterfundene Definition des Wortes tippten und sie für die richtige hielten. Meistens erinnerte ich mich nach dem Spiel mehr an meine eigenen, erfundenen Definitionen und Behauptungen als an die richtigen. Auch geschichtliche Ereignisse wurden abgefragt. Es machte mir Spaß, unbekannte Kaiser, Könige oder historische Persönlichkeiten zu erfinden und ihnen irgendwelche Großtaten zuzuschreiben. Hanna hatte das Spiel geliebt und mit hochroten Backen gegen ihre Eltern gespielt. Nicht nur einmal hatten Ariane und ich uns angesehen und Hanna gewinnen lassen, beziehungsweise so getan, als wären wir auf eine von ihr erfundene Definition – unsere Tochter war damals vielleicht zwölf Jahre alt – hereingefallen. In unserer Nachsicht gegenüber Hanna waren Ariane und ich uns ausnahmsweise oft einig gewesen.

Ich hatte das Wort *Serendipität* vorher weder gelesen noch gehört und hatte keine Ahnung, worum es sich dabei handelte. Der Begriff bezeichnet eine zufällige

Entdeckung, die sich bei einer anderen Tätigkeit ergibt. Die Entdeckung Amerikas etwa beruhte auf diesem Serendipitätsprinzip, das Penicillin war auf diese zufällige Weise entdeckt worden, die kosmische Hintergrundstrahlung und der Teebeutel. Ich erinnerte mich an ein paar goldene Chorusse während einer Jamsession, bei der ich (für mich wenigstens) das Gefühl gehabt hatte, mit meiner Improvisation Neuland betreten zu haben. Das Erstaunliche einer musikalischen Improvisation war ja deren Unvorhersehbarkeit. Kein Improvisator der Welt konnte zu Beginn eines Solos vorhersagen, welche Töne er in zwei Minuten spielen würde, kein wirklich guter Improvisator dachte noch während eines Solos darüber nach, was er vor einer halben Minute gespielt hatte. In dem Artikel war die Rede davon, dass dieser Zufallseffekt zum Beispiel auch beim Stöbern in einer Freihandbibliothek auftreten konnte. Man suchte nach einem bestimmten Buch und fand sich schließlich in ein anderes vertieft wieder, das man ursprünglich niemals zur Hand genommen hätte. Ohne den Begriff jemals vorher für mich angewendet zu haben, wusste ich, dass der beiläufige Zufall in meinem Leben schon öfter eine Rolle gespielt hatte. Wie zufällig war ich auf Menschen getroffen, die für mein Leben bedeutsam geworden waren?

Ich hatte Ariane bei einem Institutsfest der Historiker an der Uni kennengelernt, als ich eigentlich einen Abend lang auf eine Kommilitonin gewartet hatte, die es sich anders überlegt hatte und zu Hause geblieben war. Später erfuhr ich, dass die Frau, mit der ich ein paarmal nach einem Proseminar in die Mensa gegangen war, wegen einer plötzlich auftretenden Halsentzündung auf das Fortgehen verzichtet hatte. Beinahe hätte ich mich damals frustriert entschlossen, wieder nach Hause zu gehen, weil ich gerade eine kleine Serie kränkender Abweisungsepisoden hinter mir hatte. Dann ging ich doch zur Theke und holte mir ein Bier. An den Zapfhähnen hantierte wild und schwitzend eine junge Frau mit langer Mähne, die ich nicht kannte. Als ich mir nach einer halben Stunde noch ein Bier holte, sprach mich die Frau an. Gib mir eins aus, sagte sie, ich werde gleich abgelöst.

So nahmen Geschichten ihren Anfang. So spielte der Zufall eine Rolle. So hatte meine Geschichte mit Ariane an der Universität begonnen. Ohne die Halsentzündung einer Kommilitonin, von der ich nicht einmal mehr den Namen behalten hatte, hätte ich Ariane vielleicht niemals kennengelernt. Wenn ich sie nicht kennengelernt hätte, wäre Hanna nicht in unser Leben getreten, die mir als Fünfjährige erklärte, wie komisch es sei, dass wir da wären. Wenn mein Vater nicht im Krieg von einem Kameraden gerettet worden wäre, wenn er meine Mutter nicht kennengelernt hätte, hätte es mich nicht gegeben. Wenn ich nicht vor ein paar Tagen diesen Vortrag in der Vorstadt gehalten hätte, hätte mir die unbekannte Frau nicht sagen können, dass ich und meine Schwestern noch einen Halbbruder hatten. Und so weiter.

Das Proseminar verlief diesmal etwas eintönig. Ich sollte den Studierenden das richtige Zitieren beibringen. Dabei hatte ich damit selbst oft Probleme und vergaß immer wieder bestimmte Reihenfolgen. Mir blieb trotzdem nichts anderes übrig, als ihnen einzubläuen, wie wichtig es war, genau zu arbeiten und die Regeln einzuhalten. Einige meiner Kollegen verhielten sich in dieser Frage geradezu zwanghaft korrekt.

Nach der Lehrveranstaltung trank ich Kaffee in einem Schanigarten am Hauptplatz. Ich schlug die Zeitung noch einmal auf. Der Artikel, der mich am Morgen beschäftigt hatte, fiel mir wieder ein. Im Kopf skandierte ich den Begriff *Serendipität* immer wieder und bemerkte, dass ich ihn im Fünfertakt memorierte. In die wohl berühmteste Fünfvierteltaktnummer der Jazzgeschichte, Dave Brubecks *Take Five,* summte ich in den dritten Takt das Wort *Serendipität* hinein. An einem Nebentisch saß ein Hipster mit Haube und schaute mich entgeistert an, weil ich mich wahrscheinlich nicht kontrolliert und mit den Lippen Sprechbewegungen gemacht hatte. Möglicherweise hielt er mich für einen Erwachsenen mit ADHS. Aufmerksamkeitsdefizitsyndrom: Das nächste Fremdwort. Das war mir zu viel. Schon war ich aus dem Fünferrhythmus herausgefallen.

Dann fiel mir Johann Preinfalk wieder ein. Bis dahin konnte ich über ihn frei spekulieren. Konnte ich mir wie bei *Nobody is perfect* nach meinem Gutdünken eine Lebensgeschichte zu seinem Namen ausmalen. Eins wusste ich bereits: dass mein Vater offenbar nicht perfekt gewesen war.

6

Anderntags fand ich zwei Nachrichten vor. Einmal eine Mail von Gabriele, die mich angenehm erregte. Ich weiß, dass ich dich vielleicht überfalle, schrieb sie. Aber wenn du abends Zeit hast, könnten wir uns treffen. Vielleicht beim Italiener, bei dem wir uns schon ein paarmal verabredet haben? Ich sagte umgehend zu. Die zweite Mail stammte von einer Frau Hauser. Ich konnte den Namen nicht zuordnen. Eine Studentin, die an meine private Mailadresse schrieb? Tatsächlich war die Nachricht aber vom Jugendamt. Frau Hauser war die Beamtin, mit der ich gestern telefoniert hatte. Sicher hatte sie mir ihren Namen genannt. Den hatte ich wohl in der Aufregung vergessen.

Bezüglich Ihrer Anfrage können wir Ihnen eine positive Antwort geben, schrieb Frau Hauser. Bei uns existiert ein Akt eines Johann Preinfalk, angelegt 1940. Sie können den Akt zu unseren Amtsstunden einsehen. Wir bitten Sie, sich auszuweisen und den wissenschaftlichen Zweck der Einsicht darzulegen.

Mit freundlichen Grüßen.

Mir rieselte es angenehm über den Rücken. Ich kannte dieses Rieseln, seit ich als Student über meinen ersten Seminararbeiten gesessen war. Ich spürte, wie sich der Körper mit Dopamin und Endorphinen belohnte, wenn es mir gelungen war, überraschend eine Quelle aufzutun. Das waren immer die Höhepunkte in meinem Forscherleben gewesen. Momente, die nie ein Publikum gebraucht hatten, nie eine Öffentlichkeit, Augenblicke, die ich immer allein genossen hatte. Vielleicht war ich wegen solcher Momente Wissenschaftler geworden. Im Forschungsalltag ging es meistens darum, Wüsten der Dürre zu durchschreiten. Quasi sich als Forschungskamel durch den Sand zu schleppen. Gelegentlich, selten geplant, traf man auf eine Oase, an der man sich mit Wasser vollsoff. Vielleicht ein Mal im Leben stieß man auf eine Goldader. Oder aber auch nicht.

Schon sah ich mich bei einem imaginären Historikerkongress einen Vortrag halten: *Höhepunktarmut in WissenschaftlerInnenbiografien. Berufliche Dehydration als Kollateralschäden historischer Forschung.*

Untertags las ich mit abnehmender Begeisterung in Seminararbeiten von Studierenden, die diese sehr verspätet abgegeben hatten, am frühen Nachmittag wurde die Unlust von Müdigkeit abgelöst. Ich legte mich eine Stunde lang hin. Die Tatsache, dass sich Gabriele am Abend mit mir treffen wollte, versetzte mich in eine labile Gefühlslage unbestimmter Naherwartung. Die vage Hoffnung, heute Abend würde etwas Unvorhergesehenes zwischen Gabriele und mir passieren, schwirrte durch meinen Körper. Ihre Mail hatte ja reichlich kryptisch geklungen. Sie wisse nicht, ob sie mich nicht überfalle, hatte sie geschrieben. Vielleicht gab es ja Situationen, in denen ich mich gern überfallen ließ. Nicht im kriminellen, aber im emotionalen Sinn. Ich merkte, dass ich bloß nicht in eine Gefühlsausgeliefertheit, eine Begehrensabhängigkeit geraten wollte. Auf keinen Fall wollte ich als Gefühlstrottel vor ihr dastehen.

Ich war vor Gabriele in der Pizzeria und suchte einen Platz in der Ecke aus, einerseits um blickgeschützt zu sitzen, andererseits weil ich hoffte, dass es dort ruhiger war. Es handelte sich um eines der Lokale, in denen man dauerbeschallt wurde. An den Wänden hingen Aufnahmen von Sonnenuntergängen und Pinienhainen, das Lokal nannte sich *Pizzeria Toscana*. Die Besitzer waren tatsächlich Italiener, die Kellnerin schien mir aufgrund ihres Akzents aus Tschechien zu kommen.

Gabriele kam ein paar Minuten zu spät und wirkte nervös. Kaum dass wir bestellt hatten, ging sie nach draußen, um zu rauchen. Ich blieb am Tisch sitzen und wartete darauf, dass die Kellnerin den Wein und das Wasser servierte. In der Zwischenzeit konnte ich in aller Unruhe eine Hörprobe vornehmen: Die Musik stammte von einer Sammel-CD italienischer Pop-musik. Eben noch war Eros Ramazotti zu hören gewesen, jetzt erklang Drupis *Sereno è*. Dann saß mir Gabriele gegenüber, eine Frau in den besten Jahren, reif, hübsch, gesettelt.

Ich traf mich gern mit ihr wegen ihrer Intelligenz, ihrer Schlagfertigkeit und weil wir trotz des Elends der Welt, an dem wir manchmal kauten, immer wieder auch gemeinsam lachen konnten. Und weil sie mir gefiel, das natürlich auch. Und weil ich das *Wachauer Vorkommnis* (das klang bereits wie ein historisches Ereignis: wie *Wachauer Abkommen*, *Wachauer Vertrag*) als Signal interpretiert hatte. Zuerst hatte ich Mühe, ihr zuzuhören. Sie sprach über den bevorstehenden Historikertag in Graz, bei dem sie zum Thema Frauenforschung in der Nachkriegszeit angefragt worden war und zu dem sie auch zugesagt hatte. Jetzt hatte sie Schwierigkeiten, mit dem Text zurande zu kommen.

Wir glichen unsere Erfahrungen ab, die ganz ähnlich waren: Erst freuten wir uns, wenn eine Einladung zu einem Vortrag an uns erging. Der Vortragstermin lag in scheinbar unendlicher Ferne. Wenn es dann ans Schreiben gehen sollte, durchkreuzten der berufliche Alltag, das Privatleben, was auch immer, die Schreibpläne und die Vorstellung von ein paar exklusiven Tagen in einer Klausur, in der sich Gedanken gleichsam spielerisch einstellten. Nahm der Text schließlich doch einmal Gestalt an, entwickelte er sich meist nicht so, wie man sich das vorgestellt hatte. Im schlimmsten Fall schlitterte man in eine Schreibkrise, besetzte einen der zwanghafte Gedanke, man habe noch nie im Leben einen Text verfasst. Zur geistigen Lähmung gesellten sich dann gern Angstattacken und alptraumähnliche Vorstellungen: War man überhaupt gut genug, war nicht die Gedankenführung Schwachsinn, das Thema abgelutscht, gegessen, hatte es nicht ein Kollege bei einer Tagung im Vorjahr schon erschöpfend behandelt gehabt? Und natürlich eloquenter. Konziser. Klüger.

Unvermittelt schlug ich dann einen Haken zu unserer gemeinsamen kleinbürgerlichen Herkunft. Viele unserer Eltern hatten gerade einmal Grundschulbildung, in den wenigsten der Herkunftsfamilien meiner Alterskohorte gab es akademische Role Models, abgesehen von den StudienkollegInnen, die in einem Elternhaus mit Oberstudienräten als Vätern aufgewachsen waren. Die Akademikerrate in der Generation vor uns war gering gewesen. Ich hatte mich öfter mit Gabriele über dieses Thema unterhalten; Gabrieles Eltern hatten einen Greißlerladen geführt. Ihre einzige Tochter hatte aber studieren dürfen, weil ein Studium als Möglichkeit des sozialen Aufstiegs galt. Damals hatte eine sozialistische Ministerin, Herta Firnberg, den Slogan *Bildung statt Ausbildung* geprägt: ein Slogan, der heutzutage von den Gebrauchswissenschaften, Kompetenz- und

Effizienzvermittlern lachend an die Wand geklatscht wurde.

Jüngere ForscherInnen taten sich leichter; ihre Ausbildungsbiografien hatten sie, wenn nicht in die ganze Welt, so mindestens bis an die Grenzen Europas geführt, viele Eltern (das war ja unsere Generation) besaßen bereits akademische Abschlüsse. Wir Älteren aber gehörten zu den AkademikerInnen, die bei bestimmten Anlässen plötzlich und manchmal unvorhergesehen zu fremdeln begannen und uns unwohl fühlten. Mit einer Überdosis Selbstbewusstsein war ich von meinem Vater jedenfalls nicht ausgestattet worden. Mir vertraut waren hauptsächlich diese Akte zögerlicher Selbstbefragung, die ich meiner kleinbürgerlichen Herkunft zuschrieb. Großbürgerkinder, die ich im Lauf der Jahrzehnte kennengelernt hatte, kannten diese Verkniffenheit nicht, gleich ob ich sie für intelligenter als mich hielt oder nicht. Ich merkte, dass ich eben dabei war, in meine eigenen, unscharfen Gedanken ab- und in das angenehm temperierte Fußbad meiner Opferrolle hineinzugleiten, in dem mich die lindernde Badelösung eines kollektiven UNS umspülte. Eben hatte ich kurz meinen Vater erwähnt. War jetzt Zeit, Gabriele zu erzählen, was ich vor ein paar Tagen erfahren hatte? Von ihrer Erzählung jedenfalls hatte ich mich schon weit entfernt.

Und wie weit ist dein Text gediehen, fragte ich, um mich wieder einzuklinken.

Sage ich ja, sagte sie. Offenbar hatte ich gerade eben etwas überhört. Wenn ich ehrlich sein will: ich hänge, sagte sie.

Ich war ihr dankbar für die Wiederholung.

Aber das ist vielleicht zu diesem Zeitpunkt normal. Noch habe ich ein paar Wochen Zeit, sagte Gabriele. Es bleibt einfach zu wenig Zeit zum Forschen. Und die Studenten ziehen mir ebenfalls einmal pro Woche den Nerv. Und ein Leben führen wir schließlich auch noch, sagte sie und zwinkerte mir zu.

Ich wollte gerade nachfragen, sagte ich. Wie geht es dir denn privat, fragte ich, vielleicht eine Spur zu direkt. Die Frage kam zu spät, wir hatten schon den Espresso zum Nachtisch bestellt.

Ein andermal. Sie entschuldigte sich, weil ich an dem Abend zu kurz gekommen war. Ich winkte generös ab, um im gleichen Moment eine kratzende Kränkung im Hals zu verspüren. Dafür signalisierte Gabriele die Aussicht auf ein weiteres Treffen. Vielleicht sogar schon bald.

Kurz überlegte ich, ob ich Johann Preinfalk nicht doch noch erwähnen sollte. Ich sah auf die Uhr. Ich würde ihr beim nächsten Mal von ihm erzählen. Und ich wollte sie unbedingt auch noch einmal auf unser Sommererlebnis ansprechen. Ich musste vorsichtig vorgehen. Aber ich wollte wissen, wie sie die Vorgänge, die stattgefunden hatten, einordnete. Emotional. Ob da ein Rest geblieben war. Den es zu klären galt. Oder zu verdeutlichen.

Hätte ich den Mut gehabt, Klartext zu sprechen, hätte ich ihr auf der Stelle sagen müssen, dass ich gern noch etwas verdeutlicht hätte. Oder wiederholt. Oder wiederholt verdeutlicht. So in etwa. Hätte ich darauf bestanden, dass es noch etwas zu bereden galt.

Wir zahlten getrennt. Wir waren schon im Gehen. Ich half ihr in den Mantel, als mir einfiel, dass ich für ein Proseminar eine Unterschrift von ihr brauchte. Du weißt eh, sagte ich, eine Studentin braucht da Dokumente von einem Jugendamt. Unterschreibst du mir bitte. Ich hielt ihr den Kugelschreiber hin. Gabriele unterschrieb, ohne die Zeilen zu lesen, die ich ihr unter die Nase hielt. Am Gehsteig vor dem Lokal küsste ich sie auf die Wange, links rechts. Kollegiale Routine.

7

Am nächsten Tag fuhr ich mit der Bahn gegen den Strom tausender PendlerInnen in das nördliche Hügelland. Ab der Steigung, die sich *Saurüssel* nennt, saß ich fast allein im Zug. Gemächlich bummelte die Bahn durch die Hügellandschaft. Aus meiner Kindheit existierte ein Sprachbild, wonach der *Saurüsselexpress* auf dieser Strecke so langsam fuhr, dass man während der Fahrt Blumen pflücken konnte. Um die Pendlerströme aber nach Arbeitsschluss rasch wieder in ihre Dörfer zurückzubringen, dafür war die Strecke zu wenig effektiv. Bürgerinitiativen, die sich für einen Ausbau stark gemacht hatten, waren zu lange von der Politik vertröstet worden. Die Betroffenen waren in ihre Autos abgewandert und stauten lieber bei der Einfahrt in die Landeshauptstadt, als durch eine Hügellandschaft zu schaukeln, die ihre Vorfahren vorgestern noch mit der Sense gemäht hatten.

Ich war übermüdet und frustriert vom Abend zuvor, auch wenn ich mir meine überzogenen Erwartungen in Bezug auf Gabriele nicht eingestehen wollte. Ich war nervös, weil ich nicht wusste, was mich erwartete. Es regnete, der Himmel war grau, Nebelschlieren zogen vor grauem Hintergrund.

Ich blätterte in der Lebensskizze meines Vaters. Die Jahre seiner Kindheit und Jugend, die mehr als neunzig Jahre zurücklagen, waren für mich bisher völlig bedeutungslos gewesen. Bis auf einige wenige Anekdoten – 1929 hatte ein schwerer Sturm getobt, der Vaters Bruder beinahe fortgeweht hatte (bei der Schilderung hatte ich jedes Mal an den fliegenden Robert im *Struwwelpeter* denken müssen) –, hatte der Vater diese

Zeit seines Lebens immer nur angerissen gehabt. Er war bei mehreren Bauern als Knecht in Dienst gestellt gewesen, bereits als Dreizehnjähriger, noch als Schüler. Im Winter hatte der Bauer im Wald Holzkohlen hergestellt, ein professioneller Köhler hatte diese Arbeiten durchgeführt, mein Vater hatte bei dieser Winterarbeit wohl Hilfestellungen geleistet. So stand es in der Lebensskizze. Ich konnte mich nicht erinnern, dass der Vater uns Kindern jemals von dieser Arbeit berichtet hatte. Immer wieder der Hinweis auf mangelhafte Ernährung, auf Hunger. Fleisch, falls überhaupt vorhanden, war oftmals bereits verdorben gewesen. Sätze des Vaters: *Im Geselchten tummelten sich zentimeterlange Maden. Aber Hunger tut weh. Man hat einfach diese Stellen ausgeschnitten und das Übrige gegessen.*

Plötzlich eine Erinnerung an zu Hause. Der Vater, der sich selten einmal etwas nur für sich allein gönnte, hatte sich einmal ein Stück gepökelter Zunge gekauft und im Kühlschrank verstaut. Aus Versehen oder auch aus Gusto hatte Ulrike das Stück zur Jause verzehrt. Und der Vater war daraufhin regelrecht ausgerastet.

Ich hatte seine Reaktion damals als völlig überzogen empfunden. Jetzt saß ich im Zug und las den Satz: *Aber Hunger tut weh.* Und bildete mir ein zu verstehen: Einer, von den Entbehrungen der Kindheit und vom Krieg geprägt, legte sich etwas Wertvolles auf die Seite, freute sich vielleicht einen Nachmittag lang auf einen besonderen Leckerbissen zum Abendessen und wurde durch eine Achtlosigkeit seiner Tochter gekränkt.

In der Lebensskizze hatte der Vater auch verzeichnet, dass er im April 1940 in der Bezirkshauptstadt eine Prüfung beim Roten Kreuz abgelegt hatte, die ihm später bei der Wehrmacht zugutegekommen war, weil er dann dort eine Sanitätsausbildung absolvieren konnte. Vielleicht war der Vater fünfundsiebzig Jahre vorher zu dieser Prüfung ebenfalls mit der Bahn in die Bezirkshauptstadt gefahren, wie ich es eben tat. Vielleicht hatte er damals auch schon gewusst, dass er ein paar Monate später in den Zweiten Weltkrieg einrücken würde, vielleicht hatte er sich schon dafür entschieden, in diesem Krieg wenn möglich keine Waffe in die Hand zu nehmen. Vielleicht hatte er in diesen Monaten vor seiner Einrückung aber auch bloß überlegt, wie er seiner Einberufung entgehen konnte. Überlegungen, Spekulationen, zu denen ich ihn nicht mehr befragen konnte.

Als die Bahnhöfe der Mühlkreisbahn vor mehr als hundertzwanzig Jahren angelegt worden waren, hatten Kutscher um ihr Fuhrgeschäft gebangt. Deswegen liegt der Bahnhof der Stadt außerhalb des Zentrums. Ich musste vom Bahnhof durch die ganze Stadt gehen, um zum Jugendamt im Bezirksgericht zu gelangen. Ich war nervös, ich schwitzte, ich hatte das Gefühl, ich könnte jemanden treffen, der mich kannte, ansprach und mich fragte, was ich denn an einem normalen Werktag um diese Zeit in der Stadt machte. Ich fürchtete plötzlich, man würde mir ansehen, dass ich in höchst privater Absicht durch die Stadt schritt, dass die Figur, die ich abgab, lächerlich und grotesk wirkte. Knapp vor dem Betreten des Bezirksgerichts hatte ich meine Rolle als Historiker, der zufällig in der Stadt zu tun hatte, wiedergefunden.

Meine Aufregung legte sich, nachdem ich im Gericht meinen Ausweis gezeigt und mein Gepäck (bis auf den

Laptop) in einer bewachten Garderobe abgelegt hatte: Nun war ich der Historiker aus Linz, der routinemäßig damit beschäftigt war, einen Akt abzuholen. Die Stelle für die Jugendwohlfahrt befand sich im ersten Stock.

Es war nicht notwendig, Theater zu spielen, alles wurde mir geglaubt. Meine Erleichterung war groß, als ich von einer jungen Mitarbeiterin mit frisch gefärbtem Hennahaar erfuhr, dass Frau Hauser, die mir die Mail geschrieben und mit der ich telefoniert hatte, unerwartet einen Arzttermin absolvieren hatte müssen. Der Akt lag auf dem Schreibtisch der abwesenden Frau Hauser, auf dem sich auch noch eine Tasse mit deutlichen Kaffeerandspuren befand. Ich übergab der Mitarbeiterin den von mir selbst geschriebenen Wisch unseres Institutes mit den Unterschriften von Gabriele und mir, auf dem der wissenschaftliche Zweck der Recherche ausgewiesen war. Kurz warf die Frau einen Blick auf das Blatt. Sie überlegte und meinte, sie würde den Antrag gleich kopieren gehen. Vorher drückte sie mir den Akt in die Hand und wies mich in ein Zimmer, in dem sich bloß ein nackter Schreibtisch befand. Hier könne ich die Dokumente in aller Ruhe durchsehen. Wenn ich weitere Wünsche hätte, könnte ich mich an sie wenden.

Dann lag der Akt vor mir. Eine Aktenzahl, ein Name: Johann Preinfalk. Ein Geburtsdatum aus dem Herbst 1940. Ich bemerkte, dass Johann Preinfalk und ich im selben Monat geboren worden waren. Ich schlug die Mappe auf. Im Umschlag lagen Kopien eines vollständigen Amtsaktes. Entweder war das Original vernichtet worden oder aber an ein weiteres Archiv abgegeben worden. Auf der ersten Seite ein Formular mit der Überschrift: *Aufnahmeschrift für uneheliche Kinder.*

Das Formular war mit der Hand ausgefüllt worden. Das Mündel hieß Johann Preinfalk, später hatte jemand ganz unten an der Seite den Vermerk *großjährig, abgelegt 1961* angebracht. Ich las von einer Kindsmutter namens Katharina Preinfalk, geboren ... Auf der Seite daneben stand der Name des Kindsvaters: der meines Vaters. In dem Formular war nur sein Name angegeben, keine weiteren Angaben bis auf: *Aufenthalt: eingerückt* und eine Feldpostnummer.

Ein paar Seiten später waren von 1942 an unter dem Titel *Monatliche Einzahlungen* mit Handschrift Zahlungen für ein Kind, offenbar Alimente, eingetragen worden. Angefügt war ein Brief einer Behörde an meinen Vater aus dem gleichen Jahr, in dem mitgeteilt wurde, dass er nun, nachdem er aus der Wehrmacht entlassen sei, selbst für den Unterhalt des Kindes aufzukommen habe. Als Betrag war eine mir lächerlich erscheinende Summe von zehn Schilling ausgewiesen. Seitenlang folgten jetzt Briefe und Eingaben, nach denen die Kindsmutter schon im Jahre 1944 mit der Höhe der Alimentszahlungen nicht mehr zufrieden gewesen und die Summe daraufhin vom Gericht hinaufgesetzt worden war.

Ich war aufgeregt, ich bemühte mich, ruhig zu bleiben. Ich fasste mir mit der Hand an den Mund. Normalerweise hatten Quellen, die ich aushob, nicht mit mir persönlich zu tun, plötzlich las ich den Namen meines Vaters, unter anderem auch einen von ihm mit Maschine getippten Brief, den er bereits an jenem Ort geschrieben hatte, an dem ich ein paar Jahre später auf die Welt gekommen war. In dem Brief aus dem Jahr 1955 ging es darum, dass meinem Vater offenbar unbekannt gewesen war, dass Johann Preinfalk nach einer

Beschäftigung in der Landwirtschaft nun eine Lehre begonnen hatte. Damit musste der Vater wieder seinen Unterhaltszahlungen nachkommen. Am Briefende fand ich Vaters schwungvolle Unterschrift, die mir als Kind immer gefallen und die ich auch zu imitieren versucht und wohl auch einmal (während der Schulzeit und zu einem unwichtigen Zweck) nachgemacht und gefälscht hatte. Besonders irritierend fand ich aber an dem Schreiben, dass mein Vater an keiner Stelle seines Briefes die Formulierung *Sohn* verwendete, sondern immer dann, wenn es um sein uneheliches Kind ging, sehr distanziert vom *mj. Johann Preinfalk* schrieb. An einer Stelle schrieb der Vater: *Dass Preinfalk... einen Lehrplatz angetreten hat, konnte ich nicht wissen*, als handle es sich um eine gänzlich fremde Person und nicht um seinen damals fünfzehnjährigen Sohn. Eine weitere Ungereimtheit fiel mir auf: Im Akt lag eine Urkunde, die die Geburt von Johann Preinfalk beglaubigte. Das Dokument war aber erst im Jahr 1949 in der Heimatgemeinde Preinfalks ausgestellt worden. Die Rubrik *Vater* war dort bloß strichliert --------: neun Jahre nach (!) der Geburt des Kindes schien in dieser Urkunde also immer noch kein Vater auf, obwohl doch gleichzeitig diese *Aufnahmeschrift für uneheliche Kinder* vorlag, die die Vaterschaft bereits 1940 bezeugte. Erst jetzt bemerkte ich auch, dass die Adresse der Kindsmutter nur in einer einzigen Zahl, nämlich der Hausnummer, von der meines Vaters abwich.

Damit war klar, dass Johann Preinfalk das Kind einer Liaison meines Vaters mit einer jungen Frau aus dessen unmittelbarer Nachbarschaft war. Wenige Wochen nach der Geburt des Kindes war der Vater zur Wehrmacht eingezogen worden. Zwei Jahre später war er als Kriegsversehrter in den Heimatort zurückgekehrt. Das alles hatte sich lange vor meiner und der Geburt meiner Schwestern abgespielt. Ein paar Jahre später hatte der Vater seiner Heimat den Rücken gekehrt und sich in einer entfernt liegenden Kleingemeinde um eine Stelle beworben. Die Kirchenglocken hatten bei seiner Ankunft geläutet. Ein neues Leben hatte begonnen. Ab da war auch mir die Geschichte bekannt.

Ich versuchte ruhig zu bleiben. Ich machte mir ein paar Notizen. Was bisher als Gerücht in meinem Kopf war, sah ich nun schwarz auf weiß vor mir: Der Vater hatte als knapp Zwanzigjähriger ein Kind gezeugt, von dem er uns bis zu seinem Tod nichts erzählt hatte. Johann Preinfalk war mein Halbbruder. Max, der sich so früh verabschiedet hatte, war nicht mein einziger Bruder gewesen. Johann Preinfalk war zwanzig Jahre älter als ich. Er lebte irgendwo am Stadtrand. Mein Vater hatte für ihn Alimente gezahlt. Ich musste damit rechnen, dass Preinfalk immer gewusst hatte, wer sein Vater war. Ich musste damit rechnen, dass Preinfalk immer gewusst hatte, wer ich war. Ich musste damit rechnen, dass es Menschen gab, die mehr über die Vorgeschichte meiner Familie wussten als ich selbst. Mehr als ich und meine Schwestern.

Ich merkte, wie sehr mich der Fund dieser Papiere aufregte. Ich trat auf den Flur, um durchzuatmen. Dann klopfte ich an die Tür der jungen Mitarbeiterin mit den hennagefärbten Haaren.

Ich war wieder der Universitätslehrer. Ja, das sei das Material über den Verwandten meiner Studentin. Ich fragte, ob es möglich sei, den Akt zu kopieren. Mache ich Ihnen gern, sagte sie und nahm mir den Akt aus der

Hand. Sie verschwand in einem Nebenzimmer, ich sollte warten, sie würde gleich zurück sein.

Ich war mir sicher, dass die junge Frau keinen einzigen Blick in dieses Bündel Papier geworfen hatte. Für sie war das bloß eine Ansammlung von Dokumenten eines vor mehr als fünfzig Jahren abgelegten Aktes. Ich war mir sicher, dass der jungen Frau nicht aufgefallen war, dass der Familienname des Kindsvaters, wie er in den Akten angegeben war, mit meinem Familiennamen übereinstimmte.

Dann kam die Frau zurück und drückte mir die Blätter, die sie bereits mit Heftklammern verbunden hatte, in die Hand. Na dann, sagte sie, grüßen Sie Ihre Studentin von mir. Und alles Gute beim Kennenlernen Ihres *Onkels*. Ich war mir nicht sicher, ob ich die Frau unterschätzt und sie mich doch durchschaut hatte.

Am Stadtplatz betrat ich einen Fleischerladen, in dem warme Imbisse angeboten wurden. Ich saß an einer Theke in der Auslage mit Blick nach draußen. Zurück nach Linz fuhr ich mit dem Bus, auf eine Bahnverbindung hätte ich zu lange warten müssen.

Ich suchte mir einen Platz weit hinten, um ungestört in den Papieren blättern zu können. Hauptsächlich ging es um die monatlichen Unterhaltsleistungen, die im Abstand von ein paar Jahren immer wieder hinaufgesetzt worden waren. Aus den Unterlagen ging eindeutig hervor, dass mein Vater fast zehn Jahre lang in dem Ort gemeldet gewesen war, in dem auch die Kindsmutter mit Sohn gelebt hatte. In seiner Lebensskizze hatte der Vater seine genaue Wohnadresse nach der Rückkehr aus dem Krieg nicht angegeben.

Hanna fiel mir ein. Ariane hatte zwei Jahre Karenz-
zeit mit der Kleinen verbracht, im dritten war ich
dran gewesen. Ein Jahr lang hatte ich sie betreut, mit
ihr im Hof (rund um uns Nachbarinnen, alles Frauen)
gespielt, sie gefüttert, gewickelt, in den Schlaf gesummt.
Spätabends war ich, nachdem ich Hanna schlafen gelegt hatte, noch an den Computer gegangen oder hatte
mir die Nachrichten im Fernsehen angesehen. Hannas
Zimmer lag direkt neben dem Bad. Ich hatte mir ein
kleines Ritual eingerichtet. Bevor ich zu Bett ging und
in der Wohnung das Licht löschte, schlüpfte ich in
Hannas Zimmer und beugte mich über sie, um sie zu
betrachten: die Schönheit eines schlafenden Kleinkinds,
die fein gezeichneten Konturen ihres Gesichts, ihren
entspannten Ausdruck, wie sie friedlich dalag. Manchmal schnaufte sie tief durch, möglicherweise weil sie
gehört hatte, dass ich die Tür öffnete, oder weil ein
Streifen Licht vom Gang auf sie fiel. Dann verzog sie
kurz die Lippen oder drehte sich zur Seite, ihren
Lieblingsstoffhund neben sich. Über viele Jahre war
ich spätabends an das Bett von Hanna getreten und
hatte sie betrachtet, ihr manchmal noch über das
Gesicht gestrichen oder sie mit der Decke, die sie von
ihrem Körper losgestrampelt hatte, zugedeckt. Ich
schaute sie an, besser: ich betrachtete sie und ich war
dankbar. Dafür, dass sie da war. Die bloße Existenz
dieses Kindes, der Umstand, dass ich mit Ariane für
sie da war, dieser schlichte Moment der besonderen
Nähe wog für einen Augenblick alles Elend der Welt
auf, dem ich gerade noch am Bildschirm oder lesend
ausgesetzt gewesen war. Ich behielt diesen Moment
der Intimität für mich, erzählte nicht einmal Ariane
davon.

Jetzt erinnerte mich ein Foto auf dem Schreibtisch in meinem Arbeitszimmer an Hanna. Ein Schnappschuss, ein festgehaltener Augenblick. Ariane hatte Hanna zwischen Tür und Angel geknipst, vielleicht war Hanna damals vier, fünf Jahre alt gewesen. Der ernste Blick eines Kindes mit einem leicht trotzigen Zug um den Mund. Die kastanienbraunen Haare fielen ihr über die Schulter, links lugte ein damals verhältnismäßig großes Ohr hervor. Direkt sah Hanna in das Objektiv der Kamera mit ihren klaren, entzückenden dunklen Augen. Unser Engel. Das Kind, das sich in diesem Alter gewundert hatte, dass es komisch sei, dass wir da seien, vielleicht aber auch schon darüber, wie angespannt und überreizt unser Alltag damals abgelaufen war. Wir hatten ihr nichts vormachen können. Und hatten uns doch erst getrennt, als Hanna sechzehn gewesen war.

Im Bus sitzend dachte ich an meinen Vater. Ob er jemals solche Situationen mit seinen Kindern erlebt hatte? Mir fielen Momente ein, in denen wir uns nahegekommen waren. Beim Kartenspielen, beim vorsichtigen Erzählen, beim Diskutieren, beim Scherzen. Gelegentlich bekam ich seine Freude über seine Kinder, auch seinen verschämten Stolz über uns, mit. Auch wenn er nie darüber sprach. Als er bemerkte, wie ich als Schüler (wie er als junger Mann Jahrzehnte vorher) Spaß an der Sprache und am Formulieren fand, auch wenn wir miteinander musizierten, oder wie er meine improvisierenden Anfänge am Klavier registrierte, und später, als ich zu forschen begann. Das, was er vorzuzeigen hatte, waren wir, seine Kinder. Wir waren sein Lebenswerk, der Beweis, dass aus seiner Existenz, die so karg begonnen und durch den Krieg beinahe ausgelöscht worden wäre, dennoch etwas entstanden war: Wir waren der Beweis dafür, dass sich sein Leben gelohnt hatte. Für uns hatte er sich zurückgenommen und finanzielle Opfer gebracht: Wir hatten studieren können. Eine lapidare Stelle aus seiner Lebensskizze verriet mir, was ein sehnlicher, ferner Wunsch des Kleinhäuslerkindes gewesen war: *Ich war damals bereits an einem Studium interessiert gewesen, doch die finanziell schlechte Lage meiner Eltern erlaubte dies nicht.* Ihm war die Möglichkeit, mehr zu lernen, mehr über das Grundschulwissen hinaus sich anzueignen, nicht gegeben gewesen. In seinen Kindern sah er diese Möglichkeit ein Stück weit verwirklicht. Die Brüche in dieser Verwirklichung zu sehen, dazu lebte er zu weit entfernt von uns, dazu verstarb er zu früh. Die Dankbarkeit des Vaters, uns Kinder großgezogen zu haben, hatte ich aber immer verspürt.

Ich blätterte durch den Akt des Jugendgerichts. Mit knapp einundzwanzig Jahren war mein Vater erstmals Vater eines Sohnes geworden. Welchen *komischen* (copyright: Hanna) Umständen verdankte dieser Johann sein Leben? Einer Jugenddummheit, einer verhängnisvollen Unbedachtheit? Einer kurzen Affäre?

Dass der Vater bei der Geburt seines Sohnes dabei gewesen war (wie ich bei der Hannas) schloss ich aus, aber wie war es ihm ergangen, als er das Kind das erste Mal gesehen hatte? War er da noch mit der Mutter beisammen gewesen? War er mit der Kindsmutter *gegangen*? Hatte er das Gefühl der Dankbarkeit für seinen Erstgeborenen empfinden können wie ich Jahrzehnte später bei meiner Tochter, oder hatte er nichts für das Neugeborene empfunden? Wenn nicht, weshalb nicht?

Der Krieg hatte den Vater für fast zwei Jahre dem Dorf seiner Kindheit entfernt, ein paar Urlaube vielleicht ausgenommen. Als er verwundet in das Dorf zurückkehrte, war das Kind Johann noch nicht einmal zwei Jahre alt gewesen. Noch neun (!) Jahre lang hatte mein Vater in dem Dorf gewohnt, in dem auch die Mutter mit dem Kind lebte. Neun Jahre lang: Als der Vater das Dorf schließlich verlassen hatte, war sein Sohn ein Schulkind gewesen. Ein Kind, das imstande war, Fragen zu stellen. Das möglicherweise bei einer alleinerziehenden Frau aufwuchs oder inzwischen bei einem Stiefvater, in einer neuen Familie, ich hatte keine Ahnung. Neun Jahre in einem Dorf, in dem knapp zweitausend Menschen lebten. Da lief man sich damals überall über den Weg: beim Kirchgang, in einem Gasthaus, auf dem Marktplatz, bei einem Dorffest. Die Blätter gaben Auskunft, dass der Vater regelmäßig Unterhalt gezahlt hatte. War er in das Haus der Kindsmutter gekommen? Im Konvolut des Aktes fand sich eine sogenannte Pflegekarte, auf der eine Amtsperson (ob weiblich oder männlich, war der Karte nicht zu entnehmen, der Name war geschwärzt worden) in regelmäßigen Abständen Einträge vorgenommen und offenbar einmal im Jahr einen Besuch gemacht hatte. *Alles in Ordnung,* stand da handschriftlich vermerkt am 5. Mai 1942, wenige Monate nach Kriegsende stand erneut: *Kind ist sehr gesund und lebhaft, Pflege vollkommen in Ordnung.* Ein letzter Eintrag war 1954 vorgenommen worden: *Kam heuer aus der Schule. Lehrplatz als Schuhmacher soll gesucht werden.*

Warum existierte dann aber eine Geburtsurkunde für das Kind, ausgestellt im Jahr 1949, in der der Kindsvater nicht angegeben war?

Ich geriet in einen Disput mit meinem Vater. Wir saßen am Küchentisch, draußen verdämmerte der Tag, vielleicht trank ich Kaffee, mein Vater Tee. Papa, warum hast du mir nicht von diesem Bruder erzählt? Mir nicht, Ulrike nicht, Judith nicht? Hat Mama davon gewusst? Woran erinnerst du dich, wenn du an deine Nachkriegsjahre denkst? Bist du wegen deinem Sohn aus dem Dorf weggezogen? Hast du Kontakt zu deinem Kind gehabt? Hast du es je in deinen Händen gehalten, ihm vorgesungen, es in die Höhe gestemmt, es getröstet, in den Schlaf gewiegt? Wie war dein Verhältnis zu Johanns Mutter?

Ich blätterte in seiner Lebensskizze. Ausgiebig hatte mein Vater seine Kriegsjahre festgehalten, einige Episoden gar im Detail erzählt (unter anderem die Geschichte seiner Lebensrettung), die Jahre nach dem Krieg waren sehr knapp ausgefallen und fast nur mit dürren Fakten belegt: 1947 hatte er einen Schulungskurs für Gemeindebedienstete bei Linz absolviert. Alle Lehrgegenstände des Kurses waren angeführt: Dreizehn genau. Von den Grundbegriffen des Staatsrechts bis zum Gerichtswesen. Kein Hinweis aber auf einen Sohn, für den er in diesen Jahren monatlich den Unterhalt geleistet hatte. Kein Hinweis auf die Frau, mit der er diesen Sohn gezeugt hatte. Kein Hinweis auf den Sohn, der in diesen Jahren gehen und sprechen gelernt hatte, lesen und schreiben. Bis Linz dachte ich darüber nach. Wie konnte man ein Kind, sein Kind verschweigen, es einfach aus seiner Biografie tilgen? Warum?

Auf dem Handy las ich eine Kurznachricht: *Immer mehr Eltern nützen Kinderleinen: Wie finden Sie das?* Ich beschloss augenblicklich, heute genug *gefunden* zu haben.

8

Anderntags war ich den ganzen Tag auf der Uni. Im Unipark fiel mir eine steinerne Skulptur auf, eine Wählscheibe ohne Hörer, an der ich jahrelang vorbeigelaufen war, ohne dass ich sie jemals beachtet hätte. Ich trat über den Rasen an die Wählscheibe heran, die über die Jahre eingesunken war und nun leicht geneigt im Boden stand. (Als die Skulptur aufgestellt worden war, war die Campus-Uni noch viel kleiner gewesen als heute und das Kunstwerk hatte den neuesten Stand der Technik dargestellt. Bei uns zu Hause hatten wir damals erst einen Viertelanschluss erhalten gehabt und dann jahrelang auf einen vollen Anschluss gewartet.) Im Sockel der Skulptur hatte sich der Künstler mit seinem Namen verewigt. Am Institut angekommen, konnte ich es nicht lassen, den Namen zu googeln. Im Netz fand sich sogar ein Foto der Skulptur. Warum das Telefon vom Künstler ohne Hörer gestaltet worden war, blieb aber ungeklärt. Möglicherweise hatte der Künstler ironisch darauf hinweisen wollen, dass auch so ein Gerät der Kommunikation nicht garantierte, dass man damit jemanden tatsächlich an die Leitung bekam. Tagsüber sinnierte ich ein paarmal darüber, woran ich in den letzten Jahrzehnten wohl achtlos vorbeigelaufen war. An Menschen, an Fakten, an Kunstwerken, an Gelegenheiten. An einem Halbbruder.

Abends traf ich mich mit meinem Maturakollegen Konrad Mitterbach zu unserem rituellen Abendessen, das wir zweimal im Jahr abhielten. Unsere Leben waren völlig verschieden verlaufen, Mitterbach hatte eine Reihe von Männerbeziehungen hinter sich, lebte wieder als

Single. Beruflich betrieb er mit Kollegen eine Gemeinschaftspraxis als Psychotherapeut – der Spitzname *Frosch* war ihm wegen seiner John-Lennon-Brille noch während der Internatsjahre verpasst worden.

Mit ihm hatte ich mich immer gut verstanden, mit ihm konnte ich über alles reden, ohne fürchten zu müssen, therapeutisch durchleuchtet zu werden. Wir hechelten sein Leben durch, erst die Baustellen: Probleme mit einer Mitarbeiterin in der Praxis, Probleme mit der Bandscheibe, Probleme, sich zum Arbeiten zu motivieren, dann Belangloses: eine Theaterpremiere, das Auf und Ab unseres Fußballvereins (eher das Ab), nie ausgeführte Urlaubspläne.

Als Konrad sich erkundigte, was es Neues in meinem Leben gäbe, erzählte ich ihm von dem Bruder, der plötzlich aufgetaucht war und den es schon immer gegeben hatte. Plötzlich erinnerten wir uns an unsere Internatszeit. An Leon. An unsere Gruppe. Und daran, dass wir einmal angehende Dichter gewesen waren.

In der siebten Klasse, wir lasen Kafkas *Urteil* im Unterricht, gründeten wir, Meinrad, Edgar, Leon, Konrad und ich, einen Dichterkreis. Bei den regelmäßigen Zusammenkünften lasen wir uns eigene Texte vor und diskutierten darüber. Vor allem faszinierte uns, dass der einundzwanzigjährige Kafka seine Erzählung in einer einzigen Nacht aufs Papier hingeworfen hatte. Wir betrachteten Kafkas Leistung gleichsam von der sportlichen Seite. An einem Wochenende, das wir im Internat verbrachten, vereinbarten wir einen Schreibmarathon, bei dem sich jeder verpflichtete, die Nacht in Einheiten von fünfundvierzig Minuten durchzuschreiben und bis zum frühen Morgen eine Erzählung oder eine Novelle zu verfassen. Ich weiß nicht mehr, ob wir alle durchhielten. Ich als Genussdilettant tat mir damals schon schwer, mich wach zu halten. Außer Kaffee gab es für mich keine stimulierenden Muntermacher, Edgar hatte gerade eine Versuchsphase mit Gras laufen. Ich war schon immer Nichtraucher gewesen (weil ich kein Geld für nichts besaß!, das Sein bestimmte das Bewusstsein), die anderen aber trafen sich in dieser Nacht mehrmals am Balkon zum Rauchen, soweit ich mich erinnere. Nannten wir das Ganze nicht eine *Nachtübung*? Ich hatte durchgehalten damals, aber ich weiß nicht mehr, ob das Langzeitschreiben bei mir diese Endorphinausschüttung auslöste, wie sie von Langstreckenläufern und Laufjunkies beschrieben wird. Einen ähnlichen Effekt hatten wir wohl erhofft. Ich quälte mich aber eher bis zum vereinbarten Zieltermin gegen acht Uhr früh durch, stellte meine Geschichte irgendwie fertig und verbrachte den restlichen Tag dann schlafend in meinem Zimmer.

Ich konnte mich nur mehr dunkel an den Hergang dieser Geschichte erinnern: In einem abgelegenen Haus traf sich eine Gruppe junger Menschen zu einer Fete, bei der rätselhafte Gespräche geführt und erotische Begegnungen herbeigesehnt wurden, die dann nicht eintrafen. Wahrscheinlich hatten wir uns die Geschichten damals auch gegenseitig vorgelesen. Vielleicht lagerte mein dichterischer Erguss noch in einer Kiste im Keller (in die ich seit dreißig Jahren keinen Blick mehr geworfen hatte), vielleicht aber hatte ich die Geschichte damals auch einfach entsorgt.

Daran erinnerten wir uns jetzt. Konrad war sich sicher, dass unsere Gruppe bis zur sogenannten *Zwischenkriegszeit,* den Wochen zwischen mündlicher und schriftlicher Matura, existierte und wir kurz vor der

Reifeprüfung noch ein zweites Mal zu einer *Nacht-übung* antraten. Da habe ich dann aufgegeben, sagte Konrad, die Schreiberei war doch nichts für mich. Ich bin zu Meinrad aufs Zimmer gegangen, wir haben bis zum Morgen Pink Floyd auf Kassetten gehört. *Dark Side of the Moon* und *Atom Heart Mother*, das Album mit den Kühen auf der Weide.

Du hast doch damals an einem Roman geschrieben, sagte Konrad.

Du verwechselst mich mit Leon, sagte ich. Leon hat bereits Kurzgeschichten veröffentlicht.

Leon war der einzige aus unserer Klasse, der tatsächlich ein professioneller Autor wurde, nachdem er jahrelang als Lehrer gearbeitet hatte. Er hat bisher ein paar Romane veröffentlicht. Über sein finanzielles Fortkommen wurde bei Maturatreffen stets gescherzt, er selbst riss die zynischsten Witze über seine Existenz, die den Gesettelten aus der Klasse, Rechtsanwälten, Beamten, Ärzten, wie Berichte aus einer anderen Weltregion vorkommen mussten. Die Frage, ob man denn von dieser Arbeit auch *anständig leben* konnte, wurde dann gern gestellt.

Ich kann mich erinnern, sagte Konrad jetzt. Ich sehe uns auf der Bank vor den Neubauten in der Sonne sitzen. Ich schrieb damals Songs für Gitarre im Stil von Dylan und Cohen. Drei Akkorde mit ein paar existenziellen Sätzen auf Englisch waren das, sagte er und lachte. Das möchte ich heute nicht mehr lesen. Aber du hast damals an einer schrägen Geschichte gebastelt. Du hast mir ein paar Blätter gezeigt, eine Art Konstrukt, eine Art Fahrplan. Vielleicht hat dich ein berühmter Autor dazu animiert. Böll vielleicht, sagte Konrad.

Plötzlich schlug meine Erinnerung an. Plötzlich wusste ich, was ich längst vergessen hatte. Jetzt fiel mir die Situation ein, in der ich mit Konrad auf einer Bank vor dem Internat gesessen war. Sie stand auf einem Spazierweg außerhalb des Internatsgeländes, und die Möglichkeit, Mädchen unseres Alters zu treffen oder wenigstens zu beobachten, war dort größer als anderswo. Die Erinnerung war abgelegt in einem Areal meines Kopfes, das ich jahrzehntelang nicht mehr betreten hatte.

Jetzt, weil du davon sprichst, sagte ich.

Damals werkte ich an einem Romanprojekt. Ohne den Begriff zu kennen, spielte ich mit einem Modell der Koinzidenz, des gleichsam zufälligen, schicksalhaften Zusammenführens von Figuren. Wie die Lebenswege von Menschen miteinander verknüpft waren, wie sich Lebenswege kreuzten, aber auch, wie Menschen, die durch etwas miteinander verknüpft waren, einander knapp verfehlten. Eine Passage aus meinem Werk hatte ich Konrad damals gezeigt.

Ich sah die Blätter vor mir. Ich hatte mit der Hand geschrieben, war aber so scheu und vorsichtig gewesen, dass ich fast alle meine Skizzen in Kurzschrift verfasst hatte. Ich war immer sehr verschwiegen gewesen, was meine Gefühle betraf. Andere Mitschüler schütteten mir ihr Herz aus, wenn sie Kummer hatten, ich beherrschte die Kunst, meine Gefühle zu verbergen, und tat so, als stünde ich über allen Verwirrungen. Von mir gab es keine unglücklichen Mädchengeschichten, keine spannend chaotischen Verliebtheiten. Zumindest nicht nach außen. Ich behielt die Geschichten für mich.

An den genauen Inhalt des Romans, dem ich verschwurbelt den Titel *Existenz eines Nichtvorhandenen* gegeben hatte, hatte ich keine Erinnerung mehr, nur eine Schlüsselszene hatte ich behalten: Die Hauptfigur, ein Mann in den Zwanzigern, fährt mit dem Zug von Linz Richtung Salzburg. Beim Aufenthalt im Bahnhof von Wels kommt der Waggon, in dem er sitzt, zufällig neben einem anderen, die Gegenrichtung befahrenden Zug zum Stehen, in dem eine Person sitzt, die schicksalhaft mit der Hauptfigur verbunden ist. Für den Moment eines Aufenthalts in einem Bahnhof sitzen sich zwei Protagonisten gegenüber, nur durch einen Bahnsteig getrennt, ohne aber voneinander zu wissen.

Jetzt erzählte ich Konrad davon. Erstaunlich, dass auch er sich nach Jahrzehnten noch an dieses Projekt erinnerte.

Existenz eines Nichtvorhandenen, sagte er. Das war die schräge Geschichte. Du wolltest von jemandem erzählen, von dessen Existenz niemand wusste. Und jetzt taucht doch tatsächlich dieser Halbbruder in deinem Leben auf, den es schon immer gegeben hat, sagte Konrad.

Der Auslöser für meine Roman-Idee war der Tod meiner Mutter gewesen, da war ich mir sicher. Sie war früh aus meinem Leben verschwunden, aber irgendwie doch da gewesen. Zumindest durch ihre Abwesenheit. Meine These war damals also gewesen: Etwas oder jemand existierte, auch wenn er oder sie nicht sichtbar vorhanden war.

Vielleicht hatte ich Konrad damals deshalb mein Manuskript gezeigt, weil er mich als Einziger aus meiner Klasse gefragt hatte, wie ich damit umginge, dass meine Mutter vor beinahe einem Jahrzehnt verstorben war.

Ich war nicht die einzige Halbwaise in meiner Klasse gewesen; auch Meinrads Mutter war früh verstorben, ein paar andere aus meiner Klasse wuchsen bei allein-erziehenden Müttern auf, ihre Väter waren so gut wie nicht existent. Mein Familienstatus war also so exotisch nicht gewesen. Gesprochen hatte ich darüber mit meinen Klassenkameraden allerdings kaum einmal. Konrad war damals schon ein einfühlender und sensibler Zuhörer.

Jetzt saßen wir beide über Fünfzigjährige in einem Lokal und mussten lachen: Ein knapp Neunzehnjähriger versuchte sich an einem verwegenen Romanprojekt, das er in kühner Selbstüberschätzung *Die Existenz des Nichtvorhandenen* nannte. Und fast vierzig Jahre später stellte sich heraus, dass in seinem Leben tatsächlich schon immer ein Halbbruder existierte, der aber als physische Person nicht greifbar war.

Unglaublich, sagte Konrad. Und dein Vater hat euch nie etwas von seinem Sohn erzählt? Deine Schwestern haben auch keine Ahnung gehabt? Und eure Mütter? Und deine Verwandten? Wie lange, sagst du? Neun Jahre lang noch im selben Ort gewohnt. Das lässt sich doch nicht verheimlichen.

Wir haben nicht mehr im Mühlviertel gelebt, sagte ich. Wir sind ganz woanders aufgewachsen. Die Frauen meines Vaters sind früh verstorben. Und unsere Verwandten waren weit weg.

Ich war leicht betrunken. Mir kam vor, als versuchte ich, Ausreden zu erfinden. Seit ich von Johann wusste, kam mir unsere Familie wie ein riesiger Bluff vor, an den ich ein ganzes Leben geglaubt hatte.

Schräg, sagte Konrad. Wenn auch kein Einzelfall. Kann man sich heute gar nicht mehr vorstellen. Heute gibt es Patchworkfamilien, und aus. Macht die Sache nicht unbedingt leichter, aber die Fakten liegen auf dem

Tisch. Früher wurde unter den Tisch gekehrt. Für die Mütter war es eine Schande, ein uneheliches Kind aufzuziehen.

Statistisch gesehen kannst du hochrechnen, was du eben erlebst, sagte Konrad. Eine erkleckliche Gruppe aus deiner Alterskohorte hat dieselben Leichen im Keller liegen. Da gibt's Kinder, die nach ihren Vätern suchen. Geschwister, die nichts von weiteren Geschwistern ahnen. Väter, die uneheliche Kinder verschweigen. Mütter, die ihre Kuckuckskinder hegen und der Mann weiß nichts davon. Die griechische Tragödie lebt unter uns. Trägt bloß ein spießiges Kleidchen. Oder ein Trachtengewand.

Na bumm, sagte ich.

Du weißt nicht, ob dein Vater Kontakt zu diesem Kind gehabt hat, fragte er.

Keine Ahnung, sagte ich.

Da staunt der Historiker, was, fragte Konrad.

Ich zuckte mit den Schultern.

Und, hast du Lust, ihn kennenzulernen, fragte er.

Irgendwie habe ich *Schiss,* in diese fremde Geschichte hineingezogen zu werden, sagte ich.

Zu Hause angekommen, ging ich zu meinem Kellerabteil, das ich, weil sich so viel Gerümpel angesammelt hatte, nur mehr betrat, um mir Tiefkühlware aus der Truhe zu holen. Hier lagen auch noch Dinge herum, die Hanna gehörten: ein Bob, Schlittschuhe, eine Schachtel mit Büchern. Ich hatte mich nie aufraffen können, diese Gegenstände zu entsorgen oder wenigstens an Hanna weiterzugeben. Ganz hinten, unter den Spinnweben an der Decke, befanden sich Unterlagen aus meiner Studentenzeit, irgendwo noch eine Kiste, in der sich Sachen aus den Internatsjahren befanden.

Irgendwo unter diesem Zeug lag vielleicht auch das Manuskript, von dem wir vorhin gesprochen hatten. Ich bahnte mir einen Weg vorbei an einem Gestell mit Winterschuhen, an einem Schrank, in dem warme Sachen eingemottet waren, dann rückte ich ein paar Schachteln aus einem Wandregal. Ich blickte auf die Uhr. Es war nach Mitternacht. Ich hatte die Pappkisten und Bananenschachteln, die ich mir damals beim Diskonter geholt hatte, nicht einmal angeschrieben. Sie jetzt durchzusehen war mir doch zu umständlich. Ich gab die Suche augenblicklich auf. Beim Hinausgehen bemerkte ich den Schreibmaschinekoffer meines Vaters. Er gehörte zu den wenigen Dingen, die ich aus seinem Nachlass an mich genommen hatte. Ein paar historische Bücher waren darunter gewesen, ein Ordner mit Texten, die er geschrieben hatte, ein paar Fotos. Zwei Stühle ohne Wert, die mich an unser Wohnzimmer in den sechziger Jahren erinnerten, eine Küchenuhr von Junghans, die mit einem Schlüssel aufgezogen werden musste. Nach Vaters Tod hatte es nichts zu erben gegeben außer einer kleinen Summe, die er gespart hatte und die zwischen uns Geschwistern aufgeteilt worden war.

In der Wohnung nahm ich mir eine Flasche Bier aus dem Kühlschrank. Ich saß am Küchentisch und trank, ohne das Licht angemacht zu haben. In der Wohnung schräg gegenüber grüßte die Deckenbeleuchtung. Niemand war zu sehen. Ich war zu müde, um ins Bett zu gehen, und setzte mich ans Keyboard. Nach einer kurzen Übeeinheit mit Joe Zawinuls *Midnight Mood*, stöberte ich in meiner Bibliothek in den Büchern von Franz Kafka und las den Satz aus dem Brief an seinen Vater: *Mein Schreiben handelte*

von Dir, ich klagte dort ja nur, was ich an Deiner Brust
nicht klagen konnte.

Mein Vater fiel mir ein, wie er zu Hause am Tisch saß,
wenn ich von oben aus meinem Zimmer herunterkam,
um mir etwas zum Trinken oder zum Essen zu holen.
Über viele Jahre, in denen ich im Internat gewesen war
und später studiert hatte, war ich nur mehr Gast in
diesem Haus gewesen: Meistens blieb ich ein paar Tage,
spannte aus, schlief lange, las, spielte auf dem alten
Klavier im Wohnzimmer und schaute fern. Wenn der
Vater nicht an der Küchenanrichte stand, saß er am
Tisch und las Zeitung oder in einem Buch. Auf dem
Tisch lagen die Spielkarten, die darauf warteten, dass
wir in Kontakt traten.

In einem Methodenseminar, das ich zusammen mit
Gabriele gehalten hatte, hatten wir neben der grund-
sätzlichen Methodik der Oral History auch einmal das
Thema Artefakte angeschnitten gehabt. Ein Leben ließ
sich auch durch Dinge abbilden, die für einen Menschen wichtig waren, ihn charakterisierten. Welche fünf
Dinge waren es wohl, die unser Leben beschrieben?

Wir forderten unsere Studierenden auf, Gegenstände
mitzubringen, die ihnen als Kind und Jugendliche bedeutsam gewesen waren. Die darauffolgende Seminar-
stunde war in aufgeräumter Stimmung verlaufen: von
Stofftieren über Paninihefte, Bücher, Stammbücher,
T-Shirts, Videos, Armbänder und Muschelschalen hatten unsere Studenten alles Mögliche angeschleppt.

Die Geschichte meiner eigenen Artefakte war noch
nicht geschrieben. Aber fünf Gegenstände, mit denen
ich den Vater beschrieben hätte, fielen mir wohl ein.
Auf dem Tisch lag aufgeschnitten ein Kuvert der Sozialversicherung. Ich schrieb auf die Rückseite: Die Schreib-

maschine. Das Gruppenfoto aus Lourdes. Ein Notenbuch mit Liedern. Ein Weinglas. *Das Lied von Bernadette* von Franz Werfel. Die Schnapskarten. Der Hut.

Das waren schon sieben Gegenstände. Jeder davon hätte eine Seite von Vaters Leben auf spezielle Weise charakterisiert. Noch ein Gegenstand fiel mir ein, den der Vater in der vorliegenden Form nie zu Gesicht bekommen hatte: der Akt vom Jugendamt. Den schrieb ich zuletzt auf den Zettel.

Ich fragte mich, wie diese Liste wohl aussah, wenn sie von meinen Schwestern ausgefüllt würde. Ich begann zu schreiben. Gegen zwei Uhr früh ging ich ins Bett.

Artefakte: Die Schreibmaschine
Nachmittags war kein Parteienverkehr im Amt. Ich saß im Sitzungszimmer des Amtshauses und machte meine Hausübungen, Vater saß am Schreibtisch in seinem Büro und klopfte in seine Maschine: ein Protokoll, einen Bericht, eine Niederschrift. Gelegentlich tippte er auch an einem Bericht für die lokale Zeitung. Fast mit dem Tag seiner Ankunft im Ort hatte der Vater die Funktion eines Dorfberichterstatters übernommen. Da die Gemeinde an der Grenze zweier Landesviertel lag, versandte er seine Berichte an gleich drei verschiedene Redaktionen. Fast vierzig Jahre lang. Auch nach seiner Pensionierung hatte er diese nebenberufliche Tätigkeit noch mehrere Jahre fortgesetzt. Gelegentlich saß er auch als Dichter an der Schreibmaschine, als Verseschmied für Geburtstagsjubilare und Ehrungen, als Verfasser von Begrüßungsgedichten bei Festveranstaltungen, als Texter für lustige Anlässe. Seine Werke trug er entweder selbst vor oder studierte sie mit Kindern ein: für einen Vortrag bei einem

Priesterjubiläum, einer Gebäudeeinweihung oder einer Bischofsvisite.

Das Klappern der Schreibmaschine war für mich das anheimelnde Geräusch, das mich als Kind begleitet hatte, als ich im Sitzungssaal des Gemeindeamtes die Stühle, die um den Sitzungstisch gereiht waren, herauszog und zu den Toren eines Skirennens nachstellte. Auf Socken rutschte ich durch den Parcours. Der Skiweltcup war gerade gegründet worden und Rennläufer wie Schranz, Messner, Cordin, Vogler, Dätwyler, Augert und Killy, Gabl, Haas, Annie Famose und Isabelle Mir waren mir aus den Ergebnislisten der Tageszeitung und aus den wenigen Schwarz-Weiß-Fernsehübertragungen, die ich bei einer Nachbarin anschaute, vertraut.

Während der Vater auf seine Schreibmaschine einhämmerte (auf der er schon die Briefe und Eingaben an das Jugendamt verfasst hatte, die ich Jahrzehnte später ausgehändigt bekam), warf ich zeitunglesend einen ersten Blick in die Welt. Ich war acht Jahre alt, als die farbigen Läufer John Carlos und Tommie Smith bei den Olympischen Spielen in Mexiko City bei der Siegerehrung die Protestfaust der Black Panther ballten, ich war sieben Jahre alt, als Cassius Clay aus Protest gegen den Vietnamkrieg den Wehrdienst verweigerte und eingesperrt wurde, ich war neun, als die ersten Menschen den Mond betraten und Charles Manson mit seiner Gruppe den grausamen Mord an der Schauspielerin Sharon Tate beging, ich war zehn, als Clay alias Muhammad Ali nach seiner Rückkehr den Kampf gegen Joe Frazier im Madison Square Garden verlor und Pelé mit einer Jahrhundertmannschaft Fußballweltmeister in Mexiko wurde. Sobald ich lesen konnte, las ich die Tageszeitung. Bald schon begann ich, täglich mit der Schere die Sportseite vom Hauptblatt zu schneiden.

Vater hämmerte in seine Schreibmaschine und ich flitzte in Socken im Amtsgebäude herum und die Welt war klein und gut geheizt und ich saß mit roten Backen hinter der Matrizenmaschine auf dem Fensterbrett und las meinen *Winnetou* und fühlte mich geborgen. Meine Mutter war erst ein Jahr vorher verstorben.

Vielleicht war das Rattern der Schreibmaschine meine erste Begegnung mit Rhythmus gewesen, außer dem Singen mit dem Vater, das damals eher auf Volksmusik beschränkt war. Die Welt war klein und sie war groß gewesen: Im Gasthaus gleich gegenüber wurde das deutsche Fernsehen empfangen und am Samstag ritt Bob Fuller in der Serie *Am Fuß der Blauen Berge* und am selben Tag lief *Spiel ohne Grenzen* aus einem Land, das damals noch durch eine Grenze geteilt war. Und ein Sohn des Ortes kam aus Amerika und heiratete ein Mädel aus dem Dorf und flog mit ihr nach Los Angeles zurück.

Als ich vierzehn, fünfzehn Jahre alt war, tippte ich in den Weihnachtsferien selbst erste sketchartige Texte in die Maschine meines Vaters, zu denen mich die Bücher Ephraim Kishons motiviert hatten. Erst viel später hatte ich Vaters Texte, die er in mehreren Ordnern abgelegt hatte, nachgelesen, die komischen, die gereimten und auch die melodramatischen, in denen er sein tragisches Schicksal, seine zweifache Verwitwung, zu verarbeiten versuchte. Auch diesen melancholischen Zug kannte ich von ihm, er war nahe am Wasser gebaut und wurde gelegentlich von Rührung übermannt, was jedes Mal, wenn ich Zeuge seines Gefühlsausbruchs wurde, einen Moment großer Pein in mir auslöste. Als Halb-wüchsiger hatte ich mich nie gefragt, wie er mit der Tatsache umging, drei Kinder alleine großzuziehen. Ob es Menschen gab, denen er seine Einsamkeit mit-teilen konnte. Menschen, die ihm eine emotionale Stütze waren. Erstaunlich, wie er das Leben als Allein-erzieher mit uns dreien geschafft hatte. Als ich noch Volksschüler gewesen war, waren wir abends oft zu-sammengesessen, hatten miteinander gesungen oder der Vater hatte uns schräge Tiergeschichten von Mardern und Dachsen erzählt. Besonders schön hatte ich die Feiern im Advent beim Kerzenlicht am Adventkranz in Erinnerung. Im Haushalt halfen wir zusammen. Schularbeiten verrichteten wir jeder für sich. Die Art, wie wir im Haushalt lebten, war für uns die Normalität. Wir nahmen die Gegebenheiten, wie sie waren. Später, als ich ins Internat kam, blickte ich nach vorn, beschäftigte ich mich wenig mit dem Vater zu Hause. Im Dorf war mein Vater eine öffentliche Person, er war *der Sekretär.* Er saß in vielen Vereinen als sogenannter *Schriftführer,* protokollierte Sitzungen, hielt fest, setzte auf, versuchte unparteiisch zu sein und half vielen Gemeindebürgern, denen es schwer fiel, ihre Pensionsanträge oder Kriegsversehrtenansuchen oder was sonst alles an Schriftverkehr nötig war zu erledigen. In wenigen Jahren hatte es mein Vater geschafft, sich in die Dorfgemeinschaft zu integrieren, war Mitglied beim Kirchenchor, bei der Musikkapelle und beim Theaterverein gewesen, mit dem er jahrelang Stücke im Fasching einstudiert hatte. Aber ob er mit jemandem auf eine Art befreundet gewesen war, dass er ihm oder ihr von den Nöten eines alleinstehen-den Familienvaters erzählt hätte oder gar davon, dass weit entfernt ein unehelicher Sohn von ihm aufwuchs: davon hatte ich keine Ahnung.

9

Am Vormittag saß ich in der Wohnung und versuchte zu arbeiten. Ich las mich durch einen Packen von Buchbesprechungen, an denen sich meine Studierenden versucht hatten. Ich hatte den Zeitpunkt, mich an den Schreibtisch zu setzen, bereits hinausgezögert, meine Mails durchgesehen, die Morgennachrichten im Fernsehen nebenher laufen lassen, die Zeitung gelesen, eine Nummer von Kenny Barron gehört, das Sudoku gelöst – manchmal das Morgenritual für mich, ehe ich ans Werk ging. Als ich schließlich zu arbeiten begann, fing in der Wohnung der Hüschs über mir unangemeldet eine Bohrmaschine an zu dröhnen. Das durchdringende Geräusch der Maschine fraß sich nach allen Regeln der Physik durch Hausmauern und Decken und erzeugte rund um meinen Schreibtisch einen Lärm, als würde unmittelbar neben mir gebohrt. Das Bohren hielt ein paar Minuten an, um dann abrupt aufzuhören. Dankbar hoffte ich, die Bohrung sei beendet, als der Vorgang von Neuem anhob. Ich sollte mich um die Buchbesprechungen meiner StudentInnen kümmern. Ich sollte mich endlich um Johann Preinfalk kümmern. Meine Wahrnehmung wurde von meiner Arbeit hin zum Hüschen Nebengeräuschplatz umgelenkt und entwickelte ungebremst Fantasien über das Motiv des Bohrenden: Was war den Hüschs zuzutrauen? Wurde da ein Tresor eingebaut? Eine Folterkammer? Ein Fitnessraum? Unvermittelt hatten meine Nachbarn meine totale Aufmerksamkeit gewonnen. Oder, absurder Gedanke, ahnte der anonyme Bohrer, dass ich insgeheim doch dankbar dafür war, abgelenkt zu werden? Dann rettete mich eine SMS von Gabriele. Ob ich heute noch an die Uni käme? Wenn ja, dass sie mich gerne treffen wollte. Meine Lust, mich ablenken zu lassen, war groß. Die Vorstellung, Gabriele zu begegnen, bereitete mir eine kindliche Vorfreude.

In der Straßenbahn las ich den Hinweis: *Vergessen Sie nicht, für Ihren Hund ein Ticket zu kaufen, wenn er nicht am Schoß gehalten wird.* Der Hinweis enthielt zwar die dringliche Ticketkaufaufforderung an Hundebesitzer, aber keine weitere Angabe, ab welcher Größe ein Hund nicht mehr auf dem Schoß gehalten werden durfte. Ich stellte mir einen Hundehalter vor, der mit seinem Schäferhund (mit Beißkorb) die Straßenbahn betrat und seinen Liebling auf den Schoß nahm. Ich stellte mir eine Gruppe von Schäferhundbesitzern vor, die, auf dem Nachhauseweg vom Abrichtplatz, mit ihren Hunden das Abteil betraten und aus Einsparzwecken die Tiere auf den Schoß nahmen und sämtliche Sitzplätze besetzten. Bis zur Endhaltestelle an der Uni fantasierte ich, wie zwei Kontrolleure die Straßenbahn betraten und die Tickets verlangten, die die Hundehalter (den Hund jeweils auf dem Schoß) umständlich aus ihren Taschen fingerten.

Gabriele hatte mich gebeten, am Uniparkplatz auf sie zu warten. Sie nahm mich im Wagen mit. Wir fuhren zum nahegelegenen Badesee. Es war ein schöner Spätherbsttag, die Sonne schien, die Bäume trugen Laub in allen Rotschattierungen. Der See lag ruhig, vereinzelt standen Angler am Ufer, die ihre Ruten ausgeworfen hatten.

Gabriele wirkte ernst, etwas gehetzt, sie hatte mich zur Begrüßung auf die Wangen geküsst, ein Vorgang, den sie am Institut unterließ.

Wie geht es dir, fragte ich. Gibt es etwas Neues?

Bei dir habe ich immer den Eindruck, dass alles paletti ist, sagte sie. Du machst deine Arbeit am Institut, spielst Klavier, wenn es dir passt, du lebst allein, niemand redet dir drein.

Der Schein trügt, sagte ich. In mir bohrte der vage Wunsch, wir würden über uns reden, über unser Verhältnis zueinander, wenn nicht über ihre Gefühle mir gegenüber, dann wenigstens über meine. Über mein vielleicht sinnloses Begehren. Oder ich sollte ihr von Johann Preinfalk erzählen. Ich ahnte schon jetzt, dass auch diesmal nicht Zeit dafür sein würde.

Wir schlenderten um den See. Gelb und grün hingen die Blätter an einem halbbelaubten Baum, in einem Kreis rund um den Stamm am Boden hatten sich die rötlich verfärbten Blätter gesammelt. Ein riesiger Vogelschwarm zog über uns hinweg. Gabriele bemerkte den Schwarm und zeigte nach oben, wir hielten inne und schauten zum Himmel. Wer wies den Vögeln ihre jeweilige Funktion zu, welches Leittier setzte sich aus welchen Gründen an die Spitze, welche Vögel bildeten die Nachhut und aus welchem Grund? Woher diese schlingernde Bewegung des Schwarms? Luxuriöser Vorgang der Natur. Geheimnisvolle Ordnung. Uns Beobachtern undurchschaubar. Das gemeinsame Beobachten machte uns für einen kurzen Moment zu einem Paar.

Mir wird gerade alles zu viel, sagte Gabriele. Bei mir ist alles ein Chaos. So viele Baustellen. Ich frage dich als Kollegen und als Freund. Ich erwarte, dass unser Gespräch vertraulich bleibt, sagte sie.

Sie hatte die Redaktion der Festschrift für Albert Fischer, unseren Emeritus, übernommen. Die Schrift würde zu seinem siebzigsten Geburtstag herauskommen. Längst hatte sie die Liste der AutorInnen festgelegt, beinahe unser gesamtes Institut war in das Projekt mit eingebunden. Auch ich hatte meinen Text bereits abgegeben.

Derzeit lese ich mich durch die Konvolute, sagte Gabriele, mit gnädigem Blick. Eine Festschrift ist keine Bewerbung für den Nobelpreis, aber blamieren wollen wir uns ja auch nicht. Und jetzt legt mir Wuttke einen Vortrag ins Fach, den er vor Jahren irgendwo einmal in Deutschland gehalten hat. Das Schräge daran ist, sagte Gabriele, dass er schon einmal versucht hat, den Text zu veröffentlichen. Das weiß ich zufällig von Ilse, sagte sie. Ilse war eine Freundin von ihr, Professorin in Wien am Institut für Zeitgeschichte und Herausgeberin einer Zeitschrift. Ilse war bei der Tagung in der Wachau dabei gewesen. Ich erinnerte mich an ihr lautes, durchdringendes Lachen. Und daran, dass sie, wie einige andere auch, an diesem Abend ziemlich betrunken gewesen war.

Aber Ilse hat den Text abgelehnt. Irgendetwas über das Österreichbild in den Schulbüchern der Nachkriegsjahre. Er war schlecht geschrieben und schlecht recherchiert. Hingeschludert, sagte Gabriele. Ilse hat den Artikel natürlich gegenlesen lassen. Sonst traust du dir so einen Text heutzutage ja gar nicht mehr abzulehnen. Wuttke soll stinksauer gewesen sein.

Und jetzt probiert er es mit demselben Text bei mir, sagte Gabriele. Ehrlich gesagt, für einen Beitrag in unserer Halbjahresschrift lasse ich das noch durchgehen. Aber nicht in einer Festschrift. Das fällt doch auf mich zurück.

Wie hast du denn reagiert, fragte ich.

Ich habe natürlich inhaltliche Anmerkungen gemacht, sagte Gabriele. Was man so macht. So vorsichtig wie möglich. Hingewiesen, dass der Text wenig stringent ist, Lücken aufweist und so weiter. Ich habe ihm eine Mail geschrieben. Das war möglicherweise ein Fehler. Jetzt reagiert er, wie eben Herr Wuttke reagiert. Er reagiert gar nicht. Er sitzt das aus. Er spekuliert darauf, dass ich die Krot fresse. Dass ich in die Knie gehe und den Text trotzdem annehme. Du weißt ja, dass Wuttke in der nächsten Periode Dekan werden möchte. Ganz sicher hat er den Institutsvorstand auf seiner Seite. Ich habe Ilse gebeten, mir das Gutachten vom Peer-Reviewing zu schicken. Das hat sie umgehend getan. Es bestätigt mich in den meisten Einwänden. Ich stehe mit meinem Urteil nicht allein da. Damit kann ich Wuttke natürlich nicht konfrontieren. Vertraulichkeit, verstehst du, sagte Gabriele.

Und von wem stammt das Peer-Reviewing, fragte ich.

Gabriele zögerte. Das möchte ich dir nicht sagen. Gregor, nicht böse sein. Aber ich möchte nicht, dass alles noch komplizierter wird.

Aber was kann ich dann für dich tun, fragte ich.

Ich wollte es jemandem vom Institut erzählen. Du weißt ja, man rennt herum und die Gedanken kreisen. Sie fasste mir an den Oberarm. Es tut mir gut, wenn mir jemand zuhört. Und, wie geht es dir, fragte sie versöhnlich.

Ich machte einen Fehler und ging nicht auf ihre Frage ein. Lass uns doch überlegen, was du machen könntest, schlug ich vor.

Ich drehte ihre Frage um, ich wendete ihre Bereitschaft, sich mir zuzuwenden, um und blieb an dieser Wuttke-Frage dran, obwohl ich ihr nicht wirklich helfen konnte. In diesem Moment hatte ich die Möglichkeit, persönlich zu werden, verpasst. Dabei interessierte mich Wuttke keinen Augenblick.

Wir hatten unsere Runde um den See beendet. Gabriele hatte noch ein Anliegen. Im Auto übergab sie mir eine Mappe. Den Erstentwurf für den Vortrag bei der Historikertagung. Ich wäre dir dankbar, wenn du einen Blick darauf wirfst, sagte sie. Ich möchte dich aber nicht behelligen, sagte sie. Also nur, wenn du wirklich Zeit hast.

Ich nahm die Mappe an mich. Bei der Einfahrt zum Uniparkplatz ließ mich Gabriele aussteigen. Nächstes Mal aber dann wirklich privat, sagte sie und küsste mich auf die Wangen. Und danke, dass du mir zugehört hast.

Auf der Fahrt zurück in die Stadt blätterte ich in ihren Unterlagen. Das Wort *behelligen* ging mir durch den Kopf. Ich überlegte, was es ursprünglich bedeutet haben mochte. Eine Lichtmetapher? Im Sinne von blenden? Ich beschloss, das Wort in die Liste der aussterbenden Wörter aufzunehmen.

Als wir über die Donaubrücke fuhren, spürte ich eine Müdigkeit, die mich bedrückte. Ich fühlte den Wunsch, mich hinzulegen und zu schlafen. Alles paletti bei dir, hatte Gabriele gefragt. Der Schein trügt, hatte ich geantwortet.

Warum fiel es mir so schwer, Dinge anzusprechen, auf die es mir ankam? Wie lange wollte ich noch warten, einmal Klartext mit ihr zu sprechen?

Ein paar Stunden später war ich auf dem Weg zum Hauptbahnhof. Es hatte zu nieseln begonnen, ich überwand mich, nahm den Schirm und ging zu Fuß. Hanna hatte überraschend angerufen und war erstaunt gewesen, mich am Festnetz zu erreichen.

Du zu Hause, hatte sie gefragt.

Sie war auf der Durchreise von Wien nach Salzburg. Ob ich Zeit hätte, mich kurz mit ihr am Bahnhof zu treffen?

Ich wartete oben in der Eingangshalle an der Rolltreppe. Ein Strom von Menschen, den ein Zug ausgespuckt hatte, zog unten vorbei und verteilte sich in Richtung Straßenbahn, in die Bars und Schnellimbiss-Restaurants. Hanna war unter den letzten, die ausgestiegen waren. Sie zog einen dunkelblauen Rollkoffer. Sie blickte sich um, aber sie entdeckte mich nicht gleich.

Ich suchte das Kind in ihrem Gesicht, das mich auf dem Foto zu Hause in meinem Arbeitszimmer anschaute. Nun stand Hanna als erwachsene Frau mit lockigem Wuschelhaar vor mir. Im selben Moment schlug mein schlechtes Gewissen an: Ich sah sie zu selten, ich kümmerte mich zu wenig um sie, ich wusste zu wenig von ihr. Ich drückte sie an mich. Sie roch leicht nach einem angenehm duftenden Parfüm. Wir gingen in ein Kaffeehaus mit Blick auf den Bahnhofsvorplatz.

Eine Dreiviertelstunde habe ich Zeit, sagte Hanna und legte ihr Handy neben sich auf den Tisch.

Das ist ja schon eine Ehre, wenn du dich mal sehen lässt, sagte ich. Was machst du, wie geht's dir?

Hanna kam sofort zur Sache. Wahrscheinlich hat Mama dich eh vorgewarnt, sagte sie.

Sie habe sich entschlossen, für ein Jahr ins Ausland zu gehen. Nach München.

Nach München, wiederholte ich. Was versprichst du dir davon? Ich dachte, du schreibst deine Masterarbeit fertig, sagte ich.

Einmal in eine andere Stadt mit einer tollen Theaterszene, sagte Hanna. Jetzt ist der perfekte Moment. Jetzt bin ich noch beweglich. München ist nicht aus der Welt, ich kann auch dort an der Arbeit schreiben. Mit meiner Betreuerin habe ich das abgesprochen. Und außerdem, ich jobbe bereits für dieses Freijahr.

Was machst du denn, fragte ich. Immer noch Interviews für dieses Institut?

Weniger, sagte Hanna. Aber Kellnern. Und gelegentlich helfe ich jetzt bei Messen für die Agentur von Judith. Ich weiß nicht, ob sie dir das erzählt hat.

Davon weiß ich nichts, sagte ich. Das hatte Judith tatsächlich nicht erwähnt.

Deswegen fahre ich jetzt auch nach Salzburg, sagte Hanna. Da wäre noch etwas, meinte sie. Ich brauche einen Vorschuss. Beziehungsweise eine Unterstützung. Ich zahle dir eh alles zurück.

Ich saß da und sah sie an.

Ich habe mir das durchgerechnet, sagte sie. Ich jobbe momentan wie verrückt. Mit dem Vorschuss ist das Jahr vorfinanziert und ich kann intensiv arbeiten.

Wo wirst du wohnen, fragte ich. München ist, was man hört, ein ziemlich teures Pflaster.

Geregelt, sagte Hanna. Bei einem Freund.

Die Bedienung brachte zwei Kaffee.

Freund heißt jetzt was, fragte ich.

Freund heißt Freund eben.

Und was macht der, fragte ich. Studiert der auch?

Ist ein Kollege, sagte Hanna.

Was jetzt, fragte ich.

Vom Lokal, sagte sie. Die Verwandten in München führen auch eines.

Du gehst also wegen ihm?

Hanna blockte ab. Ich gehe studieren. Du bist vielleicht neugierig. Sie schüttelte ihren Wuschelkopf.

Und mit Ariane hast du schon gesprochen, fragte ich.

Habe ich, sagte sie.

Sie ist natürlich bereits informiert, sagte ich. Über diesen Freund?

Sie hat nach ihm gefragt, sagte Hanna. Du darfst dich ruhig öfter melden. Wenn es dich wirklich interessiert, wie es mir geht, sagte sie ein wenig schnippisch.

Beim Durchgang zu den Bahngleisen stand ein Bankautomat. Ich hob die höchstmögliche Tagessumme ab und drückte ihr das Geld in die Hand.

Bist du zufrieden, fragte ich.

Ich zahle dir alles zurück, wiederholte sie. Wenn du willst, kannst du das schriftlich haben.

Wir schlenderten zum Aufgang zu den Gleisen. In einer beleuchteten Vitrine hing das Theaterprogramm aus dem Vormonat.

Vielleicht gibt's ja auch eine Neuigkeit aus meinem Leben, sagte ich unvermittelt.

Eine Freundin, fragte Hanna.

Gleich darauf mussten wir Passanten ausweichen und ihre Frage blieb unbeantwortet. Sollte ich ihr von Johann Preinfalk erzählen?

Jetzt läutete auch noch mein Handy. Auf dem Display sah ich, dass Milan Buzek anrief. Das war der Pianist aus Tschechien, mit dem ich mich vierzehntäglich im Café abwechselte. Er arbeitete in Linz als Übersetzer. Er rief nur dann an, wenn er einen Einspringer brauchte. Ich drückte ihn weg.

Auf dem Bahnsteig wehte heftiger Wind, der Abfall und verlorene Papiertaschentücher aufwirbelte. Die Passagiere hielten sich die Mantelkrägen ans Kinn. Du musst nicht warten, sagte Hanna.

Ich blieb, bis der Zug einfuhr. Wir sprachen nichts mehr. Neben uns verabschiedete sich ein Paar. Mutter und Tochter begleiteten den Vater zum Zug. Der Mann trug einen Tramperrucksack, der ihn um einen halben Meter überragte. Immer wieder beugte er sich zu seiner Frau und drückte sie an sich. Im nächsten Moment stand die ganze Familie eng zusammen und bildete einen Knäuel aus Vertrautheit. Ich wechselte die Blickrichtung.

Als der Zug einfuhr, umarmte ich meine Tochter. Bis bald wieder einmal in Linz, sagte sie.

Das nächste Mal, wenn wir uns sehen, erzähle ich dir was, sagte ich. Ist was Familiäres. Könnte dich interessieren.

Hanna sah mich erstaunt an, als sie in das Abteil kletterte.

Der Railjet kroch aus dem Bahnhof, ein riesiges Gewürm aus Blech und Stahl. Ich blieb stehen, bis ich seine Rücklichter nicht mehr erkennen konnte.

Bei den Abgängen zur Straßenbahn erinnerte ich mich daran, dass ich die Adresse von Johann Preinfalk in meiner Geldbörse bei mir trug. Er wohnte ja in der Nähe der Kirchengemeinde am Stadtrand, wo ich meinen Vortrag gehalten hatte.

Ich machte mir Vorwürfe wegen meines Verhaltens Hanna gegenüber. Ich ärgerte mich über meine Frage, ob sie denn nun zufrieden sei, als ich ihr das Geld in die Hand gedrückt hatte. Die Frage konnte zynisch aufgefasst werden, aber ich hatte sie nicht zynisch gemeint. Die Frage war ein Zitat meines Vaters gewesen. Es war aber keine Zeit gewesen, ihr das zu erklären.

Glück ist ein ambivalenter, schwer zu fassender Begriff. Er gehörte zu den Begriffen, die ich sparsam aus dem Regal nahm, um meine Befindlichkeit zu beschreiben. Einmal aber, vor Jahrzehnten, war ich regelrecht glücklich gewesen. Wir hatten unsere Maturafeier im Internat mit unseren Lehrern begangen (damals war es an der Internatsschule noch nicht üblich gewesen, zur Feier auch die Eltern einzuladen). Nach acht Jahren hielt ich endlich das Maturazeugnis in der Hand, die Monate vor den Schlussprüfungen hatte ich als eine Zeit subtiler Erpressung empfunden gehabt. Lehrer hatten uns klein gemacht, hatten uns zu verstehen gegeben, dass wir ihrer Gunst ausgeliefert waren. Jetzt, da die Prüfungen vorbei waren, zeigten sie sich amikal und verbindlich. Als wäre ihre Strenge vorher gespielt gewesen. Mir fiel der schnelle Umstieg in diese Phase der Fraternisierung schwer.

Am Tag nachdem wir ausgiebig gefeiert hatten, packten wir unsere Koffer und verließen endgültig das Internat, in dem wir acht Jahre lang gewohnt hatten. Mit großem Hallo verabschiedeten wir uns voneinander. Jahrelang hatten wir nur uns gehabt, unsere Freundschaften und die manchmal damit einhergehende verkappte Konkurrenz. Den endgültigen Abschiedsschmerz milderten wir mit der Vereinbarung, uns gleich im Herbst, wenige Wochen nach Beginn der Studiensemester – wir zerstreuten uns an mehrere Studienorte in Österreich – wieder zu treffen. Mit einem Koffer und einer Aktentasche beschwert begab ich mich zu dem Bahnhof, an dem ich mich soeben mit Hanna unterhalten hatte. Das Bahnhofsgebäude verströmte damals noch den Charakter der Nachkriegszeit, war nicht mehr als eine zugige Schalterhalle mit einem Zeitungskiosk, einem Blumengeschäft und einem schmuddeligen Restaurant in einer Ecke. Im

Zug hatte ich noch einmal Zeit, mir die turbulenten letzten Tage der mündlichen Matura und der Feiern durch den Kopf gehen zu lassen. Wir hatten geblödelt, mäßig getrunken, gemeinsam mit unserem Musikprofessor musiziert, ein Lateinlehrer hatte *Die Uhr* von Löwe zum Besten gegeben. An diesem Tag war alle Schwere von mir abgefallen, ich spürte nur Leichtigkeit, Erleichterung und Freude. Das Leben, das in den Internatsjahren weitgehend von einem Korsett aus Ordnung und Struktur festgelegt gewesen war, lag hinter mir. Vor mir lag meine Zukunft, die ich ab nun selbst gestalten würde. Weniger fremdbestimmt. So dachte ich damals. Im Herbst würde ich nach Salzburg zum Studieren gehen. Obwohl meine musikalische Ausbildung am Klavier nicht gerade ideal gewesen war, wollte ich die Aufnahmsprüfung an der Musikhochschule versuchen. Daran dachte ich im Moment aber nicht. Ich freute mich auf zu Hause, auf mein Zimmer, auf ein paar unbeschwerte Wochen mit Lesen und Üben, auf Judith, meine jüngere Schwester, und auf meinen Vater. Er, der nicht studieren hatte können, konnte nun von seinem zweiten Kind die Vollzugsmeldung entgegennehmen. Ich hatte ihn nicht enttäuscht und die Hürde Matura geschafft.

Der Zug hielt in S., wie mir jetzt nach Jahrzehnten einfiel. Ich musste also einen langsameren Zug genommen haben (einen, der in Linz früher weggefahren war); die schnelleren Züge hielten nur in A., einem Bahnhofsknotenpunkt in der Nähe. Es war üblich, dass ich von einem Münztelefon gegenüber dem Bahnhofsgebäude zu Hause anrief, damit mich der Vater abholte. In diesem Fall hatte ich ihm aber schon am Vortag Bescheid gegeben, wann ich ankommen würde.

Der Zug hielt in S., aber der Vater war noch nicht da. Das geschah öfter, wenn er mich abholte. Die Sonne schien, der Sommer hatte noch nicht einmal begonnen, in mir ruhte eine gelassene Großzügigkeit, ich hatte Zeit. Gegenüber dem Bahnhof, neben einer Gaststätte, wuchtete ich den Koffer auf eine Bank und setzte mich. Von meinem Sitzplatz aus konnte ich den Verlauf der Zufahrtsstraße zum Bahnhof überblicken. Die Straße verlief vom Bahnhof weg leicht abschüssig und mündete in eine Kreuzung. Autos, die an dieser Kreuzung ab- und in die Bahnhofstraße einbogen, waren von meinem Platz aus sofort zu erkennen. Ich saß und wartete. Ich weiß nicht mehr, wie viele Autos an der Kreuzung vorbeifuhren. Vereinzelt bog ein Wagen zum Bahnhof ab, aber unserer war nicht dabei. Wer nicht kam, war der Vater. Nach vielleicht einer Viertelstunde ging ich zum Münzfernsprecher und rief zu Hause an. Es läutete viele Male, bis er endlich abhob. Vater klang müde und abwesend. Er hatte vergessen, dass er tags zuvor versprochen hatte, mich abzuholen. Ja, versicherte er mir, er würde mich jetzt holen.

Die Fahrzeit von unserem Dorf bis zum Bahnhof in der Kleinstadt betrug vielleicht zehn Minuten. Ich weiß nicht mehr, wie lange ich gewartet habe. Ein halbe Stunde, vielleicht eine Dreiviertelstunde. Allmählich wurde es warm, ich saß ja direkt in der Sonne. In der Zeit des Wartens schmolz die Euphorie der letzten Tage, der Übermut, meine jugendliche Überheblichkeit, das Gefühl, der Welt ein Bein ausreißen zu können. In der Zeit, in der ich die Bahnhofstraße hinunterstarrte, ob ich endlich das Auto auftauchen sah, geschah ungesehen eine Metamorphose, verwandelte ich mich von einem ausgelassenen Maturanten zurück in das schüchterne Dorfkind, das ich acht Jahre lang auch gewesen war: Mein soziales Leben ereignete sich im Internat, zu Hause hatte ich kaum Kontakte, keine Freunde, kämpfte ich mit Attacken von Einsamkeit und Sozialphobie, war ich auf mich selbst und meine kreativen Beschäftigungen zurückgeworfen – die Musik, die Literatur, das Radio, das Fernsehen. Irgendwann einmal kam dann der Vater tatsächlich angefahren. Ich stand auf, als ich das Auto bemerkte, Vater fuhr erst an mir vorbei, drehte dann um und brachte den Wagen neben mir zum Stehen. Ich bugsierte mein Gepäck in den Kofferraum, der Vater stieg nicht aus, um mich zu begrüßen. Ich setzte mich auf den Beifahrersitz. Jetzt begrüßte ich ihn, gab ihm einen Kuss auf die Wange, wie wir das immer gemacht hatten.

Ich spürte sofort und ich roch es: er war angetrunken. Er war ganz bei sich und sah mich nicht an. Irgendetwas hielt ihn in seiner Sphäre, in einem Raum, den ich nie betreten hatte und nie betreten konnte. Es geschah nicht zum ersten Mal, aber dass er an diesem Tag angetrunken war, es war noch nicht einmal Mittag, versetzte mir einen Schlag. Ich weiß nicht mehr, welche Sätze wir wechselten, als ich ins Auto eingestiegen war. Wir hatten wohl nicht sehr viel miteinander geredet. Vielleicht erzählte ich auch von der Feier tags zuvor, um die Stille zu übertönen.

Irgendwann aber kam der Satz von ihm, der mir bis heute hängen geblieben ist und dem wohl der Satz von mir vorangegangen war, dass ich ja jetzt die Matura bestanden hatte: *Und, bist du zufrieden?*

Es war derselbe Satz, den ich eben zu Hanna gesagt hatte. Unbewusst und doch perfekt abgespeichert. So perfekt, dass sie ihn als zynisch auffassen konnte. Als

Bemerkung, die von ihr so interpretiert werden konnte, als interessierte ich mich nicht wirklich für sie, die gerade im Begriff war, Tritt im Leben zu fassen. Selbständig zu werden. Vielleicht empfand sie meinen Satz genauso als Ausdruck von Desinteresse wie ich den damals von meinem Vater ausgesprochenen.

Tatsächlich hatte ich später über den Satz des Vaters oft nachgedacht. Vielleicht drückte er ja auch nur aus, dass ich verantwortlich gewesen war für meine Leistung, dass ich es wohl war, der meine eigene Leistung bemaß. Aber in diesem Augenblick hatte der knapp Neunzehnjährige, der ich damals gewesen war, sich mehr Reaktion und Mitgefühl gewünscht, als nur das knappe Konstatieren in Form einer Gegenfrage. Damals erhielten die wenigsten von uns zur Matura ein größeres Geschenk, was heutzutage obligat war: ein Auto, eine Reise, eine kosmetische Operation. Ein materielles Geschenk für meine Matura hatte ich mir auch nicht erwartet. Das Geschenk meines Vaters an mich war gewesen, dass ich ein humanistisches Gymnasium besuchen hatte können, mein Geschenk für ihn und mich, dass ich die Matura trotz vorhergehender Zitterpartie sogar mit einem *guten Erfolg* abgeschlossen hatte.

Aber ich hatte mir erhofft, dass der Vater meine Freude mit mir teilen würde. Dass er stolz auf die Leistungen seiner Kinder war, hatte ich immer gespürt, aber in diesem Moment war er, aus welchen Gründen auch immer, nicht in der Lage gewesen, an meiner Freude, meinem Ausnahmezustand teilzuhaben. Mir blieb das Gefühl einer stumpfen Betäubung. Eines leisen Schmerzes. Den ich mit niemandem teilen konnte und den ich alleine aushalten musste. Der Satz *Ein*

Indianer kennt keinen Schmerz war einer der stärksten Glaubenssätze meiner Kindheit gewesen, wirkmächtiger wahrscheinlich als viele christliche Glaubensformeln, verifiziert durch eine intensive Lektüre von Karl-May- und Cooper-Erzählungen, belegt durch die vielen Westernfilme, die ich als Kind und Jugendlicher gesehen hatte, in denen der Tod eines Menschen nichts bedeutete: Menschen wurden zuhauf umgeballert, aber die Handlung lief ungerührt weiter. Später deutete ich diese Todesverdrängung in den Western der Nachkriegszeit als ersten (untauglichen) Versuch, die traumatischen Schützengraben-Erfahrungen der Kriegsgeneration zu verarbeiten. Beim Studium war mir klar geworden, dass diese Form der Schmerzverdrängung tief in die DNA unserer Mentalität eingeschrieben war, ob als protestantisch-calvinistische Variante (*Lerne leiden ohne zu klagen*: ein Zitat, das Friedrich III. zugeschrieben wurde, oder *Wer im Frieden leben will, der leide still und dulde viel*: ein Spruch, der mir in einem Siebenbürgermuseum in Rumänien auf einer gestickten Decke begegnet war) oder in ihrer katholischen Form: *Wer von euch mir nachfolgen will, muss sich selbst verleugnen und sein Kreuz auf sich nehmen.*

Als die Straßenbahn einfuhr, verließ eine Frau mit einem Kinderwagen das Abteil. Ich half ihr, das Wägelchen am Bahnsteig abzustellen. Sie bedankte sich mit einem Lächeln. Die Entscheidung, zu Preinfalks Wohnung zu fahren, fiel spontan.

Am Stadtrand stieg ich aus. Die Fenster eines Hochhauses direkt an der stark befahrenen Ausfallstraße waren fast alle erleuchtet. Das Gebäude wirkte wie ein großes geschecktes Tier, das sich für einen Angriff aufgerichtet hatte. Ich verließ die Hauptstraße in Richtung einer Wohnsiedlung. Die Stadt verschmolz hier unscheinbar mit der benachbarten. An einer kleinen Brücke standen unmittelbar hintereinander Ortsschilder, die das Ende der Stadt und den Anfang der anderen anzeigten. Die Dämmerung war der Nacht gewichen. Die letzten Kunden verließen einen Supermarkt und trotteten mit vollbepackten Taschen nach Hause. Ich schlenderte durch eine Siedlung mit Mehrparteienhäusern. In vielen Wohnungen brannte Licht, in einem der Fenster entdeckte ich eine Kerze, deren Flamme durch einen Luftzug leicht bewegt wurde. Dann stand ich in der Straße, die nach einem Dichter benannt worden war. Der Eingang zum Eckhaus, in dem Johann Preinfalk wohnte, war beleuchtet. Ich war ein unscheinbarer Spaziergänger, ein Passant, ein Flaneur, vielleicht ein Besucher. Ich studierte die Namen an der Klingelanlage. Deutsch klingende Namen las ich da, Namen, die auf eine Herkunft aus Südosteuropa hindeuteten, auch ein paar Namen, bei denen ich auf Nachfahren Vertriebener aus dem Zweiten Weltkrieg getippt hätte. Auf einem der Schilder prangte der Name Preinfalk. Das Schild war nachträglich mit seinem Namen überklebt worden. Ich schaute durch eine Glastür nach innen in das unbeleuchtete Stiegenhaus. Ich hatte keine Ahnung, auf welcher Etage er lebte und ob er im Moment zu Hause war. Ich hätte auf die Klingel drücken können, um zu testen, ob der Mann in seiner Wohnung war. Selbst wenn sich jemand gemeldet hätte, hätte ich mich entschuldigen und so tun können, als hätte ich versehentlich an der falschen Tür geklingelt. Als plötzlich Licht im Stiegenhaus anging, verließ ich den Platz am Eingang und ging zur Straßenbahnhaltestelle zurück. In meinem Kopf spielte ich durch, was passiert wäre, wenn ich geklingelt und Johann Preinfalk sich gemeldet hätte. Hallo, hier spricht Gregor Leirich, hätte ich gesagt, und meine Stimme wäre wohl einen Augenblick nicht angesprungen. Sie kennen mich, hätte ich gesagt. Oder: Ich glaube, du kennst mich. Oder: Hier spricht dein Bruder. Vielleicht hätte mir Johann geöffnet. Vielleicht hätte er mich ins Haus gelassen. In meinem Kopf hatte ich ihn plötzlich gefragt, ob er denn auch zufrieden sei.

Ich hatte nicht geläutet. Schlagartig war mir klar geworden, dass ich noch nicht bereit war, mit ihm zu sprechen. Weil ich mit meinem Vater noch nicht fertig geworden war. Mit der Straßenbahn fuhr ich zurück in die Stadt.

Im Flur im Eingang nahm ich die Post aus dem Kasten, die ich oben in der Wohnung auf den Küchentisch legte. In der Brotlade befand sich nur mehr eine Scheibe harten Vollkornbrotes. Ich schloss das Fach wieder. Beim Gang in das Badezimmer fiel mir das Foto von Hanna auf. Sie hatte ihre dunklen, runden Augen weit geöffnet, als blicke sie in die Zukunft. (Dabei hatte sie im Moment der Aufnahme wohl nur Ariane angeschaut.) Ein paar Tage zuvor, ich hatte nach den Papieren meines Vaters gesucht, war mir eine Zeichnung von ihr in die Hände gefallen, die sie mir als Volksschulkind zum Vatertag geschenkt und die mich gerührt hatte. Mit ungelenker Schreibschrift hatte sie ein Gedicht unter die Zeichnung gemalt: *Papa, Du bist wunderbar / immer für uns alle da. / Du bist offen für die Sorgen / abends, nachts und früh am Morgen. / Du bist lieb und hilfsbereit, / Dein Herz ist riesengroß und weit. / Du denkst nie zuerst an Dich, / und allzeit dafür lieb ich Dich!*

Ich betrachtete Hannas Zeichnung. Ich betrachtete ihr Foto. Ich wusste, dass ich sie nicht aus den Augen verlieren durfte.

Artefakte: Das Gruppenfoto von Lourdes
Das Bild hing in der Wohnung, in der ich als Kind aufwuchs.

Mein Vater war in den Kriegsjahren bei Truppenbewegungen ins heutige Polen und bis an die Grenze von Russland gekommen. Das waren auf viele Jahre hin seine einzigen Auslandsreisen gewesen. Auch als ich ein Kind gewesen war, hatten wir uns keine Urlaubsreisen leisten können. Im Sommer ging es für ein paar Tage in die Heimat des Vaters, wo wir im Haus einer Tante übernachteten. Nur in den fünfziger Jahren hatte es für den Vater eine Ausnahme gegeben. Im Jahr 1956 war er mit seiner Frau nach Lourdes in Frankreich gepilgert. Im März desselben Jahres hatten ihm Ärzte mitgeteilt, dass seine Frau, die bereits ein Jahr zuvor einmal operiert worden war, unheilbar an Krebs erkrankt sei. Nach einer neuerlichen Operation, von der sie erstaunlich schnell genesen war, machte sich das Paar mit einem Krankenzug auf in den französischen Wallfahrtsort, in dem fast genau hundert Jahre vorher einem jungen Mädchen eine weißgekleidete Frau erschienen war. Seither pilgerten Hunderttausende an diesen Ort, an dem es Berichten nach über die Jahrzehnte zu unzähligen unerklärlichen Heilungen gekommen sein soll. Mein Vater hatte sich von der Reise offenbar eine wundersame Wendung der Krankheit seiner Frau erhofft. Er hatte mir von dieser Reise nie erzählt, jedenfalls erinnerte ich mich an keinen diesbezüglichen Bericht. Jahrzehnte später las ich in seinem Lebensbericht ein paar lapidare Zeilen darüber: *Wir fuhren mit dem Krankenzug und meine Frau hat diese Fahrt gut überstanden.* Ein knappes Jahr später starb sie, die Mutter meiner älteren Schwester Ulrike. Der Vater notierte fast fünfundzwanzig Jahre später: *Nur ich wusste, wie es um sie stand. Ich habe mit ihr darüber nie gesprochen, nicht einmal kurz vor ihrem Tod.* Die Kargheit dieser Sätze deutete nur an, was diese Erkrankung und das damals damit verbundene Tabu im Vater ausgelöst hatten.

Genau genommen existierten zwei Lourdes-Fotos in unserer Familie. Eines hing an der Wand im Kabinett, einem kleinen Zimmer, das während der Wintermonate mit einem Holzofen geheizt werden musste, das andere lag oben auf einem Schrankkasten, von dem auch die Rute hervorlugte, die der Nikolaus als Drohgebärde schwarzer Pädagogik ins Haus gebracht hatte. Beide Fotos waren Schweiz-Weiß-Aufnahmen, beide waren an derselben Stelle aufgenommen worden (vor der Grotte? ich wusste das nicht, ich war nie in Lourdes gewesen), die Aufnahmen sahen einander zum Verwechseln ähnlich, auch wenn gut zehn Jahre zwischen ihnen lagen: Ernst blickten die Pilger und Pilgerinnen in die Kameras. Ein Gruppenbild aus Gebeten, stummen Hilferufen, aus Verzweiflung, aus Hoffnung, aus stiller Wut und Ergebung. Möglicherweise waren auch Menschen in Rollstühlen und vielleicht sogar in Krankenbetten auf den Aufnahmen zu sehen gewesen, ich hatte das vergessen. Auf diesen beiden Fotos verbarg sich die Geschichte unserer Familie, die für mich, der ich ein paar Jahre später zur Welt gekommen war, immer eine *normale*, weil unsere Familiengeschichte gewesen war. Schon vor meiner Mutter, vor mir und

Judith hatte mein Vater eine Familie gegründet gehabt, eben mit Marianne. Ulrike, unsere ältere (Halb-) schwester war geboren worden, dann war ihre Mutter gestorben. Ein paar Jahre später hatte der Vater über einen Arbeitskollegen eine Frau kennengelernt, über die näheren Umstände schwieg er sich in seiner Lebensskizze aus – *entschloss ich mich, mir wieder eine Frau und Mutter zu suchen*: diese Frau war meine Mutter gewesen.

Irgendwann in den sechziger Jahren hatte der Vater dann gemeinsam mit seinem zweiten Schwiegervater erneut eine Reise nach Lourdes unternommen. Diese zweite Reise war wohl von keiner Krankheit, von keinem Heilungswunsch begleitet gewesen, der Vater erwähnte sie in seiner Skizze auch nicht. Zwei Fotos, die die Geschichte unserer Familie beschrieben. Wir waren eine Patchworkfamilie, ohne den Begriff damals gekannt zu haben. Im Wohnzimmer standen Fotos von zwei Hochzeiten, und wir waren eben Geschwister von zwei verschiedenen Müttern. Aber niemals wäre ich auf die Idee gekommen, Ulrike als meine Halbschwester zu bezeichnen. Ulrike war die Älteste, sie war der Rammbock für uns Jüngere, sie war die Große, die als erste das Haus Richtung Internat verließ, sie war für uns Landpomeranzen, die Judith und ich waren, die erste Verbindungsbrücke zu einer größeren, spannenderen Welt. Als Judiths und meine Mutter starb, war Ulrike diejenige, die uns vor allem in den Sommerferien die Mutter ersetzte, für uns kochte, die Wäsche wusch, mit uns spielte.

Solange wir die Dienstwohnung des Vaters bewohnten, hing dieses Lourdes-Foto an der Wand. Als Symbol seines schicksalhaften Lebens nach dem Krieg.

Welchen Weg diese Fotos später genommen hatten, ob sie sich noch im Besitz meiner Schwester Judith befanden, die den kargen Nachlass des Vaters geerbt hatte, entzog sich meiner Kenntnis. Allerdings existierte ein weiterer Gegenstand meines Vaters, der mit diesen Lourdes-Reisen zusammenhing: der Roman *Das Lied von Bernadette*, den Franz Werfel nach einem Lourdes-Aufenthalt in nur fünf Monaten 1941 in den USA niedergeschrieben hatte. Beeindruckt von der Geschichte des Mädchens Bernadette Soubirous hatte er damals gelobt, ein Buch über sie zu verfassen, falls er das rettende Exilland Amerika erreichen würde. Der Vater hatte dieses Buch besessen, ich hatte es an verregneten Sommertagen einmal während der Ferien gelesen. Mir war damals aufgefallen, dass Werfel die Protagonisten des Buches wie in einem Film quasi in einem Vorspann/ Nachspann im Buch angeführt hatte. Als ich nach dem Tod des Vaters seine Wohnung betrat, lagen seine Sachen noch so da wie an dem Tag, als er ins Krankenhaus gebracht worden war. Auf dem Küchentisch, an dem ich mit dem Vater so oft gesessen war, stand ein Weinglas, lagen seine Lesebrille und ein Stapel mit Karten. Daneben das *Lied von Bernadette*, aufgeschlagen. Es war das letzte Buch, in dem er gelesen oder in das er hineingeblättert hatte. Vielleicht hatte er eine bestimmte Stelle gesucht, vielleicht aber auch nur Trost. Und Verbundenheit.

10

Nach der Lehrveranstaltung ging ich mit einer kleinen Runde Lehrender (Wuttke, Reiter, Rohrmoser) nach längerer Zeit wieder einmal zum Mittagessen in die Mensa. Ich hatte Appetit auf die Lachsspaghetti, die der Speiseplan für diesen Tag auswies, ich hatte Zeit. Alleine hätte ich Wuttke wohl nicht begleitet, das Essen in der Gruppe mit den eher betulich wirkenden Kollegen Reiter und Rohrmoser senkte die Streitgefahr von vornherein ab.

Reiter hatte Wind von einer Studie bekommen, wonach 33% der bis Fünfunddreißigjährigen nicht mehr sagen konnten, ob die NS-Zeit etwas Gutes oder etwas Schlechtes gewesen war. Gleich war die Frage auf dem Tisch, was wir Lehrenden denn falsch machten und wohl die Jahrzehnte über falsch gemacht hatten. Sofort spielten wir eine Zeit lang polyphon auf der Dekonstruktionsorgel: Welche tatsächliche Fragestellung war Ausgangspunkt dieser Studie gewesen, war das nicht ein wenig zu simpel, den Komplex Nationalsozialismus gleichsam binär mit den Kategorien gut versus schlecht zu beurteilen? (Wuttke) Hatten die Lehrpläne der achtziger und neunziger Jahre an den Schulen etwa übertrieben, den Nationalsozialismus zu sehr in den Fokus zu vieler Schulgegenstände gestellt? (*das staubte ja den Schülern schon aus den Ohren heraus*: Rohrmoser) War das Ergebnis dieser Studie nicht Beleg für eine tiefgreifende Nivellierung dessen, was wir Bildungsstandards nannten? (Reiter) War die Studie nicht ein Hinweis auf die Traditions- und Geschichtsvergessenheit, wie sie der deutsche Autor David Kermani in Bezug auf die Religionen festmachte, eine

Vergessenheit, die sich zum Beispiel auch auf die Kenntnis von Literatur, Geschichte, humanistischer Bildung überhaupt anwenden ließ? (ich) War es denn aus heutiger Sicht tatsächlich wichtig, zu wissen, was der Schlieffen-Plan war, was der Röhm-Putsch und wer Schirach, Seyß-Inquart waren? (Rohrmoser) Gab es nicht so etwas wie ein Kernwissen über den Nationalsozialismus, hinter das eine aufgeklärte, demokratische Gesellschaft wie die unsere nicht zurückfallen durfte? (Wuttke) War die Studie nicht ein Beleg für die digitale Revolution, bei der wir, die Analogen, längst von einer Generation iPad wischender Freaks überholt worden waren, für die das Wissen um Details aus dem Nationalsozialismus die gleiche Bedeutung hatte wie Netzbeschreibungen über Pizzazusteller und Fastfoodketten? (Reiter) Lebten wir an der Uni nicht in einer Blase von elitärem Wissen, das, bezogen auf die gesamte Population, nur für eine ganz kleine Gruppe von Menschen bedeutend war? (Rohrmoser) Erwuchs uns aus dieser privilegierten Wissenssituation nicht eine eminente, gesellschaftspolitische aufklärerische Veranwortung zu, wies diese Studie nicht die Vergeblichkeit unserer Anstrengungen auf, zerrte uns dieser deprimierende Befund eher in einen Zustand der zynischen Resignation oder deuteten wir ihn als Aufforderung, uns noch mehr Mühe zu geben? (ich) Fehlte es an Vermittlern unserer Forschungsarbeit, korrespondierte dieses desaströse Ergebnis nicht mit dem Erstarken des Rechtspopulismus in ganz Europa, war es nicht auch eine Folge des Versagens der gegenwärtigen Tagespolitik, ein Reflex auf den Niedergang von Institutionen, Parteien und Medien? (Wuttke)

Einig waren wir uns darüber, dass uns dieser mangelnde Wissenstand nicht gefiel. In unserer moralischen Entrüstung waren wir ganz Old School Achtundsechziger. Kurz breitete sich ein wohliges Wir-Gefühl über unserem ungedeckten Mensatisch aus. Wie dieser armselige Befund aber zu verändern war, dazu war die Zeit eines Mittagessens doch zu kurz. Dann wechselte Wuttke plötzlich das Thema.

Ich bemerkte, dass ich den Teller leer gegessen hatte, ohne das Essen auch nur einen Moment zu genießen.

Habt ihr euer Paper für die Fischer-Festschrift schon abgegeben, fragte er in die Runde. Als wir bejahten, legte er los. Eichner (das war Gabrieles Familienname) plustert sich auf, sagte Wuttke. Sie kommt mir reichlich großspurig daher. Sie will meinen Text nicht nehmen, sagte Wuttke. Er ist ihr nicht gut genug. Sie hat ihn mir zurückgeschmissen. Ich weiß bis heute nicht, was ihr nicht passt.

Worum geht's denn, fragte ich. Voreilig und ohne Not war ich in die Rolle des Nichtwissers geschlüpft, tat ich so, als wüsste ich von nichts. Wenn ich Wuttke schon nicht zu widersprechen wagte, hätte ich wenigstens abwarten und die Kollegen diese Frage stellen lassen können.

Ich weiß ja, wem ich diese Attacke letztlich zu verdanken habe, sagte er. Die kennt ihr alle. Ilse Dorisch.

Die Wienerin, fragte Rohrmoser rhetorisch.

Ja. Der passt das Zweite nicht, wie der gelernte Österreicher sagt, sagte Wuttke, der Deutsche. Wenn du der nicht in den Kram passt, kannst du einpacken. Der war ich immer schon zu wenig feministisch.

Wir runzelten kollektiv die Stirn. Was hat das denn mit Gabriele zu tun, fragte Reiter.

Wuttke amüsierte sich. Die stecken doch zusammen, sagte er. Da ist etwas im Busch. Das hat, wie es aussieht, ja gar nichts mit mir zu tun. Ich weiß nur so viel, dass an Dorischs Institut eine Stelle ausgeschrieben ist.

Und du glaubst, deswegen hat sie den Text abgelehnt, fragte Rohrmoser verdutzt. Verstehe ich nicht.

Ich sage nur: Nach oben buckeln, meinte Wuttke und verrührte wütend eine Portion Zucker in seiner Kaffeetasse. Mehr sage ich nicht.

Seine Andeutung blieb unbesprochen über dem Dessert hängen. (Reiter zwang mich in ein Nebengespräch über einen Termin, den wir getauscht hatten, Wuttke und Rohrmoser glitten ins Private ab und unterhielten sich über ihr gemeinsames Ritual, beim Frühstück ein Sudoku zu lösen.)

Gemeinsam gingen wir über das Unigelände zum Institut zurück. Im Teich paddelten zwei Enten. Mir fiel auf, dass ich nicht in der Lage war, die Gattung der Schwimmvögel genauer zu benennen. Mein Marginalwissen hätte bei jedem Naturwissenschaftler wohl nur ein mildes Lächeln hervorgerufen. Im Kopf konzipierte ich aber blitzartig auch einen Wissenstest über Nationalsozialismus für Naturwissenschaftler. Möglicherweise lag das Durchschnittswissen von Biologen, Chemikern und Physikern über die Nazizeit kaum über den Werten, die wir eben so besorgt kulturpessimistisch beklagt hatten. Beim Betreten des Institutsgebäudes fiel mir ein, dass ich Gabriele versprochen hatte, ihren Text durchzusehen.

Artefakte: Der Hut

In meiner Erinnerung trugen alle Männer der Nachkriegsjahre einen Hut. Hut war für meine Generation
gleichbedeutend mit gestrig, spießig, konservativ.

Die Jugendlichen, zu denen ich als Kind aufschaute,
hatten ihre Haare vielleicht gegelt, auf jeden Fall aber
nach hinten gekämmt. Einen Hut trug keiner. Wenn
wir Schulkinder mit Hochachtung davon sprachen, dass
jemand seine Haare *nach hinten* kämmte, war das ein
Ausdruck dafür, dass wir den Burschen für erwachsen
einschätzten. Vor dem Dorfgasthaus streunten wir
Kinder herum und staunten die Älteren an. Die mit den
zurückgekämmten Haaren, die, die sich breitbeinig um
Mopeds und Motorräder scharten. Im Geruch der
Zweitaktgemischfahnen, die diese Mopeds verströmten,
lag Zukunft. Freiheit. Die Möglichkeit aufzubrechen.
Die *Wilden mit ihrer Maschin'* aus dem Dorf wussten
zwar nicht, wohin sie fahren wollten. Aber sie waren
schneller dort. Wehmütig schauten wir in den blauen
Dunst der Auspuffwolken und schnüffelten die Abgase,
die für uns rochen wie ein exotisches Parfüm.

Ein paar Jahre später gehörten wir zu den Großen.
Die Haare trugen wir jetzt schulterlang, dafür gehörte
ein Kamm mit Stiel, der in der hinteren Hosentasche
steckte, zur Standardausrüstung.

Die Hutmenschen, ausschließlich Männer, waren die,
die an der Macht waren. Sie besetzten alle Ämter, die es
im Dorf zu verteilen gab. Nicht einmal der Pfarrer war
von dieser Regel ausgenommen, der trug nur diese selt-
same schwarze Schachtel aus Pappendeckel auf dem
Kopf, die sich Birett nannte.

Manche saßen sogar mit Hut beim Frühschoppen.
Waren ausnahmsweise einmal Frauen mit von der Par-

tie (Frauen standen *normalerweise* zu Hause in der Küche und bereiteten den Sonntagsbraten vor), trat das Exemplar *Nachkriegsfrau mit Pelzhaube* auf den Plan. Der Inbegriff für Konservatismus und Rückständigkeit war aber der *Autofahrer mit Hut*. Der Begriff *Hutfahrer* wurde immer dann ausgesprochen, wenn man einem Auto nachzockelte, das eine geringere als die zulässige Höchstgeschwindigkeit fuhr. Ein Hutfahrer war ein Ausbund an provokanter Langsamkeit, an abwägender Vorsicht, an sichtbarer Rückständigkeit.

Mein Vater hatte immer einen Hut getragen und sich dabei nicht von der Masse anderer huttragender Männer unterschieden. Als Kind konnte ich die Hutträger auch nicht sozial unterscheiden, also etwa die Trachtenhüte den Bauern und die mit Gamsbart den Jägern zuordnen, die Stoffhüte den Angestellten, Kappen oder gar Hauben den Arbeitern, die zur Schicht in die nahegelegene Papierfabrik fuhren. Als Kind hatten für mich alle erwachsenen Männer einen Hut getragen.

Als Kind hatte ich nie darüber nachgedacht, dass man einen Hut vielleicht auch als Schutz gegen die Kälte aufsetzen konnte. Ich war beinahe fünfzig Jahre alt, als ich im Winter ständig mit einer Haube auf dem Kopf herumlief. Erst zu diesem Zeitpunkt hatte ich begriffen, dass der Körper die meiste Wärme über den Kopf abgab.

Ohne Hut konnte man Vaters Glatze sehen. Schon mit knapp vierzig Jahren hatte er eine Glatze gehabt, in einer Zeit, in der Glatzen noch nicht als modisch galten und niemand mit einem freiwillig rasierten Schädel herumlief. Als ich geboren wurde, war mein Vater bereits vierzig Jahre alt. Ich hatte als Kind nie über sein

Alter nachgedacht. Er war so alt, wie er war, er hinkte, wie andere auch, die mit einer Versehrung aus dem Krieg heimgekommen waren. Und wie die meisten Männer, die ihre zwanziger Jahre in der Wehrmacht verbracht hatten, gründete er erst spät, nach dem dreißigsten Lebensjahr, eine Familie.

Vaters Hut hatte mich nie gestört. Bis auf eine kurze Phase als Student hatte ich selbst nie einen besessen. Ich wollte keinen Hut tragen. Ich wollte mich unterscheiden von der Welt der Väter, der Hutträger. Ich wollte dem Dorf und den dort herrschenden Regeln entkommen. Meine Entscheidung, keinen Hut zu tragen, war Teil des Projekts, mich von meinem Vater abzugrenzen. Er trug einen Hut, ich keinen. Er liebte Blasmusik, spielte auch in einer Kapelle und hörte am Sonntagvormittag die *Frühschoppensendung* im Radio, mit sogenannten Humoristen am Mikrofon, die ihre oft anzüglichen Witzchen und Mundartgedichte vortrugen. Ich hörte Ö3. Seit der Gründung dieses Senders war ich zum Pop- und zufällig auch zum Jazzhörer geworden. Mit den Sendungen des Moderators Walter Richard Langer wurde ich in die Welt des Jazz eingeführt. Statt Militärmärschen und Polkas hörte ich die Musik der amerikanischen Besatzungssoldaten, die Glenn Miller nach Europa gebracht hatte, Programme über Cab Calloway, Billie Holiday und Charlie Parker. Wenn Langer ehrfürchtig die Besetzung einer Jazzplatte ansagte, klang das, als würde er eine Aufstellung von Weltmeistern deklamieren, als würde er eine Heiligenlitanei beten. Die Beatles kamen später. Die erste Nummer der Band, die ich bewusst hörte, war wahrscheinlich *Carry that Weight*. Ich war neun Jahre alt, seit einem Jahr Halbwaise und verstand vom Text kein einziges Wort. Dass das Lied davon handelte, eine schwere Bürde zu tragen, erfuhr ich viel später.

Der Hut: das war ein Symbol für das Alte. Das Festgefahrene. Für das Dorf. Ich besaß nie ein Moped, um lässig einmal in die nächste Stadt zu gasen, aber mit elf kam ich ins Internat in die Stadt, die für österreichische Verhältnisse eine Großstadt war. Für mich öffnete sich ein Tor zur Welt. Bis dahin war ich nie im Leben ins Kino gekommen, hatte ich nie eine professionelle Theateraufführung gesehen, nie ein Orchester in einem Konzertsaal spielen gehört, hatte nie ein Spiel im Stadion besucht und auch kein Popkonzert.

Mein Vater trug einen Hut. Ich trug keinen. Er trug zu feierlichen Anlässen und am Sonntag einen Anzug und stets eine Krawatte. Ich hasste Anzüge und verweigerte bald auch Krawatten. Damals war mir nicht bewusst, dass meine (harmlose) Nonkonformität letztlich auch nur die konforme Haltung meiner Alterskohorte war.

Der Vater war katholisch sozialisiert und wir, seine Kinder, auch. Auch das Internat, das ich besuchte, war katholisch. Aber in seinen Mauern (die Schule wurde von manchen als *Klosterschule* bezeichnet, obwohl es sich nie um ein Kloster gehandelt hatte) wohnten Bigotterie und Spiritualität, Kerzlschluckerei und Aufbegehren, Biedersinn und Intellektualität, konservative Geisteshaltung und Rebellion Tür an Tür. Meine Klassenkameraden und ich wurden in geistliche Exerzitien verfrachtet und brachten dort den Exerzitienleiter, einen späteren Abt eines oberösterreichischen Klosters, zur Verzweiflung, wir stimmten gegen die Errichtung des Atomkraftwerkes in Zwentenburg, obwohl der Direktor des Gymnasiums als Physiker

Atombefürworter war, wir besuchten Informations-
veranstaltungen der Friedensbewegung zur *gewalt-
freien Landesverteidigung* und entschieden uns mehr-
heitlich für den Zivildienst (trotz kommissioneller
Gewissensprüfung), wir wählten als Studenten kom-
munistische Institutsvertreter, gingen zu El Salvador-
und Abrüstungsdemonstrationen und fuhren zu
Anti-Wackersdorf-Kundgebungen. Die Besetzung der
Hainburger Au hatte ich in den Weihnachtsferien
sympathisierend im Fernsehen miterlebt – es war die
Stunde der grün-alternativen Bewegung in Österreich.

Politisch hatten wir – mein Vater und ich – uns selten wirklich gestritten. Meine Auseinandersetzung mit
dem Nationalsozialismus, die mit der Fernsehserie
Holocaust begonnen hatte und sich dann im Studium
fortsetzte, hatte keine Gegenwehr des Vaters, sondern
eher sein Verständnis hervorgerufen. Für uns Kinder
war immer seine Geschichte als Soldat in Erinnerung
geblieben – er war Sanitäter geworden um zu helfen
und um nicht schießen zu müssen.

Der Vater ahnte wohl, dass ich immer anders gewählt
hatte als er. Aber die räumliche Distanz half uns,
einander zu respektieren. Der räumliche Abstand half
mir, Dinge und Veränderungen an meinem Vater zu
übersehen, die ich nicht sehen wollte. Seine zunehmende
Vereinsamung, seine Alkoholphasen. In meinen Stu-
dentenjahren war ich mit mir beschäftigt und mit der
Tatsache, zu lernen, mein eigenes Leben zu gestalten,
auf eigenen Füßen zu stehen. Man bekam wenig bis
nichts voneinander mit. Ob mich der Vater damals an
der langen Leine ließ, weil er mit sich selbst über-
beschäftigt war oder weil er mir bewusst die Freiheit
ließ, meine eigenen Erfahrungen zu machen, konnte

ich auch heute nicht beurteilen. Einen Hut zu tragen, hatte er mich jedenfalls nie gezwungen.

11

Am Sonntag sprang ich für Buzek im Caféhaus beim Casino ein. Zwischen murmelnden Frühstücksgästen, klirrendem Geschirr, kratzendem Besteck und dem Lachen bereits am Vormittag Angeheiterter spielte ich meine Sets, bei denen ich mich diesmal auf ein paar Lieder konzentrierte, die ich neu harmonisiert hatte, so zum Beispiel das bekannte *Over the Rainbow* von Harold Arlen, in dessen Melodie sich eine einfache absteigende Tonleiter versteckt. An der Nummer hatte ich zu Hause lange herumgetüftelt, um das Stück klanglich spannend zu gestalten. Für eine Version der Moll-Blueskomposition *Birk's Works* von Dizzy Gillespie lehnte ich mich an eine Version von Michele Camillo an, die ich auf YouTube entdeckt und dessen Voicings ich reichlich dreckig gefunden hatte. Bei der Wiederholung des Themas bemerkte ich, dass einige Gäste, die sich eben am Käsebuffet bedienten, ihre Blicke auf mich und mein Spiel richteten, das ihre Hörnerven offenbar ungünstig reizte. Für einen Augenblick hatte ich die Aufmerksamkeit derer gewonnen, für die ich bis dahin bloß ein Hintergrund- und Deckgeräusch für ihre Ess-, Schnäuz-, Lach- und wohl auch Furzgeräusche abgegeben hatte. Gleich darauf bremste ich mich ab und bog in gefälligere Bahnen ein. Rasch hatte ich wieder den Eindruck, dass kaum jemand der anwesenden Gäste die Musik, die ich spielte, bewusst hörte. Ich war wieder ein dekoratives Surplus des Hauses, Schnittlauchornament beim sonntäglichen Brunch. Immerhin spielte ich hier noch live, während fast überall nur mehr CDs und mp3-Files abgespielt wurden.

In einer Pause trat der Aushilfskellner Wieser an meinen Tisch und servierte mir wie gewöhnlich eine Melange und ein Brioche dazu.

Was geht, fragte ich absichtslos.

Der Promi ist wieder da, sagte Wieser und deutete mit dem Daumen andeutungsvoll nach oben Richtung Casino. Der Lebensgefährte einer ehemaligen Skifahrerin, der offenbar zweimal im Lotto gewonnen hatte, schleppte seit Monaten unglaubliche Summen ins Haus. Angeblich hatte der Typ früher auch einmal eine Bank überfallen gehabt und war dafür gesessen. Wenn jemand im Lauf eines Abends eine Summe verspielte, die das Jahreseinkommen eines Kellners um ein Vielfaches übertraf, sprach sich das bei aller angesagten Diskretion herum, bis zu uns ins Café. Wieser hatte Menschenkenntnis und rapportierte stets mit einem Anflug von Sarkasmus. Es dauert nicht mehr lange, und es macht bumm, sagte er.

Seine persönliche Geschichte hatte er mir einmal ausführlich erzählt. Seine erste Arbeitsstelle war die Landesbibliothek in unmittelbarer Nähe gewesen, wo er länger in der Ausleihe gearbeitet hatte, bis es ihn eines Tages *aus der Bahn geworfen*, so wörtlich, und er mehr als ein Jahr in einer psychiatrischen Anstalt verbracht hatte. Später hatte er als Statist am Theater gearbeitet und in jahrelanger Sammelarbeit ein paar großformatige Szenenfotos von Opernproduktionen aus dem Haus ergattert, auf denen vorne die jeweiligen Hauptdarsteller abgebildet waren, im Hintergrund aber Wieser als Statist in den verschiedensten Rollen zu sehen war: als Diener, Wachmann, Portier, Türsteher, Polizist etcetera. Einmal hatte mich Wieser zu sich nach Hause eingeladen und mir die Großformatfotos gezeigt, die er in seinem Schlafzimmer unter dem Bett verwahrte und die sozusagen seine Karriere als Opernstatist dokumentierten: Wieser in *Turandot*, in der *Zauberflöte*, in der *Lustigen Witwe*, im *Zigeuner-baron*, in *Wozzeck*, in der *Fledermaus*.

Wieser lebte allein, ich hatte mich damals gefragt, wie viele Menschen es wohl in seiner Umgebung gab, denen er je seinen Fotoschatz hatte zeigen können. Erst knapp vor der Pensionierung war er in seinen ursprünglich erlernten Beruf als Kellner zurückgekehrt und arbeitete jetzt als Aushilfe im Café.

Auch heute wollte er mir etwas zeigen. Diskret legte er ein Tablet – ich wunderte mich, dass er so eines überhaupt besaß – auf die Sitzbank neben mich und suchte im Netz die Aufzeichnung eines Fußballspiels, das er zwei Tage vorher am Stadtrand besucht hatte. Er wollte mir nicht demonstrieren, wie das Spiel geendet hatte (die Linzer hatten nach einem Rückstand wenigstens noch ein Unentschieden geschafft), sondern dass er persönlich in der Übertragung zu sehen war. Wieser ließ die Bilder vorlaufen. Als bei einer Eckballszene die Tribüne hinter dem Tor sichtbar wurde, hielt er das Bild an. Auf dem schütter besetzten Stehplatz stand ein Mann an einer Brüstung, dessen Gesicht nur unscharf zu erkennen war: Das bin ich, sagte Wieser stolz. Ich war dabei. Solche Momente sammle ich jetzt. Wieser trägt Existenzbeweise zusammen, dachte ich. Das Foto/Video, die digitale Aufzeichnung eines Lebens, das im Moment Festgehaltene als etwas, das uns überdauert. Früher hatte man dem Werk des Künstlers diese Fähigkeit zugesprochen, heute traf es vielleicht auf jedes Selfie, jedes Posting zu. Auf meiner Liste mit alternativen Karrieremöglichkeiten notierte ich: Opernstatist, Linienrichter, Stehplatzclaqueur, Existenzvergewisserungssammler. Die Beschäftigung als Aushilfskellner hatte ich bereits wieder gestrichen. Die Arbeit als Klavierspieler war der eines Kellners doch vorzuziehen.

In der nächsten Pause trat ich für ein paar Minuten vor das Café und ging in den Park hinaus, um zu telefonieren. Auf einer Sitzbank im Schatten nahm ich Platz. In dem Moment ging eine Frau an mir vorbei, ohne mich zu bemerken. Sie kam mir bekannt vor. Erst als sie vorbeigegangen war, fiel mir ein, woher ich sie kannte. Es war Frau Firleis, die mich wegen der Hörgeräte beraten hatte. Und ich hatte diese schon wieder zu Hause liegen lassen! Frau Firleis hatte sich aufgebrezelt und trug einen modischen Hosenanzug und Stöckelschuhe. Zielsicher steuerte sie den Eingang zum Casino an. Ich erinnerte mich an unser letztes Gespräch. Sie ziehe mit ihrem Freund zu ihrer Schwester nach Mallorca. *Manchmal ist es Zeit für einen Wechsel im Leben*, hatte sie zu mir gesagt. War sie auf Heimaturlaub? Besuchte sie das Casino, um sich die Urlaubskasse aufzubessern? Oder war sie hier, um sich einen Wechsel auf ein besseres Leben ausstellen zu lassen?

Wahrscheinlich war jetzt gar nicht der richtige Zeitpunkt, um das Telefonat zu führen, das ich schon tagelang aufschob. Ich tippte trotzdem die Nummer von Johann Preinfalk in mein Handy. Nervös wurde ich erst, als ich das Tuten im Handy und dann eine fremde Stimme vernahm. Preinfalk, sagte jemand. Im Hintergrund hörte ich Lokalgeräusche.

Wer ist da, fragte die Stimme am anderen Ende der Leitung.

Ich zögerte. Ich räusperte mich. Dann legte ich auf.

Abends telefonierte ich mit Judith. Ich stand im Schlafzimmer und schaute in den Hof hinaus. In der Wohnung schräg gegenüber brannte das Deckenlicht. Die junge Frau, die dort wohnte und niemals Vorhänge zuzog, saß an einem Tisch am Fenster und nippte aus einer großen Tasse. Ihr Gesicht konnte ich nicht erkennen, ich sah die Frau gewissermaßen als Torso, sah nur ihren Körper, ihre Füße, die sie unter den Tisch gestreckt hatte, ihre Hände, die die Tasse umfassten.

Unser Geschwistertreffen hatte sich verschoben, erstaunlicherweise nach vorne. Ulrike hatte plötzlich einen *Fortbildungstermin hereinbekommen*, wie sie sagte, wir mussten umdisponieren. Meine Aufgabe war es, Judith den Vorverschiebungstermin mitzuteilen. Bei ihr lief es im Moment in der Arbeit nicht so richtig. Judith werkte bei einer Eventagentur, richtete Firmenfeiern aus, bereitete Präsentationen vor, engagierte Künstler für Auftritte und organisierte *gute Laune*. Der Chef der Eventagentur war für ein paar Monate ihr Freund gewesen. Sie hatte sich von ihm getrennt, war aber bei der Agentur geblieben. Ich merkte, dass ich heute keine Geduld mehr hatte, ihr zuzuhören und hielt das Gespräch knapp.

Spätabends vertändelte ich mich in den Tiefen des Internet. Vor einiger Zeit hatte ich entdeckt, was sich im Netz an Material für Jazzpianisten verbarg, Qualität ohne Ende. Ich hörte eine betörend schöne Aufnahme der Maria Schneider Bigband, ich stöberte eine Transkription von Kenny Barron auf, ich entdeckte ein faszinierendes Arrangement eines kalifornischen Arrangeurs namens Kerry Marsh, der dem alten Lambert, Hendricks & Ross-Blues *Centerpiece*

ein modernes Kleid mit einem coolen Bass-Riff über-
gestreift hatte. Ich ging noch ans Keyboard, um die
Phrase in die Finger zu bekommen. Als ich auf die
Uhr sah, war es halb zwölf. In der Wohnung schräg
gegenüber war nun der Tisch, an dem die junge Frau
gesessen war, verwaist, die Tasse stand noch dort.
Gleich darauf wurde das Licht gelöscht.

Ich öffnete den Ordner, den ich für Johann Preinfalk eingerichtet hatte, und betrachtete sein Foto, auf
dem er meinem Vater so ähnlich sah. Ob er sich auch
für Musik interessierte? Wenn ja, für welche? Gab es
noch mehr Gemeinsamkeiten zwischen uns? Ähnliche
Interessen? Ähnliche Eigenheiten? Hatte er auch Kinder? Es wurde allmählich Zeit, ihn kennenzulernen.

12

Anderntags ging ich nach dem Frühstück quer durch den Park zur Landesbibliothek mit dem Plan, mir ein Buch über die nationalsozialistische Übernahme der lokalen Presse im Jahr 1938 ausheben zu lassen. Vor einiger Zeit war ich auf den Namen eines Schriftstellers und nach dem Krieg hochdekorierten städtischen Beamten gestoßen, der aber bereits in den Nazijahren Karriere gemacht hatte. Eine Studentin überlegte, die Berufskarriere dieses Mannes in ihre Masterarbeit einzubauen. Ich wollte mich vor ihr kundig machen.

Spontan änderte ich meinen Plan und beschloss, den Tag im Zeitungsarchiv zu verbringen. Eine gute halbe Stunde blätterte ich im Leseraum in den aktuellen deutschen Tageszeitungen, dann begab ich mich in den winzigen Leseraum im Keller der Bibliothek. Ein Angestellter, der mir seit Jahren bekannt war, karrte mehrere Jahrgänge der Regionalzeitungen an, für die mein Vater geschrieben hatte, nachdem er seine neue Arbeitsstelle in der entfernt gelegenen Gemeinde angetreten hatte. Ein paar hauptberufliche Journalisten und viele ehrenamtliche Schreiber aus den Dörfern hatten damals diese Regionalblätter mit ihren Berichten gefüllt. Jahrzehnte später ließ sich aus der Summe dieser Texte ein Stimmungsbild der Nachkriegsjahre destillieren. Die Ausgaben waren dünn, das Papier von schlechter Qualität, es gab kaum Fotos, die Druckschrift war Fraktur, das Layout konnte aus heutiger Sicht nur als *Bleiwüste* bezeichnet werden. Die Bände verströmten eine Geruchsmischung aus Moder und Druckerschwärze, die mir vom Arbeiten mit historischen Zeitungen so vertraut war und die sich nach wenigen Minuten Blätterns intensiv in den Fingerspitzen festsetzte. Sofern es noch erlaubt war, überhaupt ohne Handschuhe mit den Zeitungen zu arbeiten. Sofern man überhaupt noch an die originalen Zeitungen herankam und sich nicht mit Mikrofilmausgaben begnügen musste.

Sogar von Vaters Dienstantritt fand sich eine Notiz. Der Gemeinderat hatte einstimmig beschlossen, ihn aus einer Reihe von Bewerbern für das Amt des Gemeindesekretärs anzustellen. Die Ereignisse saugten mich zurück in die überschaubare Welt der Vorkommnisse und Katastrophen eines Dorfes und seiner Umgebung im Alpenvorland. Ich entdeckte unentwegt Namen von Personen, die ich jahrzehntelang nicht mehr gehört, die ich aber als Kind gekannt hatte. Die Nachkriegsjahre waren geprägt von den Kriegsfolgen. In der Bezirkshauptstadt lebten etwa 80% aus Kriegsgebieten Zugezogene (Volksdeutsche, die später in der Nähe Siedlungen gründeten), 17% der Bevölkerung besaßen auch Jahre nach Weltkriegsende noch keine österreichische Staatsbürgerschaft.

Ein Dorf in den fünfziger Jahren. Geburten, Todesfälle, Unfälle, Bauberichte. In der Gemeinde verstarb der Vater einer geflüchteten Familie, ein Tischler, mit dreiundsechzig Jahren. Mit nur fünfzig Jahren verstarb die Witwe eines Bergmannes, die seit dem Kriegsende auf die Rückkehr ihres als vermisst gemeldeten Sohnes gewartet hatte. *Nun hat der Tod ihr Sehnen gestillt*, schrieb der Verfasser der Zeitungsmeldung, bei der ich mir nicht sicher war, ob sie bereits mein Vater oder noch sein Vorgänger geschrieben hatte.

Erstaunlich war, wie oft sich Gewaltvergehen und sexuelle Verbrechen ereigneten. Täter wurden mit ihrem vollen Namen genannt. Ein Maurer hatte sich an einer Vierzehnjährigen vergangen, ein Hilfsarbeiter bedrohte seine Gattin *mit einem Messer und einem Stemmeisen*, wie der Chronist unter dem Titel *Notzucht* penibel vermerkte (ich notierte das Wort für die Sammlung vom Aussterben bedrohter Wörter). An anderer Stelle notierte ich den Fall einer *Unzucht wider die Natur*. So wurden Homosexualität und Sodomie bis in die sechziger Jahre vom Strafgesetz verfolgt. Der Verurteilte war mit vollem Namen genannt worden.

Ein Bauboom hatte das Land erfasst, das Wort *Aufbaujahre* wurde plausibel. In unserem Dorf wurden nun jene Bauten errichtet, die ich zehn Jahre später als Kind als markante Gebäude unseres Ortes wahrnehmen würde: Schule, Zeughaus, Gemeindeamt, Kirche. Einige Jahre später folgte der Bau von Kühlhäusern (die nach der Einführung von Gefriertruhen ein knappes Jahrzehnt später wieder abgerissen wurden). Ein Kind aus Jugoslawien kam erst mit elf Jahren zu seiner Mutter, die das Kind bei ihrer Flucht zurücklassen hatte müssen. *Er kann nur einzelne deutsche Wörter sprechen und kannte auch seine Mutter nicht mehr.* So lapidar las sich damals ein Nachkriegsschicksal in einem Satz.

Immer wieder begegnete mir der Vater in den Berichten. Schon wenige Monate nach seinem Neubeginn hatte er einen Bus gechartert und war mit einer Reisegruppe, unter denen sich auch Musikanten befanden, in das Dorf seiner Heimat zu einem Ausflug jenseits der Demarkationslinie gefahren. Mehrmals war er als Schauspieler in Einaktern aufgetreten, die er auch einstudiert hatte. Auch die Hochzeit mit seiner ersten Frau und die Geburt von Ulrike waren angezeigt worden, wenige Jahre später dann eine kurze Notiz über den Tod seiner ersten Frau, die in ihrem Heimatdorf begraben worden war.

Erstaunlich, wie wenige Schülerinnen der damals achtklassigen Volksschule für den Übertritt in eine Hauptschule für reif befunden wurden. Jährlich waren es meist nicht einmal zehn Kinder gewesen. Ob es überhaupt Kinder gab, die ein Gymnasium besuchen konnten, war den Zeitungsberichten nicht zu entnehmen.

Die Regionalzeitung von damals – ein Mix aus Tragödien und Komödien: Da fiel ein Kind in heißes Schweinefutter und erlitt schwere Brandverletzungen, da wurde ein Viehhändler beim unzulässigen Schwimmen gerade noch aus der Traun gerettet, da wurde eine Krenwurze mit über acht Kilogramm aus der Erde gezogen. Ein Vortrag zum skurrilen Thema *Monarchie, die bessere Demokratie* der österreichischen Heimatunion (das war der Dachverband der österreichischen Monarchisten) wurde abgehalten. Immer wieder gab es Probleme mit randalierenden *Halbstarken* (ich notierte das Wort schon deshalb, weil es in meine Sammlung passte). Unglaublich auch die Meldung einer Rettungsaktion, bei der nach drei auf rätselhafte Weise in einem Fuchsloch verschwundenen Dackeln gefahndet wurde. Sogar die Namen der Dackel waren angegeben worden: Erdmann, Everl und Rolly. Bis zu vierzig Helfer der Freiwilligen Feuerwehr hatten in einen Hang ein Loch von der Größe eines Weinkellers geschlagen. Vergeblich. Die Dackel tauchten nicht mehr auf. Erst nach acht Tagen war die Suchaktion abgebrochen worden.

Von symbolischer Bedeutung aufgeladen schien mir der Bericht über das Begräbnis eines verdienten Gemeinderates der sozialistischen Partei, dessen Sarg sowohl von Mitgliedern der SPÖ als auch der ÖVP zu Grabe getragen wurde. *Es war das Bild einer Trauerfeier von echt demokratischer Harmonie,* vermerkte respektvoll der Chronist. Damals war die Rolle des Sargträgers noch ein Ehrenamt gewesen, das Freunden des Toten oder Nachbarn eines Verstorbenen zugekommen war. Und von einem Verunfallten war die Rede, der *unermüdlich als Zechprobst* tätig gewesen war. Noch so ein ausgestorbenes Wort zum Notieren.

Was suchte ich eigentlich in diesen alten Berichten? Gewiss, ich war auf die Namen vieler gestoßen, die ich gekannt hatte, Pfarrer, Bürgermeister, Lehrer. Und auf Namen von Menschen, die nur wenig älter als ich waren und deren Geburt vom Berichterstatter angegeben worden war. Aber was suchte ich wirklich? Glaubte ich, in diesen Texten meinem Vater zu begegnen, ihm auf die Spur zu kommen?

In diesen Jahren war es ihm gelungen, in den Vereinen des Dorfes Fuß zu fassen. In der allerersten Zeit bis zu seiner Hochzeit hatte er noch alleine gelebt und war zu Mittag Tag für Tag in eines der beiden Gasthäuser essen gegangen, was er in seiner Skizze vermerkt hatte.

In diesem Refugium für Männer war er abends zur Stammtischzeit wahrscheinlich mit allen möglichen Honoratioren des Ortes in Kontakt gekommen, mit Bauern, Arbeitern, Knechten, dem Besitzer des einzigen Gemischtwarenladens, kleinen Gewerbetreibenden, Eisenbahnern, Jägern, Viehhändlern, Kriegsveteranen, Zechbrüdern und Kartendipplern, Frauen- und Maulhelden, Durchreisenden, Musikanten und Hobbyhumoristen, Schwadroneuren und Aufschneidern, Lumpen und Hochstaplern, Abhausern, *abge-drehten Hunden, Lügenschippeln, Grantschermen, Sauf-köpfen, Kegelscheibern und Eisstockschützen*. In diesem fein abgestuften sozialen System hatte er seinen Platz gesucht und mit seinem Talent, Menschen zu unterhalten, wohl auch gefunden. In all den Jahren hatten ihn immer wieder Schreiben eines weit entfernten Amtes aus dem Mühlviertel erreicht, welche die monatlichen Alimentszahlungen für seinen unehelichen Sohn einmahnten beziehungsweise die Höhe der Zahlungen nach und nach moderat hinaufsetzten. Was suchte ich also? Belege dafür, dass mein Vater in diesen wenigen so glücklichen Jahren, denen bange und darauf sehr traurige folgten, in mindestens zwei Welten gelebt haben musste? In seiner täglich erlebten, realen Welt als junger Familienvater und Mitglied der dörflichen Männercliquen und gleichzeitig in einer verborgenen, die ihn in seine Heimatgemeinde verwies, wo eine Frau lebte, die seinen heranwachsenden Sohn erzog, der in diesen Jahren ein Teenager gewesen war, vielleicht auch ein *Halbstarker*? Was wollte ich wissen?

Suchte ich Belege dafür, dass mein Vater damals ausschließlich nach vorne schaute? Dass er verdrängte, was geschehen war? Dass er plante, dieses Kind später in seine Familie zu integrieren? Dass er dann, wenn seine eigenen Kinder größer waren, ihnen davon erzählen wollte, um verstanden zu werden?

Ich war mit dem kindischen Wunsch in den Keller der Landesbibliothek gegangen, die Zeitungen sollten zu mir sprechen, so wie sie zu mir gesprochen hatten, als ich tatsächlich ein Kind gewesen war. Oder wie ich mir vom heutigen Standpunkt aus einbildete, dass die Zeitungen damals zu mir gesprochen hatten. Damals war gewesen, als meine Mutter schon verstorben war. In dieser Zeit hatte sich wohl mein Forschungstrieb geformt und herausentwickelt. Auf meinen Streifzügen durch das Amtshaus, das wir bewohnten, hatte ich erst alle möglichen Schränke und Kästen nach Lesbarem durchwühlt, dann den Dachboden durchforstet, auf dem sich Kisten mit Material aus der Jugend meiner Eltern befanden. Irgendwann war ich in den Keller vorgedrungen. Neben einem Archivraum, der stets verschlossen war, befanden sich dort Räume, in denen wir eingelegtes Gemüse, Kohlen und Holzscheiter lagerten, sowie zwei Werkräume, in denen der Vater seiner vermissten, in Jugendjahren erlernten Leidenschaft, dem Tischlern, nachgehen konnte. Der Raum, der mich am meisten anzog, war aber der Heizraum, in dem ein riesiger Ölofen stand, der den Amtsraum wärmte. Der Raum war voll mit Abfallpapier, das sich im Amtshaus angesammelt hatte, aber auch mit Zeitungen. Mit den Ausgaben der Tageszeitung, die im Amtsgebäude auflag, sowie den vielen regionalen Blättern, für die der Vater schrieb. Viele stille Stunden, vielleicht das leichte Bollern des Heizofens neben mir, verbrachte ich dort lesend mitten auf einem Haufen Zeitungen sitzend. Eine Überschrift für die Zeit hätte *Das Kind im Keller* lauten können, wenn nicht dieser Titel in der Zwischenzeit besetzt worden wäre von einem Dichter, der in der Nachbargemeinde lebte und, auf seine Art verrückt, sich in einem Bauernhof hinter schwarzen Fenstern verrammelte, wie die Leute sagten.

Aber ich war *das Kind im Keller* gewesen, lange bevor der Dichter auf die Idee gekommen war, Teile seiner Autobiografie so zu benennen. Dort in diesem geschützten Raum hatte ich erstmals den Zauber alter

Zeitungen erlebt, mit denen ich Zeitgrenzen überschreiten und in die Vergangenheit zurückgehen konnte – zurückgehen sogar in eine Zeit, in der meine Mutter noch gelebt hatte, zurückgehen sogar in Jahre, in denen ich selbst noch gar nicht geboren worden war. Noch Jahrzehnte später, während meines Studiums und danach, wann immer ich in der Tageszeitung aus diesen Jahren recherchierte, wusste ich genau, dass ich die eine oder andere Ausgabe bereits als Kind in der Hand gehalten und gelesen hatte – so deutlich waren die Lektüreerlebnisse in meinem Gedächtnis abgespeichert.

Diese Zeitungen mit ihrem Sammelsurium an Katastrophen und Banalitäten und allem, was das Leben im Nachkriegsösterreich ausmachte, hatten mich als Kind möglicherweise abgelenkt von der tragischen Situation unserer Familie und meine Stimmung stabilisiert und gelindert und damit vielleicht in mir ausgebildet, was sich *Resilienz* nennt, ein Begriff, den es damals zwar bereits gegeben hatte, der aber erst Jahrzehnte später gebräuchlich wurde.

Mit diesem spontan auftretenden Suchimpuls war ich in den Keller der Landesbibliothek abgetaucht und erst gegen Mittag von einem weiteren Besucher in dem engen Raum wieder in die Gegenwart zurückgeholt worden. Ein Student, der beim Kollegen Reiter an seiner Bachelorarbeit über die Weltwirtschaftskrise schrieb, hatte den Raum betreten und meine Isolation gestört. Es kam sogar zu einem kleinen Disput, weil mich der Student, wahrscheinlich weil er freundlich sein wollte, nach meiner Recherche befragte. Ich half mir mit der kleinen Notlüge, über den erwähnten Kulturbeamten zu forschen, merkte aber, dass mir die

Frage peinlich war. Ich brach meine Nachsuche ab und legte die Zeitungsbände von 1960 aufwärts auf den Rollwagen zurück.

Im Schillerpark ging ich an einer Gruppe Obdachloser, gleich darauf an einer Gruppe ausländisch wirkender Männer vorbei, die im Schatten saßen und was taten – ihre Zeit totschlugen? Ihre Zeit verbrachten? Den Tag vorüberziehen ließen?

Meine oberflächliche Wahrnehmung im Vorübergehen ließ mich erneut das Dilemma der Forschenden spüren. Während wir in der Vergangenheit gruben, versuchten, Vergangenes für die Gegenwart aufzubereiten, den Schrecken und die Gräuel von gestern portionsgerecht und museal für eine Gedenkkultur (an deren Notwendigkeit ich nicht zweifelte) aufzuarbeiten, ereigneten sich parallel dazu und zeitgleich und hautnah die Schrecken und die Gräuel und die Verfehlungen der Gegenwart, flüchteten gerade in diesem Sommer Hunderttausende aus Kriegsgebieten in die reichen Regionen Mitteleuropas und produzierten reflexhafte Abwehr und Feindlichkeit. Und gleichsam erst übermorgen würden wir uns, die zertifizierten Wissenschaftler, über die Dokumente und Lebensgeschichten derer beugen, die genau jetzt Unterstützung für einen Neubeginn und einen Anfang brauchten. Waren wir nicht die, die ständig zu spät kamen? Ein Aufräumdienst wofür? Für eine Politik, die die Geschichtswissenschaft für ihre Repräsentation brauchte? Für die Gesellschaft, der wir beibringen sollten, aus der *Geschichte zu lernen*?

Bis zur Haustür fantasierte ich mich in die Rolle eines Straßenreporters, der mit der simplen Frage *Haben Sie jemals etwas und wenn ja, was, aus der Geschichte gelernt?* an die Passanten herantrat. Die Frage würde ich mir für das Proseminar aufheben.

Anderntags erlitt ich einen akuten Anfall von Arbeits-
prokrastination, an dessen Ausbruch Gabriele nicht
unschuldig war. Am späten Abend zuvor hatte sie mich
angerufen und gefragt, ob wir uns nicht wieder einmal
treffen könnten. Arglos hatte ich einen Kinobesuch
vorgeschlagen. Im Citykino lief ein neuer Haneke-
Streifen, aber auch eine französische Komödie mit
Catherine Deneuve. Wir waren uns einig darüber, dass
wir kurzfristig entscheiden wollten, in welchen Film
wir gehen würden. Meine Begehrlichkeit, die in den
letzten Tagen merklich pausiert hatte, sprang noch
während des Telefonats ungebührlich an und steigerte
sich, nachdem ich aufgelegt hatte, in eine Abfolge von
Fantasien, die sich im Halbdunkel des Kinosaals ab-
spielten. Hauptrequisiten dieser Anwandlung waren
unsere Jacken, die wir über unsere Knie gebreitet hatten, Gabrieles und meine Hände und Finger, die sich
suchten und ineinander verkrallten, sowie Gabrieles
ringgeschmücktes rechtes Ohrläppchen, das meine
ganze Aufmerksamkeit auf sich zog. Die Vorstellung
der Vorgänge geschah naturgemäß einvernehmlich.
Eingebildet war Gabrieles Begehren nicht geringer
als meines, was die Entwicklung weiterer Handlungs-
bilder regelrecht befeuerte. Über meinen eifrigen Aus-
schweifungen verdrängte ich bis zum nächsten Morgen
erfolgreich, dass mich Gabriele gefragt hatte, ob ich
ihren Text bereits gelesen hätte und ihr ein Feedback
geben könne.

Am Morgen realisierte ich, dass ich ihren Vortrag
zwar vor Tagen einmal kurz angelesen, dann aber
wieder weggelegt hatte. Am Vormittag also litt ich an

einem akuten Aufschub von Arbeit, obwohl ich mir die Lektüre und das Studium des Gabriele-Textes gleichsam als Vorleistung für ein abendliches finales Erlebnis (im Kino, vielleicht auch woanders) vorzustellen versuchte. Der Text lag auf dem Schreibtisch, anstatt mich aber daranzusetzen, räumte ich den Spüler ein, ging ich hinunter, um die Post zu holen (beim ersten Versuch war das Postfach noch leer), kochte ich mir Wasser für Tee und stellte mich in der Küche ans Fenster und schaute in den Innenhof. In dem Moment betraten zwei Polizisten den Hof und reckten ihre Hälse nach oben. Sie betraten dann nicht das Büro der Detektei, ein Vorgang, den ich erwartet und auch schon öfter beobachtet hatte, sondern läuteten am daneben liegenden Eingang zum Wohnhaus, in dessen Erdgeschoss sich ein Friseurladen befand, der sich auf arabisch sprechende Kundschaft spezialisiert hatte.

Wenig später beobachtete ich die Polizisten in der Wohnküche der jungen Frau von gegenüber. Sie standen am Küchentisch, den ich vom Fenster aus immer gut einsehen hatte können, und sprachen mit einem Mann mit langen, zu einem Pferdeschweif zusammengebundenen Haaren. Ich wusste nicht, ob ich den Mann vorher schon einmal in der Wohnung der jungen Frau beobachtet hatte. Von ihr war nichts zu sehen. Der Mann öffnete ein paarmal beteuernd seine Handflächen. Später beobachtete ich, wie jemand das Licht in der Wohnung löschte (es war bereits später Vormittag). Wenige Minuten später verließ der Mann gemeinsam mit den Beamten das Haus.

Bis zum Nachmittag hatte ich Gabrieles Text gelesen und ein paar Fragen und Anmerkungen zum Inhalt des

Vortrages notiert. Als ich mich hinlegte, um auszuruhen, rief Gabriele an und fragte mich, ob wir uns nicht schon vor dem Kinobesuch treffen könnten. Als Treffpunkt schlug sie den Parkplatz am Badesee vor. Mit dem Bus fuhr ich bis zur Endstation. Ich war viel zu früh dran. Auf dem Weg zum Parkplatz standen hintereinander ein Rettungsfahrzeug und ein Notarztwagen, beide mit eingeschalteter Warnblinkanlage. Am Steuer des Rotkreuz-Wagens saß ein junger Mann, der sich mit Sorgfalt die Fingernägel feilte. Hinter der Milchglasscheibe des Rettungsfahrzeuges waren schemenhaft Bewegungen erkennbar.

Plötzlich stand Gabriele hinter mir. Ich hatte nicht gehört, wie sie ihren Wagen geparkt hatte. Wir küssten uns auf die Wange, ich konnte dem Impuls, sie fest an mich zu drücken, nicht widerstehen. Ihr Parfüm hatte ich schon immer gemocht. Ihre kleinen Ohrringe sahen ein bisschen anders aus, als ich sie mir vorgestellt hatte.

Ich würde gern ein paar Meter gehen, sagte sie. Deswegen habe sie sich am See treffen wollen. Die Dämmerung hatte bereits eingesetzt. Während es dunkel wurde, war der Horizont über den Baumwipfeln jenseits der Donau in ein leuchtendes Gelb getaucht, hingetupft wie von einem Maler aus dem Pointillismus. Von links klappte eine rosa gefärbte Wolkenschliere in der Form eines Säbelfisches ihr Maul auf. Gabriele hatte keinen Blick dafür.

Mir geht es nicht gut, sagte sie. Es ist die Sache mit Thomas, sagte sie.

Was ist mit ihm, fragte ich.

Ihren Mann und ihr schwieriges Verhältnis zu ihm hatten wir bisher aus dem Spiel gelassen. Das Thema war tabu gewesen. Thomas war Geschäftsführer einer

Firma und häufig im Ausland unterwegs. Recht viel mehr wusste ich nicht von ihm.

Er ist ein Hypochonder, sagte sie. Es wird immer schlimmer mit ihm. Sein Vater ist vor einigen Jahren an einer rätselhaften Lungenkrankheit gestorben, wahrscheinlich an einem Virus. Das hat sich nie ganz geklärt. Jetzt bildet sich Thomas fast jede Woche eine andere Krankheit ein und läuft von einem Arzt zum nächsten. Ich glaube inzwischen, dass es psychisch ist, sagte Gabriele. Er hat den Tod seines Vaters nicht verkraftet. Manchmal kann ich ihm nicht mehr zuhören. Und manchmal höre ich ihm auch nicht mehr zu, sagte sie. Wir leben wahrlich in verschiedenen Welten.

Eine schwierige Situation, meinte ich.

Wir driften auseinander. Mir fehlt die Kraft, uns zusammenzuhalten. Ich habe den Eindruck, als brauche er mich bloß als Therapeutin seiner Angstvorstellungen. Die bin ich aber nicht. War ich nie. Werde ich nie sein. Der Ofen ist aus bei uns, sagte Gabriele. Aber niemand hat das bisher ausgesprochen, sagte sie.

Oder es hat noch niemand nachgesehen, ob der Ofen tatsächlich aus ist, sagte ich, um im Bild zu bleiben. Ich hatte den Eindruck, dass meine Einwürfe immer dümmer und unbeholfener wurden.

Wir betraten das Restaurant am See und bestellten Wein. Ich trank zu schnell und orderte nach. Kurz referierte ich Gabriele ein paar Punkte, die mir beim Lesen ihres Textes aufgefallen waren. Sie machte sich dankbar einige Notizen. Minutenlang überlegte ich, endlich anzusprechen, was mir seit Wochen durch den Kopf ging. Dass Gabriele für mich möglicherweise mehr als nur eine Fachkollegin war. Dass ich sie mochte. Dass ich sie begehrte. Und sie mich ja wohl auch.

Wir hatten inzwischen das Essen serviert bekommen. Gabriele aß einen Salat, ich hatte eine kleine Pizza bestellt. Ich biss in die Pizza, ohne zu spüren, wie sie schmeckte.

Der Abend im Kino war gestrichen. Aber es kam noch schlimmer.

Im Juni war ich auf einem Kongress, sagte Gabriele. Ihr Gesicht war gerötet. Auch sie hatte bereits das zweite Glas geleert. Ich habe mich in einen Kollegen verschaut, sagte sie unvermittelt. Sie sagte *verschaut* und sah mich an. Ich spürte, dass ich rot wurde.

Aha, sagte ich. Verschaut? In wen denn, wie denn?

Jetzt bist du überrascht, oder, fragte Gabriele.

Ich war perplex und fühlte mich überrumpelt. Unwillkürlich begann ich zu rechnen. Wann hatte der Betriebsausflug stattgefunden? Seither hatte ich mir bei Gabriele Hoffnungen gemacht. Ich kam mir vor wie bei einem abschlägigen Vorstellungsgespräch. Nein, Herr Leirich, wir müssen Sie enttäuschen. Wir sind leider nicht ganz glücklich mit Ihrem Offert und haben uns, so schwer es uns auch fiel, für jemand anderen entschieden.

Er ist aus Wien, sagte Gabriele.

Sie hatte keine Ahnung, woran ich dachte. Sie genoss es auszusprechen, was sie vielleicht noch niemandem erzählt hatte. Ich hätte nicht geglaubt, dass es mich noch einmal so erwischt, sagte Gabriele. Ehrlich gesagt, lebe ich seit Wochen im Ausnahmezustand.

Allerhand, sagte ich. Respekt, sagte ich und schämte mich für meine nichtssagenden Sätze. In meiner Vorstellung hatte ich die Minkler-Notizen zur Hand genommen und notierte nun meine eigenen albernen Bemerkungen: *Allerhand. Respekt.*

Manchmal nehme ich einfach den nächsten Zug und fahre nach Wien, sagte sie. Wir treffen uns im Stundenhotel. Das ist praktisch und bequem. Bis vor Kurzem habe ich gar nicht gewusst, dass es so etwas gibt, sagte sie.

Mein Gaumen war trocken, ich nahm einen Schluck Wein. Und jetzt weißt du nicht mehr, wie es weiter gehen soll, fragte ich. Ich spürte, dass ich wütend wurde.

Es ist mir genau genommen egal, sagte Gabriele. Ich lebe im Ausnahmezustand. Verstehst du das?

Bevor ich *verstehe* sagen konnte, unterdrückte ich die Bemerkung. Mit Mühe brachte ich eine Ellipse zustande: Klingt ja nach aufregenden Zeiten, sagte ich. Im Kopf notierte ich: *aufregende Zeiten*.

Sie redete noch eine Weile und glaubte sicher, ich hörte ihr zu. Ich sah, wie sich ein paar Tische weiter ein Paar zärtlich küsste, ohne sich um die Blicke der Umsitzenden zu kümmern. Ich begriff, dass ich einem Irrtum aufgesessen war. Gabriele hatte einen Zuhörer gebraucht, der sie ein bisschen entlastete, das war alles. Es war zu keinem Zeitpunkt des Abends um mich gegangen. Warum eigentlich hatte ich nicht begonnen, von mir zu erzählen? Der Abend war abgelaufen, als hätte ich keine Themen gehabt, die mir durch den Kopf gingen. Meine Annäherungsfantasien, die zweifellos durch den sogenannten *Vorfall* am Betriebsausflug genährt und in Vorfreude auf einen Abend im Kino wieder aufgeflackert waren, waren enttäuscht worden. Leise und ein wenig hinterhältig. Gabriele war froh, dass sie mir alles erzählen konnte. Und weil ich meinen Schrecken, den ihre Mitteilung in mir ausgelöst hatte, vor ihr verbergen konnte, erzählte sie mir gleich noch von einigen weiteren wilden Treffen mit diesem Kollegen. Ich unterdrückte den Impuls, ihr vom Mittagessen mit Wuttke in der Mensa zu erzählen und dem Gerücht, dass sie sich in Wien beworben hatte. Ich war mir zu gut dafür. Zu edel.

Eine einzige Frage konnte ich noch aus meiner gequetschten Seele pressen. Kenne ich den Mann, fragte ich.

Da schwieg Gabriele. Sage ich lieber nicht, sagte sie.

Später kam eine Kellnerin an den Tisch. Ich übernahm die Rechnung, um mir meine Enttäuschung nicht anmerken zu lassen.

Draußen hatte es deutlich abgekühlt. Schweigend gingen wir zum Parkplatz, schweigend fuhren wir in die Stadt zurück. Bei der Nibelungenbrücke ließ sie mich aussteigen. Danke fürs Zuhören, sagte sie und drückte mir einen Kuss auf die Wange. Ich roch ihr Parfüm und wusste nun, dass sie sich seit Wochen für einen anderen frisch machte.

Zu Fuß ging ich nach Hause. Früher hatte ich mir um diese Zeit die Abendausgabe einer Zeitung gekauft. Jetzt gab es keine Zeitungsverkäufer mehr. Beim Würstelstand am Schillerpark standen ein paar Obdachlose und feilschten mit der Bedienung um eine weitere Runde Alkohol. Ich hatte den vagen Wunsch, mich zu betrinken, und wusste, dass ich auch heute dazu nicht in der Lage sein würde.

Zu Hause surfte ich auf der Homepage des Wiener Historischen Institutes und ging die Herren Kollegen durch. Wer von denen hatte das große Los gezogen? Dann klickte ich wieder auf die Seite des Eisstockschützenvereins mit dem Foto des Mannes, der meinem Vater so ähnlich sah. Ich brauchte ihn nur anzurufen.

14

Als ich morgens zur Straßenbahn ging, traf ich auf dem kurzen Stück bis zur Haltestelle gleich zwei prominente Doppelgänger, die ich in eine imaginäre Liste meiner Prominenten-Begegnungen eintrug: den französischen Schauspieler Louis de Funès (der, soweit ich mich erinnerte, seit Jahrzehnten tot war) sowie eine überaus attraktive jugendliche Ausgabe von Demi Moore, die völlig unbehelligt und unbeachtet durch das Morgengewusel spazierte. An der Tür des Wettbüros, das vor Monaten geschlossen worden war und an dem ich fast täglich vorbeiging, hing als neueste Information ein knallgelbes Plakat mit der Einladung zu einem geistlichen Orgelkonzert. In der Straßenbahn saß mir eine Frau gegenüber, die plötzlich durch einen Handyton aufgeschreckt wurde, der mir nach den Glocken unseres Domes klang. Die Frau kramte das Handy aus ihrer Handtasche und begann ein Gespräch mit einer Anruferin namens Karin, die ihr eine völlig unerwartete Todesnachricht einer weiteren Bekannten übermittelte. Ich bin tief erschüttert, stammelte die Frau wiederholt in ihr Handy. Ich konnte zwar meinen Blick von ihr abwenden und aus dem Fenster schauen, nicht aber überhören, wie die Frau, nachdem sie sich ein wenig gefasst hatte, der Anruferin die knappe Anweisung gab, ein Bukett zu besorgen. Ich muss aber wissen, wo sie sie hinbringen, sagte die Frau. Dann legte sie auf. Minutenlang saß sie mir gegenüber, die Hände vors Gesicht geschlagen. Ich überlegte kurz, ob ich kondolieren sollte. Eine Station vor der Universität stieg sie aus.

In der Teeküche des Instituts kam Doris, unsere Sekretärin, auf mich zu und nahm mich auf die Seite. Die Studentin, die an einer Masterarbeit über die Berichterstattung bei Selbstmorden von Sportlern arbeitete, hatte angerufen und gebeten mir zu sagen, dass sie die Arbeit zurücklege. Du sollst dich bitte auch nicht bei ihr melden, sagte Doris knapp. Mehr wisse sie nicht. Verstört ließ sie mich zurück. Hatte ich der Studentin nicht angeboten, sie zu unterstützen, falls das Thema für sie zu belastend wäre? Warum hatte sie mich nicht direkt kontaktiert? Unkonzentriert saß ich vor der Proseminar-Gruppe, die ich angeblich leitete, und hatte Mühe, einem Kurzreferat über die politischen Veränderungen in der Kreisky-Ära zu folgen.

Gabriele hatte an diesem Tag keine Lehrveranstaltungen. Daher war sie auch nicht ans Institut gekommen. Vielleicht hatte sie einen Zug nach Wien genommen.

Für den Nachmittag hatten wir uns zum Geschwistertreffen am Badesee direkt hinter der Grenze verabredet. Ulrike hatte mir klargemacht, dass sie bis Mittag unterrichten musste und anschließend wenig Zeit hatte, weit zu fahren. Wir sollten ihr ein Stück entgegenkommen. Judith holte mich mit dem Auto am Bahnhof ab. Gemeinsam fuhren wir durch Linz, die Straße am nördlichen Donauufer entlang und ins Mühlviertel, gegen den Strom von Verkehr und Pendlern, der bis zum Saurüssel hinauf nicht abzureißen schien. Es nieselte leicht, der Wind zerrte an den Bäumen, die noch Laub trugen. Judith erzählte von einem befreundeten Paar, dem sie vor ein paar Tagen beim Umzug geholfen hatte, von einer Freundin, die vor ein paar Tagen einen Radunfall erlitten hatte, und von einem Verein für Flüchtlinge, in dem sie sich engagierte. Wir fuhren die Strecke, die der Vater oft mit uns gefahren war, wenn er seine Geschwister besucht hatte.

Ich sah Judith von der Seite an und dachte mir, dass sie sich gut gehalten hatte. Sie war drei Jahre jünger als ich, hatte aber, obwohl auch sie bereits den Fünfziger überschritten hatte, noch nicht an Gewicht zugelegt. Sie war disziplinierter als ich und ging regelmäßig Joggen und betrieb Pilates. Judith kramte in der Ablage in ihren CDs und legte eine Aufnahme einer Jazzflötistin ein, die mir unbekannt war. Musik war etwas, das uns verband. Judith hatte lange Querflöte gelernt. Wenn wir uns in den Weihnachtsferien zu Hause trafen, begleitete ich sie am Klavier. Ab und zu spielten wir auch im Trio, mit Ulrike am Cello.

Wir fuhren über den Ameisberg, den höchsten Punkt unserer Fahrt, von wo sich der Blick über den Böhmerwald nach Bayern weitet. Im Grenzort in O. überquerten wir die Staatsgrenze. Nach ein paar Kilometern waren wir am Badesee angelangt. Als wir parkten, stieg Ulrike aus ihrem Auto. Sie hatte schon auf uns gewartet.

An dem Badesee hatten wir uns schon ein paarmal zum Spazierengehen getroffen. In einer knappen Dreiviertelstunde schaffte man die Runde um den See. Es hatte zu nieseln aufgehört, aber es blies ein kühler Wind. Ulrike band sich ein Kopftuch um, ich nestelte eine Haube aus meinem Anorak. Judith trug keine Kopfbedeckung. Früher hatte Ulrike Judith immer dafür gescholten, dass sie sich nicht warm genug anzog. Jetzt sagte sie nichts. Der Spielplatz war verwaist, außer uns war niemand zu sehen, das Gasthaus oberhalb des

Badesees war geschlossen, der Kiosk neben der Rutsche hatte längst winterdicht gemacht. Wir umarmten einander, dann zogen wir los.

Wie selten wir jetzt einander trafen. Wie sehr wir früher zusammengehalten hatten. Unsere Kindheit hatte uns zusammengeschweißt. Wie ähnlich wir uns waren und doch wie verschieden. Ich sah uns im Kinderzimmer unserer Dienstwohnung im oberen Stock des Gemeindeamtes, wie ich abends gemeinsam mit Judith die Nase an die kalte Fensterscheibe drückte, um über einen kleinen Garten hinüber ins Gerätehaus der Gemeinde zu schauen, wo ein Raum beleuchtet war, in dem die Musikkapelle probte. Ich war damals neun oder zehn Jahre alt. Irgendwo unter den Musikern saß jetzt der Vater, und wir wussten, dass er, wenn die Probe zu Ende war, sicher wieder zu uns nach Hause kommen würde. Einen Babysitter hatte es für uns nie gegeben, das Wort hatte ich wohl erst als Jugendlicher zum ersten Mal gehört. Keines von uns Geschwistern hatte je einen Kindergarten besucht.

Wir gingen zu dritt nebeneinander, Judith in der Mitte. Obwohl das Wetter trüb war, war die Färbung der Bäume und Büsche am anderen Ufer des Badesees, die von Grün zu Gelb, Orange und Rottönen changierte, gut erkennbar. Ich merkte, wie nervös ich war. Ich hatte mir vorgenommen, den Schwestern von Johann Preinfalk zu erzählen. Ich wusste nur noch nicht, wann der günstigste Zeitpunkt für die Erzählung gekommen war. Das Gespräch kam zögerlich in Gang. Es brauchte eine Weile, bis wir warm miteinander wurden. Wir mochten uns, wir brauchten uns, es gab Zeiten, da verstanden wir uns (auch mit wechselnden Partnern) ausgezeichnet, dennoch gab es Themen, über die wir fast nie sprachen. Judiths Unglück mit ihren Männern wagte ich schon lange nicht mehr anzusprechen, bei Ulrike hatte ich keine Ahnung, wo sie politisch stand. Ihren Mann Kurt hatte ich nie einordnen können. Die Grenzen unserer politischen Ansichten waren auch die Grenzen unserer Sozialisationen, die nach der Matura doch ziemlich verschieden verlaufen waren. Auch der Tod, der in unserer Familie ja ein paarmal zugeschlagen hatte, war kein Thema. Als Kinder und Jugendliche hatten wir jeder für sich damit zurechtkommen müssen, dass unsere Mütter so früh verstorben waren. An den Vater erinnerten wir uns gemeinsam öfter, wohl auch, weil wir schon erwachsen gewesen waren, als er gestorben war.

An einer Stelle des Sees gelangte man, von Deutschland kommend, an eine kleine Brücke, bei der ein rotweiß-roter Pflock eingeschlagen war: die Grenze zu Österreich. Sonst wies nichts darauf hin, dass wir gerade die Staatsgrenze überquerten. Ein Stück marschierten wir auf der österreichischen Seite und gingen an ein paar Fischern vorbei, die, eingehüllt in Regenzeug, am Ufer saßen und mehrere Angelruten im See versenkt hatten. Bei der Staumauer, die den Fluss zum Badesee aufstaut, kehrten wir wieder auf deutsches Gebiet zurück. In der Mitte der Mauer stand eine Tafel mit dem bundesdeutschen Wappen. Hier hatte ich vor Jahren mit Hanna Grenzübertritt gespielt und ihr erzählt, wie schwierig es gewesen war, in der Zeit des Kalten Krieges in ein anderes Land zu reisen.

Wir scherzten darüber, ob wir auch alle unsere Pässe dabei hatten. Keiner von uns trug einen Ausweis mit sich. Ulrike hatte längst die deutsche Staatsbürgerschaft erworben.

Warum nicht ein Selfie zu dritt, sagte Judith plötzlich und holte ihr Handy aus der Tasche. Wir blieben stehen und drängten uns eng aneinander. Judith drückte auf den Auslöser. Jemand sprach das Wort *Kleeblatt* aus. In dem Moment, in dem ich einwarf, dass es ja auch vierblättrige Kleeblätter gab, fiel mir Max ein.

Mit Max hatte etwas begonnen, das ich als *Anfang von etwas anderem* in meinem Leben bezeichnen konnte. Ich war gerade einmal sieben Jahre alt gewesen, als meine Mutter als knapp über Vierzigjährige noch einmal schwanger geworden war. Bei der Geburt von Judith war ich noch zu klein gewesen, um irgendetwas zu erinnern, von der Ankunft des kleinen Max hatte ich ein paar Details behalten. Wir holten die Mutter und unseren kleinen Bruder von der Geburtsstation in S. ab, wo auch ich geboren worden war. Max war ein fröhliches Kerlchen, das erste Baby meines Lebens, das ich selbst getragen und mit dem Fläschchen gefüttert hatte. Er war etwa fünf Monate alt gewesen. Genau am Tag des größten Dorffestes in D., dem jährlich stattfindenden Leonhardiritt, bekam er plötzlich Atemprobleme und wurde blau im Gesicht. Ein Onkel, Vaters Bruder, war gerade bei uns auf Besuch. Woran ich mich erinnerte: dass der Onkel an diesem Tag das kleine Kind beim Frühstück in seinen Händen hielt. Der Vater war zu diesem Zeitpunkt nicht mehr zu Hause, sondern irgendwo mit der Musikkapelle im Festgeschehen unterwegs, auch Ulrike war an diesem Wochenende nicht vom Internat heimgekommen. Schon am frühen Vormittag merkte meine Mutter, dass irgendetwas mit Max nicht stimmte und rief den Arzt aus dem Nachbardorf an. Der holte die Rettung, die Max mit der Mutter ins Krankenhaus brachte. Der Tag und die nächsten Stunden vergingen im Chaos, ich habe fast alles, was von da an geschah, vergessen. Irgendwann war wohl auch der Vater über die Einlieferung unseres Kleinsten informiert worden. Und irgendwann am Nachmittag war die Mutter alleine wieder nach Hause zurückgekommen, um eine Nachricht aus dem Krankenhaus abzuwarten. Gegen Abend klingelte das Telefon und meine Mutter ging an den Apparat. Jemand teilte ihr mit, dass Max verstorben war. Ich stand im Flur, als die Mutter mit einem Aufschluchzen an mir vorbei in das sogenannte Kabinett lief und sich dort weinend auf das Sofa stürzte. Eine Cousine mütterlicherseits hat mir Jahrzehnte nach diesem Vorfall erzählt, dass auch sie damals Gast bei uns gewesen war. Als nämlich die Mutter nun an mir Siebenjährigem vorbeilief – aufgelöst, verzweifelt –, war meine Reaktion als Kind gewesen, dass ich plötzlich laut zu lachen begann. Der Schreck über die Reaktion der Mutter, der Schock, mitbekommen zu haben, was ich im Moment wahrscheinlich gar nicht begriff, hatte in mir ein hilfloses und überfordertes Lachen ausgelöst, für das mich die Cousine umgehend tadelte, wie sie mir viel später erzählte.

Der Tod war nichts Neues für mich gewesen – schon mehrmals hatte ich, der ich bereits als Fünfjähriger Ministrant in unserer Pfarrkirche geworden war, Tote aufgebahrt in ihrem Sarg liegen gesehen. Der Tod von Max war aber der Eintritt des Todes in unsere Familie gewesen.

Der Tag musste unselig geendet haben. Irgendwann reisten der Onkel und die Cousine ab, irgendwie gingen Judith und ich an diesem Tag ins Bett, irgendwie waren wohl unsere Eltern gemeinsam ins Krankenhaus zu ihrem toten Baby gefahren. An Max, den ich noch ein paar Tage zuvor gefüttert hatte, erinnerte später nur mehr ein einziges Foto, das ihn aufgebahrt in einem kleinen Sarg zeigte. Wenige Tage danach schritten wir als Familie hinter dem Kindersarg her, den ein paar Schulkinder zur Aussegnung vor das Kirchenportal trugen. Bei der Einsegnungszeremonie spielte auch der Bestatter Dorfner mit der Kapitänsmütze wieder eine stabilisierende Rolle, wie ich mich erinnerte. Max war tot und blieb für einige Jahre hindurch ein nächtlicher Begleiter für das Internatskind, das ich dann wurde. Ich bettete Max neben mich, ich betete für ihn, ich sprach mit ihm, ich stellte mir vor, wie es wäre, mit ihm zu spielen. Ich erinnerte mich an die Momente, als er mich angelächelt hatte.

Mit Max, der jetzt, da wir uns am Badesee an der deutsch-österreichischen Grenze trafen, mehr als fünfundvierzig Jahre alt gewesen wäre und mein einziger Bruder, hätten wir als Geschwister ein vierblättriges Kleeblatt gebildet. Im nächsten Augenblick fiel mir Johann ein.

Du sagst ja gar nichts, sagte Ulrike plötzlich und fasste mich am Arm. Woran denkst du, fragte sie mich. Irgendwie spürte sie, dass mich eine Stimmung erfasst hatte, die mich rührte und schweigsam machte. Die Jahre vergehen, sagte ich und schwieg weiter. Jetzt war Platz für ein Solo von Judith.

Eine halbe Stunde später saßen wir in Österreich in einem Kaffeehaus. Ein Tisch mit ein paar Einheimischen beäugte uns interessiert. Der Raum war auffällig überakustisch, ich musste die Stimme senken, damit man mich nicht im ganzen Lokal verstehen konnte. Ich merkte, dass ich zu schwitzen begann, aber jetzt war der Zeitpunkt gekommen.

Ich erzählte die Geschichte von meinem Vortrag. Ich erzählte von der Begegnung mit der Frau nachher. Ich sprach den entscheidenden Satz des Gespräches aus: *Weil wir den gleichen Vater haben.* Ich wiederholte den Satz noch einmal.

Die Schwestern schwiegen. Schräg, sagte Ulrike dann skeptisch. Wollte die Frau sich irgendwie wichtigmachen, fragte sie.

Es schaut ganz so aus, als hätten wir noch einen Bruder, sagte ich.

Die Schwestern schauten sich ungläubig an. Ich hatte das Gefühl, dass sich die Männer am Nebentisch nach uns umdrehten und plötzlich das Reden einstellten. Dann lachte Judith laut auf. Wundert mich nicht, sagte sie, mit einer Stimme, die mir verändert vorkam. So was habe ich schon immer geahnt.

Ich habe ein Foto dabei, sagte ich. Ich griff in meine Börse und entnahm ihr ein gefaltetes Blatt: den Ausdruck des Fotos, das ich im Internet entdeckt hatte. Meine Schwestern starrten es an und verstummten. Dann prustete Judith los: Das ist doch der Papa! Die Männer am Nebentisch saßen nun wie verrenkt da und glotzten uns an.

Seit wann weißt du das, fragte Ulrike, als hätte ich die Geschichte nicht eben erzählt. Und du bist der Sache schon nachgegangen?

Das Foto habe ich aus dem Netz, erklärte ich. Er ist Mitglied bei einem Stockschützenverein. Hier ist seine Telefonnummer, sagte ich und holte einen Zettel aus der Geldbörse.

Du hast den angerufen, fragte Ulrike.

Habe ich noch nicht, sagte ich, ich wollte euch zuerst informieren.

Warum hast du das nicht schon früher gesagt, sagte Judith.

Wann denn, entgegnete ich. Am Telefon? Deshalb habe ich ja das Treffen heute arrangiert, sagte ich.

Schräg, wiederholte Ulrike. Ich sah, wie sie mit der Nachricht kämpfte.

Wenn das wahr ist, bist du nicht mehr die Älteste von uns, sagte Judith zu ihr und grinste.

Ulrike biss sich auf die Lippen. Unglaublich, sagte sie. Das muss lange vor uns gewesen sein, sagte sie. Bevor wir auf die Welt gekommen sind.

Vielleicht ist der Papa deswegen immer so streng gewesen mit mir, sagte Judith und lachte wieder laut auf. Ich habe doch nie ausgehen dürfen. Der Papa hat mich kontrolliert wie ein Haftlmacher.

Die Männer am Tisch neben dem Eingang (wir saßen in der hintersten Ecke des Kaffeehauses) saßen reglos da und spitzten die Ohren wie Hasen auf einem abgeernteten Feld. Wir sprachen längst im Flüsterton. Dann schwiegen auch wir. Im Kaffeehaus war es plötzlich ganz still. Nur das Brummen der Espressomaschine war zu hören.

Unglaublich, sagte Ulrike, und dann, zu mir gewandt: Du musst dem nachgehen. Du bist unser Historiker. Du musst schauen, was an der Sache dran ist.

Wofür haben wir dich studieren lassen, sagte Judith. Du hast einen älteren Bruder, sagte sie zu mir und stieß mich an.

Wir haben einen Bruder, sagte ich.

Wir wissen nicht, ob die Geschichte stimmt, schwächte Ulrike ab. Sie nahm noch einmal den Ausdruck mit dem Foto in die Hand.

Wahnsinn, sagte Judith. Der schaut doch genauso aus, sagte sie und brach den Satz ab.

Ich verließ das Lokal mit dem Auftrag meiner Schwestern zur weiteren Recherche und zur Kontaktaufnahme. Vor dem Kaffeehaus verabschiedeten wir uns.

Ulrike wollte schon in ihren Wagen einsteigen, als sie mich noch einmal ansprach. Was hat die Frau nach dem Vortrag zu dir gesagt, fragte sie. Dass wir den *gleichen Vater* haben? Das hat sie gesagt?

Dass wir den *gleichen Vater* haben, bestätigte ich.

Grammatikalisch stimmt das schon gar nicht, sagte sie. Wenn überhaupt, muss es heißen: dass wir den *selben* Vater haben, sagte Ulrike. Das versuche ich meinen Schülern seit Jahrzehnten beizubringen. Wir lachten. Sie stieg in ihren Wagen und fuhr davon.

Bei der Heimfahrt redete Judith ununterbrochen. Bis zum Ende ihrer Schulpflicht hatte sie daheim gelebt, bis sie ihren ersten Freund kennengelernt hatte und zu ihm gezogen war. Nach dem Tod unserer Mutter hatte mein Vater mit keiner Frau mehr zusammengelebt, möglicherweise, weil ich das als sein frühpubertierender Sohn erfolgreich verhindert hatte. Ein paarmal hatte er sich mit einer alleinstehenden Frau getroffen, ich hatte aber all meinen rabiaten Widerstand aufgewendet, damit die Frau nicht bei uns einzog und unsere Stiefmutter wurde. Der Vater hatte seinen Wunsch, sich noch einmal zu binden, schließlich aufgegeben. Oder hatte er zugunsten seiner Kinder zurückgesteckt? Ein Opfer gebracht? Resigniert? Ich wusste es nicht, ich würde es nie mehr in Erfahrung bringen können. So war er jahrelang auf Judith, das einzige im Haushalt verbliebene Kind, fixiert gewesen, und Judith hatte sich über die Jahre mit ihm arrangieren müssen, mit seinen Eigenheiten, seiner Sturheit, hatte seine Launen und seine Strenge ertragen müssen.

Während wir vom nördlichen Mühlviertel Richtung Linz fuhren, saß Judith neben mir und redete wie ein Wasserfall. Dass ihr der Vater nichts erlaubt habe. Dass sie sich uns, Ulrike und mir, gegenüber, immer benachteiligt gefühlt habe. Dass der Vater sie kontrolliert habe. Dass er ihr verboten habe, auszugehen und Burschen zu treffen. Dass er ihr eingeschärft habe, sich ja auf nichts einzulassen, damit nicht etwas passierte. Dass er sich, auch als sie schon großjährig gewesen war, eingebildet habe, er verfüge über das Recht, ihren beruflichen Weg bestimmen zu können. Er wollte mich in seiner Nähe haben, sagte Judith in die beginnende Dämmerung hinein. Als wir uns Linz näherten, begann es stark zu regnen. Zeitweise habe ich ihn gefürchtet, sagte Judith, und gleichzeitig habe ich gewusst, dass er gar nicht so stark ist und selber Angst hatte, allein zu sein und allein zu bleiben.

Manchmal bin ich einfach ausgegangen, ohne ihm zu sagen, wohin, sagte Judith. Ich war jung, ich wollte mich nicht kontrollieren lassen, ich wollte leben. Ich weiß, dass ihm das wehgetan hat, vielleicht war ich auch dumm, sagte sie. Davon habt ihr, sie meinte Ulrike und mich, wenig mitbekommen, sagte sie. Euch hat er idealisiert, weil ihr nicht da wart, mich hat er drangsaliert, weil ich daheim war, sagte sie. Eben noch hatte sie mehrmals laut auflachen müssen, jetzt rannen ihr Tränen über das Gesicht. Und dann kommst du mit dieser Geschichte, sagte sie. Noch ein Kind, älter als wir. Das erklärt vieles, sagte Judith.

Wie alt ist denn dieser Mann, fragte sie plötzlich. Sie sagte *Mann*, nicht *Bruder*, sie sprach auch seinen Vornamen, den ich ja schon genannt hatte, nicht aus. Der ist doch fast schon siebzig, sagte sie. So wie der aussieht. Oder sogar noch älter. Schon lachte sie wieder. Du hältst mich auf dem Laufenden, sagte Judith.

Abends ging ich in der Wohnung hin und her. Ich hatte den Computer eingeschaltet und war noch einmal auf die Homepage der Eisstockschützen gegangen. Ich hielt den Telefonhörer schon in der Hand und entschied dann: Für einen Anruf bei Johann Preinfalk war es heute zu spät. Es wäre unhöflich gewesen, jemand Fremden so spät zu belästigen. Ich wollte den Mann nicht beim ersten Kontakt beunruhigen.

Später stieß ich im Internet auf eine Interpretation von *Over the Rainbow*, auf die mich Milan Buzek aufmerksam gemacht hatte. Das Besondere an der Aufnahme war, dass der Interpret ein Stöpsel von vielleicht dreizehn, vierzehn Jahren war. Sein Name: Joey Alexander. Ich kannte mehrere amtliche Solo-Aufnahmen, unter anderem von Keith Jarrett, aber was der junge Kerl da hinlegte, war keine Talentprobe. Ich hörte die Nummer ein zweites Mal, ohne mir das Video anzusehen. Das klang nach einer ausgereiften Musikerpersönlichkeit. Keine Ahnung, ob die Jazzwelt auf dem Klavier bereits einmal ein solches Wunderkind hervorgebracht hatte. Ich saß lange vor weiteren Aufnahmen dieses Dreikäsehochs, *My Favorite Things*, *St. Thomas*, sogar das harmonisch überaus komplexe und vertrackte *Giant Steps*, kein Lieblingsstück für Barpianisten!, hatte sich der Knabe auferlegt.

15

Ich schlief schlecht. Ich hatte meine Schwestern über unseren Bruder informiert. Jetzt wurde es Zeit, endlich Kontakt mit Johann Preinfalk aufzunehmen. Ich sah auf die Uhr. Wahrscheinlich war es zu früh, ihn anzurufen. Vielleicht lag er ja noch im Bett. Mit Ausreden dieser Art hatte ich den Anruf zwei Wochen lang vor mir hergeschoben. Ich suchte einen weiteren Vorwand, mich abzulenken. Mit einer Studentin hatte ich vor ein paar Tagen das Thema ihrer Masterarbeit *Kontinuität in der Kulturbürokratie zwischen Nationalsozialismus und Nachkriegszeit* besprochen. Darin sollte auch dieser Landesleiter der Reichsschrifttumskammer, der nach dem Krieg eine untadelige Karriere im Landesdienst hingelegt hatte, ein eigenes Kapitel bekommen. Ich hatte der Studentin versprochen, ihr ein Handbuch zu besorgen, in dem ich Angaben zur Person dieses Kulturmannes vermutete. Gleich nach dem Frühstück ging ich daher hinüber in die Landesbibliothek. Ich füllte die Bestellung aus und begab mich erneut in den Kellerraum für die Großformate, wo noch immer mehrere Jahresbände Zeitungen ungesichtet für mich bereitlagen.

Ich kippte wieder in die frühen sechziger Jahre, das Jahrzehnt, in dem ich geboren worden war. Wurde wieder zum Kind, das im Keller saß und in alten Zeitungen blätterte, seinem Ursprung auf der Spur. Geschichte und Geschichten fernab der großen Tagespolitik ergaben ein Panoptikum der Provinz. Oft tragisch, manchmal grotesk. Ich suchte die Geschichten aus dem Dorf meiner Kindheit, die sehr wahrscheinlich alle von meinem Vater verfasst worden waren.

Die Wochenzeitung als Chronik von Todesfällen und Tragödien, an die ich mich nach Jahrzehnten wieder erinnerte: Der Pfarrer unseres Dorfes stürzte beim festlichen Ritt vom Pferd und wurde nur zwei Monate später bei der Silvesterpredigt vom Schlag getroffen. Auf dem Traunsee kamen bei einem schrecklichen Bootsunfall drei Menschen ums Leben. Ein Kind verstarb an einer Knollenblätterpilzvergiftung, der Großvater, der das Mahl bereitet hatte, überlebte. Einen Tag vor seiner Hochzeit verunglückte ein junger Raser tödlich und riss auch einen Beifahrer mit in den Tod. Wenige Tage später erschoss sich die Braut mit einer Pistole des Verunglückten. Überhaupt die Toten: falls mein Vater diese Zeitungstexte verfasst hatte, die Todesfälle unserer Familie hatte er sorgfältig aufgezählt und über die Fakten hinaus kleine Berichte geschrieben. Die Todesursache für Max' plötzlichen Kindstod etwa wurde mit der tröstlich anmutenden Diagnose *angeborener stummer Herzfehler* angegeben.

Nach drei Stunden Blätterns kletterte ich wieder nach oben. Draußen im Park schien die Sonne, die Bänke waren zur Mittagszeit gut besetzt, im Schatten eines Baums saß ein Paar und fütterte sich gegenseitig. Mein Ausflug in die Kindheit war beendet. Eine Bank war noch frei. Ich setzte mich. Der Entschluss kam spontan. Ich holte den Zettel mit der Telefonnummer aus meiner Geldbörse und griff nach dem Handy.

Es läutete dreimal, dann hob jemand ab. Preinfalk, sagte eine Stimme.

Ich nannte meinen Namen. Am anderen Ende der Leitung war es so laut, dass Preinfalk mich nicht verstand und ich ihn auch kaum.

Augenblick, ich gehe schnell nach draußen, sagte er, ich bin gerade beim Essen.

Ich kann auch später noch einmal anrufen, sagte ich. Da hörte ich auch schon, dass der Lärm im Hintergrund verebbte.

Worum geht es denn, fragte er.

Hier spricht Leirich, sagte ich. Gregor Leirich. Plötzlich merkte ich, dass meine Stimme zitterte.

Wer, fragte er.

Leirich, sagte ich. Vor Kurzem habe ich eine Frau getroffen, die mir von Ihnen erzählt hat. Ich habe einen Vortrag gehalten, draußen in D. Dort, wo früher die Hochhäuser standen. Wenn es wahr ist, was sie mir gesagt hat, dann haben wir denselben Vater. Sie wären also mein Bruder. Unser Bruder, sagte ich. Ich habe noch zwei Schwestern.

Das weiß ich, sagte Johann Preinfalk. Er schwieg einige Sekunden. Das ist aber eine Überraschung, sagte er dann.

Sie haben das gewusst, fragte ich. Jetzt war ich überrascht.

Ja. Ich habe es immer gewusst. Das ist eine lange Geschichte.

Wir haben keine Ahnung von Ihnen gehabt, sagte ich. Ich möchte Sie gerne kennenlernen, fügte ich hinzu. Er lachte kurz auf.

Wir verabredeten uns für einen Tag in der kommenden Woche in einem Lokal an der Bundesstraße in der Nähe seiner Wohnung.

Wieder lachte er kurz auf. Danke für deinen Anruf, sagte Johann. Dann legte er auf.

Ein paar Minuten blieb ich auf der Bank sitzen. So einfach ging das. Man erfuhr Name und Telefonnummer eines Fremden. Man rief an. Man sprach miteinander und verabredete sich. Ein simpler, einfacher Kommunikationsvorgang. Für diesen Schritt hatte ich zwei Wochen lang gebraucht. Ich schwitzte und fühlte mich erleichtert.

Der Vater hatte uns, seinen Kindern, einen Fehltritt in seinem Leben, eine Affäre, was wusste ich denn, verheimlicht. Und uns, als wir jung gewesen waren, auf subtile Weise eingebläut, unsere Triebe gefälligst im Zaum zu halten.

Ich hatte endlich mit Preinfalk telefoniert. Mit dem Verschwiegenen. Es wurde Zeit, mich über das Schweigegebot meines Vaters hinwegzusetzen.

Am Nachmittag las ich in der Zeitung, dass das Universum mehr als zehnmal so viele Galaxien enthalte, als die Wissenschaft bisher angenommen habe. Wissenschaftler aus Nottingham hatten Aufnahmen des Teleskops Hubble analysiert und Modellrechnungen angestellt. Sie waren zu dem Ergebnis gekommen, dass wir rund 90% aller Galaxien noch gar nicht kennen. Insgesamt existierten wohl mehr als eine Billion Galaxien. Ich versuchte mir eine Billion als Zahl vorzustellen. Ich war zu müde, um aufzustehen und nachzusehen, wie groß eine Galaxie war. Ich lag auf der Couch, im Fernsehen lief die Übertragung eines Tennisturniers ohne Ton. Ich dachte an Johann Preinfalk und an den überraschenden Moment, als er *das weiß ich* gesagt hatte. Ich stellte mir vor, ich wäre selbst ein Universum aus Galaxien, das sich zu 90% noch gar nicht kannte. Über Überlegungen, was ich von anderen wusste, was diese nicht ahnten, und welche meiner Galaxien von anderen gewusst wurden, von denen ich keine Ahnung hatte, schlief ich ein.

16

Am Sonntag spielte ich wieder Klavier in der Cafébar unterhalb des Casinos. Die Setlist: *Fly me to the Moon. My one and only love. Corcovado. Black Orpheus. Don't get around much anymore. All Blues. My Romance. Autumn Leaves. St. Thomas. Meditation. Birk's Works. My Foolish Heart. My favorite things. I fall in love too easily. Green Dolphin Street. Beatrice. Blue Bossa. The Girl from Ipanema. How Insensitive. The Shadow of our Smile. Softly. All of me. Blue Monk. How high the Moon. Someday my prince will come. Misty. The long and winding road. Imagine. My Way.*

In der Pause trank ich am Tresen Kaffee. Ein Gast, den ich hier noch nie gesehen hatte, verwickelte mich in ein Gespräch über Jazzpianisten und welche er schon live gehört hatte: Oscar Peterson, Chick Corea, Herbie Hancock, Keith Jarrett, Diana Krall, Michele Petrucciani, Joe Zawinul und Cecile Taylor. Alles war dabei, was Rang und Namen hatte.

Die junge internationale Pianistenszene ist beachtlich und unglaublich, warf ich ein. Unüberschaubar viele erstklassige Musiker. Ich nannte Geoffrey Keezer, die Deutschen Michael Wollny und Pablo Held, die Österreicher Reinhard Miko und Sabina Hank, Lynne Arriale, Esbjörn Svensson, Iro Rantala, Robert Glasper und Laurence Hobgood, den Pianisten von Kurt Elling. Der Mann zeigte sich wenig beeindruckt. Der Jazz sei in seiner Entwicklung stecken geblieben, es komme nichts Neues mehr, nur mehr Wiederholungen des Altbekannten. Möglicherweise bezog sich seine Kritik auch auf mein Repertoire. Im Barock habe es die Giganten gegeben, Bach, Händel, Vivaldi und eine Unzahl von Epigonen. So komme ihm das heute im Jazz vor, sagte der Mann.

Und die Jungen lassen Sie gar nicht gelten, fragte ich.

Regressiver Jazz, sagte er knapp.

Ich notierte den Begriff in meinem Kopf und stellte mir eine Lehrveranstaltung an einer Jazzhochschule vor, bei der ein Dozent mit Hornbrille an einer Tafel (mit Notenlinien) stand und das Fach *Regressiver Jazz* vortrug.

Musizieren Sie auch, fragte ich.

In jungen Jahren habe er Gitarre gespielt, sagte der Mann. Aber eher im Rockbereich. Zu mehr habe es bei ihm nicht gereicht. Diese Unmenge an Akkorden und das ständige Üben. War mir zu kompliziert. Zu akademisch, sagte der Mann. Im Rock genügen drei, vier Akkorde und ein paar Riffs und du bringst einen Saal zum Kochen, sagte er.

Wir verständigten uns darauf, dass heute selbst der traditionelle Jazz eine Sache von Spezialisten und für junge Leute wenig attraktiv war. Vielleicht fünf Prozent der Bevölkerung, wenn es hoch komme, interessierten sich dafür. Der Rest begnügt sich doch mit dieser Lederhosenmusik, sagte der Mann. Muss dann ins Casino, sagte er und ging.

Das Bild von den Galaxien fiel mir ein und dass mir wohl nur fünf Prozent des gesamten Jazzrepertoires geläufig waren. Vielleicht zehn Prozent. Und dass das Jazzrepertoire vielleicht nur fünf Prozent oder noch weniger des gesamten Musikrepertoires ausmachte. Ein Hip-Hop-Freak hätte über meine Hip-Hop- und Rap-Bildungslücken nur gelangweilt gegähnt, ein Freund der Zillertaler Schürzenjäger über meine volkstümliche Musikunwissenheit vielleicht sanft den Kopf geschüttelt. Die Geschmäcker waren eben doch sehr verschieden.

Ich spielte noch ein Set. Ein Großteil der Frühstücksgäste war bereits aufgebrochen. Ich hatte kaum mehr Zuhörer. Kurz bevor ich aufhörte, kam ein Mann in einem hellen Anzug auf mich zu. Ich hatte den Eindruck, ihn schon einmal gesehen zu haben. Im nächsten Moment wusste ich, dass es sich um den Typen handelte, den ich für einen Autohändler gehalten hatte.

Der Mann ging auf mich zu und gab mir die Hand. Sie erinnern sich vielleicht nicht an mich, sagte er. Vor Kurzem habe ich Sie hier spielen gehört und ein paar Tage darauf habe ich zufällig Ihre Frau, Ihre Exfrau, verbesserte er sich, kennengelernt. Ariane. Zufälle gibt es. Ich weiß nicht, ob Sie zu buchen sind, sagte er. Ich sitze im Beirat eines gemeinnützigen Sozialvereins, der Hilfsbedürftige unterstützt, erklärte er. *Helfende Hände.* In den nächsten Tagen veranstalten wir unser Herbst-Fest. Gestern hat mir ein Pianist abgesagt. Wir brauchen jemanden als Barpianist. Er drückte mir seine Visitenkarte in die Hand. Der Mann war Generaldirektor-Stellvertreter einer Versicherung. Kein Autohändler. Wenn ich Lust hätte, sollte ich ihn anrufen.

17

Während der Kaffee in der Maschine brodelte, ging ich in den Keller, um mir Fisch aus dem Gefrierschrank zu holen. Das Chaos dort unten lenkte mich in die Ecke um, in der ich das Manuskript meines jugendlichen Romans vermutete, über das ich mit Konrad Mitterbach gesprochen hatte. Die Kiste, in der ich dann stocherte, war erneut die falsche. Ich geriet stattdessen an einen Stoß alter Briefe einer ostdeutschen Studentin, die ich in den achtziger Jahren während einer Historiker-Exkursion kennengelernt und der ich dann eine Zeit lang geschrieben hatte. Ich gab meine Suche schnell wieder auf und ging nach oben. Im Hauseingang traf ich Margit, die gerade in den Lift treten wollte.

Du, sagte sie erstaunt.

Ich hatte den Eindruck, die Begegnung wäre ihr peinlich. Margit ließ die Lifttür zu und trat in den Hof hinaus. Offenbar war sie doch für ein Gespräch bereit. Ich folgte ihr.

Schon lange nichts mehr von dir gehört, sagte ich.

Margit schien mir verändert, seit ich sie das letzte Mal gesehen hatte. Sie trug einen für die Jahreszeit viel zu dünnen Mantel und auch ihre Frisur war verändert: War das ein Pony? Mir fiel ein, dass ich ungekämmt und unrasiert in den Keller gegangen war, weil ich nicht damit gerechnet hatte, jemanden zu treffen. Möglicherweise hatte Margit den Eindruck, ich ließe mich gehen und verwahrlose allmählich.

Ich habe mir wieder eine Katze zugelegt, sagte Margit. Ein Haustier tut gut. Das wirst du möglicherweise nicht verstehen.

Du meldest dich ja gar nicht mehr, sagte ich. Der Satz klang sofort nach Vorwurf. Aber ich hatte ihn schon ausgesprochen.

Margit starrte auf das Paket tiefgefrorenen Fisch in meiner Hand.

Ich schreibe dir. Bald, sagte sie. Ich muss jetzt nach oben, sagte sie und deutete mit dem Finger in Richtung Arztpraxis. Sie ging an mir vorbei ins Haus.

Aus dem Gebäude gegenüber kamen zwei Männer, die eine Couch trugen, die mit Plastikfolie verklebt war. Sie schleppten das Möbelstück über den Hof hinaus zur Straße. Ihnen folgte der junge Mann mit Pferdeschwanz, den ich einige Male in der Wohnung der jungen Frau gegenüber beobachtet hatte. Er trug eine Bananenkiste, an der er offensichtlich schwer schleppte. Er stellte die Kiste an der Wand ab.

Ich stand vor der Eingangstür zu unserem Wohnhaus. Der Mann bemerkte mich, besser, er bemerkte die Schuhschachtel mit dem Karton Tiefkühlfisch als Erstes. Ich fühlte mich gezwungen, ihn anzureden, um der Peinlichkeit der Situation zu entgehen.

Zieht jemand aus, fragte ich. Die junge Frau von oben, fragte ich. Ich habe sie länger nicht mehr gesehen. Zieht sie aus?

Der Mann mit dem Pferdeschwanz schüttelte den Kopf und zeigte in den Flur gegenüber. Dann verschwand er, ich folgte ihm. Am Anschlagbrett neben den Postkästen hing eine Parte. Es war die Todesanzeige der Nachbarin, die ich abends öfter beobachtet hatte. Sie hieß Jasmin. Auf der Todesanzeige stand ein Spruch: *Erst am Ende unseres Weges stehen die Antworten (Laotse)*. Die Frau war *unerwartet für uns alle* im 23. Lebensjahr verstorben.

Die Couchträger kamen von der Straße zurück und gingen wieder in das Wohnhaus hinein. Ich trat in den Hof hinaus, um sie durchzulassen. Einen Augenblick später stieg eine junge Frau aus dem Lift, sie schleppte ebenfalls eine Bananenschachtel.

Sie trug eine Kappe, die Gesicht und Haar zum Teil verdeckte, ich wusste sofort, wer sie war. Es war die Studentin, die mir vor ein paar Tagen hatte ausrichten lassen, dass sie ihre Masterarbeit nicht mehr fortsetzen konnte. Auch sie erkannte mich jetzt.

Sie hier, fragte ich erstaunt. Ihr Name fiel mir im Moment nicht ein.

Die junge Frau starrte auf das Fischpaket, das ich in Händen hielt.

Ich habe jetzt keine Zeit, sagte sie mit gedämpfter Stimme. Wir müssen hier arbeiten.

Haben Sie sie gekannt, fragte ich. Dumm. Aufdringlich. Unsensibel, wie ich mich später schalt.

Eine Freundin, sagte die Studentin. Aber jetzt muss ich wirklich. Sie beendete den Satz nicht. Sie stellte ihre Bananenschachtel auf jene, die der junge Mann abgestellt hatte, und ging wieder in den Hausflur hinein.

Melden Sie sich doch bitte noch einmal bei mir, rief ich ihr nach. Ich wusste nicht, ob sie mich hörte. Beim Hinauffahren mit dem Lift fiel mir ihr Name wieder ein. Cornelia Maurer.

Zu Mittag briet ich mir den Seefisch. Während der Fisch in der Pfanne lag, stand ich am Fenster und schaute nach drüben. Der Küchentisch, der direkt am Fenster gestanden war, war verschwunden.

Artefakte: Das Weinglas, die Schnapskarten

Das Weinglas war unsichtbar. Jahrelang. Der Vater hatte selten Bier getrunken, sein Getränk war zuerst der Most gewesen, später der Rotwein, dem ja, in Maßen genossen, durchaus eine heilende Wirkung zugeschrieben wird. In den späten Siebzigern musste der schleichende Einzug des Weins in unsere Wohnung begonnen haben. Unbemerkt von Ulrike und mir, die wir die längste Zeit außer Haus waren. Was während unserer Abwesenheit in unserem Heimatdorf passierte, interessierte uns wenig. Wie es unserem Vater persönlich erging, interessierte uns als Pubertierende noch weniger.

Getrunken wurde im sozialen Kontext. Es waren die Jahre, in denen das Wirtshaus noch das tatsächliche Zentrum des Dorflebens war, nicht die Kirche, kein Vereinshaus. In jenem Jahrzehnt wurde viel getrunken. Zum Feiern gab es immer einen Anlass. Den Kirtag, eine Hochzeit, einen Ball, ein Begräbnis. Und gab es keinen Anlass, traf man einander aus Gewohnheit. Um dem Alleinsein, dem Schweigen zu Hause oder der Einsamkeit zu entkommen. Der Alkohol löste die Zungen, hob die Stimmung, dämpfte die Ängste, tränkte die Nächte, schwächte Schwermutsattacken ab, machte das angeschlagene Leben erträglich. An Depressionen litten damals, wenn überhaupt, sensible Frauen (die im Schwarz-Weiß-Fernsehen *Frauenzimmer* genannt wurden, im Dorf *Weiber* oder *Weibersleute*). Wer sensibel war, wurde als hysterisch verunglimpft. Der Alkohol war der Helfer in der Not der Unfähigkeit, sich und die Bedürftigkeit der anderen zu spüren. Er linderte die Ängste, beförderte das Vergessen, reizte die Lustigkeit, senkte die Schamgrenzen. Öffnete das Tor zur Anlassigkeit, zum schlüpfrigen Witz, zur brüllenden Zote, zur körperlichen Übergriffigkeit.

Lange hatte der Vater zu Hause nichts getrunken außer schwarzem Tee. Die Liebe zu diesem Getränk, das er immer als *russischen Tee* bezeichnet hatte, war eine der wenigen positiven Erinnerungen, die ihm vom Krieg geblieben war. Geraucht hatte er erstaunlicherweise wenig, obwohl ihm als Soldat ja auch Zigaretten zugestanden waren. Eher hatte er in geselligen Situationen eine Zigarette, die ihm jemand anbot, angenommen, oder sich auch mal eine geschnorrt, selten aber ein Päckchen gekauft. Der Tee war lange sein Standardgetränk gewesen, morgens, nachmittags, abends. In der Familie war uns die bürgerliche Gewohnheit des nachmittäglichen Kaffeetrinkens lange fremd gewesen. Erst als Student hatte ich mir dieses Ritual angewöhnt und es auch zu Hause eingeführt. In seinen letzten Jahren hatte der Vater eine Tasse mitgetrunken, wenn ich oder Judith Kaffee brühten. Zu diesem Anlass lagen immer auch die Schnapskarten bereit. Bei keiner Gelegenheit hatte ich mehr mit meinem Vater geredet als beim Schnapsen. Oft lagen Wochen zwischen unseren Partien. Entweder ich erzählte ausgewählte Episoden aus meinem studentischen Leben (in das sich der Vater nie einmischte) oder ich befragte den Vater nach Neuigkeiten aus den letzten Wochen im Dorf. Manchmal, wenn sich ein Anlassfall bot, durch einen Fernsehfilm oder ein politisches Vorkommnis, fragte ich ihn nach früher, nach Erlebnissen aus der Kindheit oder vom Krieg. Die Begrüßung des Kriegsverbrechers Reder durch den freiheitlichen Minister Frischenschlager auf einem Flughafen in Graz war so ein Anlass gewesen, wonach mir der Vater von ganz *Fanatischen*

227

erzählte, die er erlebt hatte (die in seinen Erzählungen nicht nur Nazis oder ehemalige Nazis, sondern auch sehr überzeugte Kommunisten oder Sozialisten gewesen sein konnten). Auch im Frühjahr 1942, als der Vater als Verwundeter eine Schulung in Wien besucht und dort beinahe vergessenen Schulstoff nachgeholt hatte, war er offenbar mit nationalsozialistischem Gedankengut, das ihn befremdet hatte, in Berührung gekommen. Auch davon hatte er mir andeutend einmal beim Kartenspielen erzählt.

Spätnachts saß ich in meinem Arbeitszimmer am Schreibtisch. Hinter mir surrte der Heizstrahler, im Nachtradio lief ein Concerto Grosso von Sammartini, und ich versuchte, Erinnerungen über das Artefakt Weinglas zu notieren. Je mehr der späte Abend in den Morgen überging, desto mehr überfiel mich die Hemmung, ausgerechnet über dieses Erinnerungsstück nachzudenken. Ich beobachtete, wie mich die Scham befiel, mich an weitere Einzelheiten zu erinnern, die mit dem Thema in Verbindung standen.

Mehrere Jahre lang hatte der Vater ein Alkoholproblem mit sich herumgeschleppt. Ich dachte den Satz, dann schrieb ich ihn zögernd auf. Am liebsten hätte ich dieser Bewertung *Alkoholproblem* eine einschränkende, relativierende Formulierung vorangestellt, in der Art von *offenbar so etwas wie ein Alkoholproblem.* Jahrelang waren wir, seine Kinder, in diesem Problemzusammenhang gefangen gewesen. Das war mir erst später klar geworden. Möglich, dass Ulrike und ich, die Internatsschüler, Vaters Problem bewusst übersehen oder verdrängt hatten. Wahrscheinlich war auch, dass der Vater, so gut er konnte, seinen Alkoholkonsum vor uns zu verbergen versuchte. Ich erinnerte mich nicht, dass er etwa beim gemeinsamen Essen getrunken hatte. Judith, die zu Hause lebte und deswegen die Probleme hatte, die man üblicherweise in den Jahren mit den Eltern hat – Ausgehen, Freunde, Verbote, Vorschriften –, hatte Vaters Griff zum Weinglas (er trank billigen Wein aus der Doppelliterflasche) wohl viel stärker mitbekommen und auf ihre Art und Weise verdrängt, ohne sich uns anzuvertrauen. Die Ausnahme bildeten die Schulferien, die ich vor allem daheim verbrachte. Dann war nicht zu übersehen, was mit dem Vater los war. Nicht, dass er sich in irgendeiner Weise uns gegenüber aggressiv verhalten hätte, wenn er betrunken war. Sein Trinken funktionierte jahrelang vielmehr sozial, im Gasthaus. Dort gab er möglicherweise den gut gelaunten Zuhörer und Unterhalter. Viel später erst, als er schon im Ruhestand war, begann er zu Hause zu trinken. Der Griff zur Weinflasche war ein schleichender Vorgang des Verstummens. Des sich Verkriechens. Aber auch beim Kartenspielen erfuhr ich nie, was ihn wirklich beschäftigte. Ich hatte nur oft das unbestimmte Gefühl, als quäle ihn etwas. Nie erfuhr ich, ob es Menschen gab, mit denen der Vater seine tatsächlichen Empfindungen und Gefühle teilte, ob es ihm möglich war, sich mit jemandem über das Geheimnis, das er barg, über seine Ängste und vielleicht auch über seine Schuldgefühle uns Kindern gegenüber auszutauschen. Erinnerlich war mir, dass er regelmäßig an einem Freitagabend eine Messe in einer nahegelegenen Klosterkirche besuchte und dort auch häufig zur Beichte ging. Einige wenige Male hatte ich den Vater zu dieser Kirche begleitet. Ich hatte den Eindruck, dass ihm diese Kirchenbesuche eine gewisse Stütze gaben.

Irgendwann hatte er mir den Namen seines Beicht-vaters genannt. Ich hatte ihn, wie so vieles, das mir als junger Mensch nicht wichtig gewesen war, vergessen. Vielleicht hatte dieser Ordensgeistliche für meinen Vater die Bedeutung gehabt, die heute ein Psychothera-peut für einen Klienten einnimmt. Die eines Zuhörers und Ermutigers. Aus der Tatsache, dass der Vater den Beichtvater über Jahre, wenn nicht Jahrzehnte lang auf-gesucht hatte, schloss ich, dass er bei diesen Beichten jedenfalls nicht nur und andauernd moralisch abgekan-zelt worden war. Vielleicht hatte er sich dort in diesem Beichtstuhl verstanden und angenommen gefühlt. Viel-leicht hatte er dort so etwas wie Verzeihung empfun-den dafür, dass es ihm nicht möglich gewesen war, seinen Kindern von ihrem Bruder zu erzählen. Viel-leicht hatte er dort in dem vergitterten Kabäuschen den fernen Sohn um Verzeihung gebeten. Vielleicht hatte er dort wenigstens eine Linderung der Selbstvorwürfe erfahren, die ihn im Alltag quälten.

Nächtens dem Konzert von Sammartini lauschend bemerkte ich, dass ich selbst Jahrzehnte danach noch zögerte, Vaters Alkoholkonsum als Krankheit zu be-zeichnen. Ihn als Alkoholiker zu beschreiben, hätte auch mich beschämt.

Einen traurigen Höhepunkt diesbezüglich bildeten die seltenen Besuche bei Verwandten im Dorf seiner Kindheit. In jedem Haus, das wir besuchten, wurden wir freundlich empfangen und bewirtet. Überall wurde dem Vater gespritzter Wein kredenzt. Irgendwann einmal hatte er bei einer Heimfahrt, Judith saß am Beifahrersitz, geblendet von der Sonne, ein vor ihm fahrendes Fahrzeug gerammt. Ob der Vater dabei alkoholisiert gewesen war oder nicht, hatte ich vergessen. Aber ab dem Zeitpunkt, ab dem ich einen Führerschein besaß, saß ich am Steuer. Nun brauchte sich der Vater nicht mehr zu *halten*, was das Trinken betraf, er brauchte auf niemanden mehr Rücksicht zu nehmen, nicht auf seinen Sohn, der ihn chauffierte, auf sich schon gar nicht. In meiner Erinnerung hatte ich den Vater nach solchen Besuchstouren ein paarmal in besonders betrunkenem Zustand nach Hause gefahren. Einem Jugendlichen um die Zwanzig ist die Gesellschaft der Eltern oft peinlich. Noch peinlicher musste es mir gewesen sein, den betrunkenen Vater von einer Verwandtschaftsadresse zur nächsten und schließlich wieder nach Hause zu bringen.

Irgendwann einmal, soviel ließ meine Erinnerung zu, waren wir an einem Tiefpunkt angekommen. Wir bewohnten noch die Mietwohnung im Amtshaus, in dem der Vater arbeitete, also konnte ich kaum meinen neunzehnten Geburtstag überschritten haben. Bei der Ankunft nach einer Fahrt zu Verwandten war der Vater beim Betreten des Amtshauses (wir wohnten im ersten Stockwerk) im Stiegenhaus plötzlich zusammengebrochen und hatte sich nicht mehr selbständig erheben können. Judith und ich hatten ihm aufgeholfen, ihn gestützt und ins Schlafzimmer geführt. Dort hatten wir ihm Hemd und Hose ausgezogen und ihn ins Bett gelegt. Der Vorgang hatte keine Zeugen gehabt und sich doch als demütigender Vorgang in meinem Bewusstsein eingeprägt.

Wir pflegten in unserer Familie keine übertriebenen Geschenkrituale. Es fehlte allerdings auch an jeglicher materieller Erwartungshaltung. Der Vater war seit dem Ankauf eines baufälligen Hauses aus einer Konkursmasse und dem begonnenen Umbau, der mehr als zehn

Jahre dauern sollte, mit der Rückzahlung von Schulden beschäftigt. Dazu finanzierte er zwei Kindern ihr Studium. Das war materielle Zuwendung genug. Wir Kinder wussten, dass der Vater uns zuliebe sparen musste. Kleine Geschenke mussten genügen. Zu seinem Geburtstag bekam jedes Kind vielleicht eine Packung Salzstangen und eine Tafel Schokolade, die der Vater liebevoll am Küchentisch drapierte. Umgekehrt stellten auch wir Kinder ihm zu seinen Geburtstagen immer einen kleinen Gabentisch zusammen. In meiner Fantasielosigkeit (was sollte ein Pubertierender seinem Vater schenken?) hatte ich ihm oft eine Flasche Rotwein der Marke *Lenz Moser* gekauft, wie ich mich nach Jahrzehnten noch erinnerte.

Als der Vater auf die Siebzig zuging, häuften sich seine gesundheitlichen Probleme. Mehrmals hatte ich ihn auf seinen Alkoholkonsum angesprochen und auf ihn eingeredet. Ihm klarzumachen versucht, dass er sich selbst schädige. Ob meine Appelle etwas nutzten, wusste ich nicht. Ich erinnerte mich daran, dass er sich einmal darüber gegrämt hatte, dass er von einem Nachbarn als *Besoffener* bezeichnet worden war. So wollte er dann doch nicht gesehen werden.

Das Sammartini-Konzert war zu Ende. Ich saß in der Küche und sah nach draußen. Die Wohnung von schräg gegenüber war unbeleuchtet. Meine Erinnerung hockte als ziehender Schmerz in meinem Nacken. Ich trank Schwarztee mit Rum.

In seinen letzten Jahren ließ Vaters Alkoholkonsum deutlich nach. Oder ich war erfolgreich darin, zu übersehen, was daheim vor sich ging. Der Vater wurde kränker, stiller, kleiner, magerer. Wenn ich ihn besuchte, saßen wir wie früher am Tisch und spielten

Karten. Irgendwann, als ich merkte, dass es ihm gesundheitlich sehr schlecht ging, redete ich ihm zu, er solle doch möglichst bald zum Arzt gehen. Dann kam der Besuch, an dem ich beim Abschied spürte, dass es wohl das letzte Mal gewesen war, dass wir zusammen gesessen, Karten gespielt und miteinander geredet hatten. Als ich ins Auto einstieg, drehte ich mich noch einmal nach ihm um. Der Vater stand am Fenster und winkte mir schwach zu.

Eine Woche später rief Judith mich an und sagte mir, dass er ins Krankenhaus eingeliefert worden war. Ärzte schnitten ihn auf und, so wurde es berichtet, *machten gleich wieder zu*. Der Vater starb wenige Tage später.

18

Ein Mann Ende Dreißig namens Werner mit Hipster-Bart, Hornbrille und Kappe holte mich in der Wohnung ab und half mir beim Transport meines Stage-Pianos für den Gig am Abend. Im Radio lief FM4, mein Fahrer summte eine Nummer mit, die ich nicht kannte. Für ihn war ich die ganze Zeit nur *der Pianist* (*Sind Sie der Pianist? / Hallo, das ist der Pianist / Der Platz für den Pianisten ist da drinnen vorgesehen*). Es war warm, Werner hatte auf seiner Seite das Fenster offen, der Fahrtwind zerrte an seinen Locken. Ich erfuhr, dass er Angestellter bei der Versicherung war und in seiner Freizeit wie sein Chef Leindecker (der hatte mich für den Gig engagiert) ehrenamtlich bei dem Sozialverein tätig war. Als wir in dem Bildungshaus am Berg ankamen, liefen noch die Vorbereitungen. In der Ecke einer Terrasse baute eine Band ihr Equipment unter einem Partyzelt auf. Ich grüßte die Sängerin namens Carola, die ich vor Jahren einmal begleitet hatte. Ich hatte sie als zickige Diva in Erinnerung, die bei Proben durch Unpünktlichkeit glänzte und nach ihrem verspäteten Erscheinen die Band häufig mit übergebührlich langen Mikrochecks verkrätzte. Nach ein paar Auftritten hatte die Zusammenarbeit ziemlich unspektakulär geendet. Mein Platz befand sich im Innern des Gebäudes neben der Bar. Wenn überhaupt, würden sich dort erst am späteren Abend Gäste einfinden. Falls das Schönwetter anhielt und nicht, wie angekündigt, ein Gewitter losbrach, wartete ein ruhiger Abend auf mich.

In mehreren Räumen und auf der Terrasse, von der sich ein Rundblick auf die Stadt und die weit dahinter liegende Alpenkette bot, waren Stehtische aufgebaut. Im Speisesaal wurde das Büffet hergerichtet, in einem Gang die Gewinne für eine Tombola aufgelegt. Ich kannte den Vorgang, den ich eben beobachtete, als *Aufdecken* (ich hatte einen Sommer lang einmal in einem Hotel in den Alpen als Hilfskellner gearbeitet). Plötzlich wurde mir bewusst, dass derselbe Vorgang im Hoteljargon *Eindecken* genannt wurde. Völlig unvermutet fiel mir mein Vater ein, der, wenn wir einen *besseren* Besuch zu Hause hatten, was nur selten vorkam, einen anderen Ausdruck für das Präteritum verwendete. Für gewöhnlich sprach der Vater von einem vergangenen Ereignis als von einem, das *gewesen* (im Dialekt: *gwen*) war. Handelte es sich aber um *feinere* Gäste (die *Feinheit* konnte allein darin bestehen, dass der Ehemann einer Freundin meiner Tante Schwede war), versuchte sich mein Vater *feiner* auszudrücken und sprach von einem vergangenen Ereignis, dass es *gwest* war. Der minimale Unterschied im Ausdruck war mir bereits als Knirps aufgefallen. Ich hatte ihn schon als Schulkind nicht nur als Geste des manierlichen Benehmens sondern auch als Zeichen einer subtilen Devotion vor vermeintlich bessergestellten Leuten gewertet. Ich hatte meinen Vater dabei ertappt, dass er sich anderen Menschen gegenüber anders zu geben versuchte, als ich ihn kannte. Vielleicht hatte ich damals erstmals erlebt, dass so etwas wie ein Habitus existierte. Jahrzehnte später, wenn ich mit Kollegen (Akademikern!) nach Wien zu Sitzungen aufbrach, rüsteten auch wir uns sprachlich auf. In der Hauptstadt vermied man den Dialekt und sprach man Hochdeutsch, eine zu starke Verwendung des Dialekts wäre von Gesprächspartnern auf einer unbewussten Verstehensweise als unfein und ungebildet interpretiert worden. Diese Wahrnehmungen waren inzwischen auch beforscht worden, gelegentlich tauschte ich mich mit Konrad darüber aus.

Hipster Werner half mir, das Piano aufzustellen. Für die Mikrofonierung war ein mürrisch wirkender Typ mit langem Bart und einem T-Shirt mit der Aufschrift *No Fucking Respect* zuständig. An der Bar werkten zwei junge Damen, die Kühlschränke befüllten und Schalen mit Knabberzeug bereitstellten.

Dann traf ich überraschend Hanna. Sie war der Cateringtruppe zugeteilt, die für das Abräumen und den Nachschub beim Büffet zuständig war. Hab ich dir doch gesagt, dass ich mal bei einem Event in der Stadt arbeite, sagte sie. Sie trug ein weißes T-Shirt mit der Aufschrift CREW auf ihrem Rücken. Ein ehemaliger Schulkollege habe ihr den Job vermittelt. Tags darauf wollte sie nach München weiterfahren. Wir setzten uns kurz an die Bar. Alles war vorbereitet, die Gäste noch nicht eingetroffen.

Dann überraschte sie mich ein zweites Mal. Können wir schnell hinausgehen, sagte sie. Sie suchte den Weg zum Parkplatz. Sie wirkte aufgeregt. Sie zündete sich eine Zigarette an.

Ich weiß ja gar nicht, dass du rauchst, sagte ich.

Sie lachte auf. So ist das, sagte sie. Du weißt nicht alles von mir. Dann wurde ihre Stimme rau. Ich weiß ja auch nicht alles, sagte sie. Du hast noch einen Bruder, sagte sie. Ich habe einen Onkel. Nicht schlecht. Judith hat es mir erzählt. Von dir habe ich natürlich nichts erfahren.

Sie klang verletzt. Ich erinnerte mich an eine Situation, als ich mich in der Trennungsphase von Ariane mit einer Freundin getroffen hatte und Hanna auf diese aus heutiger Sicht völlig unbedeutende Beziehung aufgebracht reagiert hatte.

Warum hast du mich nicht informiert, sagte sie. Ganz schön feig.

Wir sehen uns ja so selten. Wann hätte ich dir das denn sagen können?

Sie schüttelte den Kopf. Wir treffen uns am Bahnhof, wir telefonieren. Es gibt SMS, es gibt E-Mail. Aber du hast keine Gelegenheit, mir das zu sagen. Ist ja auch eine Kleinigkeit. Geht mich wohl nichts an, sagte sie.

Ich spürte, dass mich Hannas Vorwürfe trafen. Hanna hatte sich immer einen Vater gewünscht, der klare Entscheidungen traf. Der sich klar ausdrückte. Der entschieden handelte. Ich begann, mich zu verteidigen.

Erstens weiß ich davon noch nicht so lange, entgegnete ich. Zweitens war eine Zeit unklar, ob die Nachricht überhaupt stimmt. Als ich mir sicher war, habe ich deine Tanten informiert. Und jetzt hast du es ja auch erfahren.

Bei uns war schon immer wenig normal, sagte sie. Ihr seid vielleicht eine schräge Truppe, meinte sie.

Du wirst ihn bald kennenlernen, sagte ich. Ich treffe ihn demnächst. Wenn er möchte, stelle ich ihn dir vor.

Hanna warf die Kippe auf den Boden und drückte sie mit einem Fußtritt aus. Ich muss hinein, wir werden noch gebrieft für den Abend, sagte sie. Sie ließ mich am Parkplatz stehen.

Mein Vater war gestorben, als Hanna noch ganz klein gewesen war. Sie hatte nur Arianes Eltern als Großeltern erlebt. Nach den Großeltern väterlicherseits hatte sie wenig nachgefragt. Es existierten ein paar Fotos. Dazu hatte ich ihr möglicherweise ein paar Anekdoten aus meiner Kindheit erzählt. Das war alles.

Was wusste ich denn über meine eigenen Großeltern? So gut wie gar nichts.

Der Abend zog sich. Reden waren gehalten, das Büffet eröffnet, auf der Terrasse spielte die Band hauptsächlich Pop und Rhythm-and-Blues-Nummern aus den Sechzigern und Siebzigern. Irgendwann kam Leindecker bei mir vorbei und entschuldigte sich quasi für das milde Wetter, das meinen Einsatz wohl erst später notwendig machte, wenn die Gäste nach dem Essen in die Bar kommen würden. Ich solle es mir so lange gemütlich machen. Ich holte mir Lachsbrötchen und kleine Schnitzel vom Büffet und aß an der Bar. Die Mädchen hinter dem Tresen flüsterten miteinander und kicherten. Sie waren so alt wie meine Studentinnen. Unentwegt quoll Musik aus einer Anlage und vermischte sich zu einem Klangbrei mit der Tanzmusik von draußen.

Als es zu dämmern begann, setzte ich mich ans Instrument und spielte mein erstes Set. Ich hatte keine anderen Zuhörerinnen als die zwei Barfrauen. Die ideale Situation, um zu üben. Ich versuchte mich an den schmutzigen Camillo-Voicings von *Birk's Works* und probierte ein paar Varianten aus. Die Damen hinter der Bar feilten ihre Fingernägel und blieben ansonsten unbeeindruckt.

Zwischendurch drehte ich eine Runde auf der Terrasse.

Als ich in die Bar zurückging, standen zwei Frauen ganz nah beim Piano, eine großgewachsen, schwarzhaarig, die andere kleiner, ein wenig pummelig, brünett. Die Brünette sprach mich an. Spielen Sie uns was vor, bat sie mich, und ihre Begleiterin nickte und meinte, dass es hier drinnen wohl etwas ruhiger zuging.

Ich nahm mir die Bossa-nova-Nummern *Meditation* und *Corcovado* vor. In der nächsten Pause setzten wir das Gespräch fort. Ich erfuhr, dass beide beim Verein *Helfende Hände* ehrenamtlich tätig waren und dass es ganz unterschiedliche Möglichkeiten gab, sich im Verein zu engagieren. Die Dunkelhaarige mit den großen Augen war offenbar sogar als Patin für ein Kind tätig, das seinen Vater bei einem Unfall verloren hatte. Die Frauen tranken Prosecco, prosteten mir zu und stießen mit mir an. Rasch duzten wir uns. Die beiden hießen Iris und Katharina. Allmählich kamen weitere Paare an die Bar, verschwitzt, lachend. Ich setzte mich wieder ans Piano. Während ich noch spielte, bemerkte ich plötzlich Konrad Mitterbach an der Bar. Ihn hatte ich hier nicht erwartet. Er sprach mit jemandem, den ich nicht kannte, und winkte mir zu. Ich konzentrierte mich aufs Spielen. Als ich wieder aufsah, stand er neben den zwei Frauen, mit denen ich mich eben unterhalten hatte. Offenbar schien er eine der beiden zu kennen. Er nickte Katharina zu und gab ihr und Iris die Hand. Dann geschah etwas, was ich mir nicht erklären konnte. Ich sah, dass diese Katharina errötete, als ob sie mit Farbe übergossen worden wäre. Sie kippte ihr Glas hinunter, nahm ihre Freundin an der Hand und entfernte sich. Konrad sah ihnen erstaunt nach. In der nächsten Pause sprach ich Konrad auf den Vorfall an.

Der Frau war das offenbar peinlich, dich zu sehen, sagte ich.

Eine Klientin, sagte Konrad und zuckte mit der Schulter. Er verbesserte sich: eine gewesene Klientin. Lässt sich nicht immer vermeiden, dass man sich auch im normalen Leben über den Weg läuft, sagte er. Ich habe sie aber nicht geoutet, sondern nur gegrüßt, sagte er. Ihr Mann ist übrigens Politiker.

Ich erfuhr, dass Konrad vor einigen Jahren Obmann des Vereins gewesen war. Jetzt hatte er die Funktion zurückgelegt. Was Neues von deinem Bruder, fragte er mich unvermittelt.

Ich arbeite dran, sagte ich knapp.

Er merkte, dass ich jetzt nicht darüber sprechen wollte. Sei mir nicht böse, sagte er kurz nach Mitternacht zu mir. Ich bin müde, ich fahre nach Hause. Viel Spaß noch beim Spielen.

Ich absolvierte vereinbarungsgemäß noch zwei Sets. An der Bar: ein Kommen und Gehen. Gläserklirren. Lachen. Durcheinanderreden. Schrille Aufschreie. Ich zwängte meine Töne dazwischen. Mit *My one and only love* hörte ich auf. Mein Abgang verlief unbemerkt.

Im Küchenbereich suchte ich nach Hanna, um mich zu verabschieden.

Sie saß in einer Gruppe von KollegInnen und trank Kaffee. Kurz ging sie mit mir nach draußen.

Tut mir leid, sagte ich, dass ich dir nicht von meinem Bruder erzählt habe. Die Nachricht hat mich wohl etwas überfordert. Hanna reagierte locker. Ihr Gesicht glänzte. Der Job hatte ihr offenbar gut getan.

Sie ließ es zu, dass ich sie zum Abschied an mich drückte. Ich richtete liebe Grüße an ihren Freund aus. Hanna kommentierte meine Bemerkung nicht.

Werner, der junge Mann, der mich abgeholt hatte, brachte mich in meine Wohnung zurück. Er half mir sogar noch, die Klaviertasche im Keller zu verstauen.

Gegen drei Uhr früh stand ich mit einem Glas Rotwein in der Hand in der unbeleuchteten Küche und schaute nach drüben. Die Wohnung war dunkel. Ich dachte an die junge Frau, die darin gewohnte hatte und jetzt nicht mehr am Leben war. Ich dachte an meine Studentin Cornelia, die mit der Frau befreundet gewesen war. Ich dachte an Hanna, von deren Leben ich in den letzten Jahren so wenig mitbekam. Ich dachte an Gabriele, die mir so lange nicht erzählt hatte, dass sie sich in einen Mann *verschaut* hatte. Ich dachte an meinen Vater, der mir ein ungemein wichtiges Detail aus seinem Leben verschwiegen hatte. Ich dachte an Johann Preinfalk. Bald würde ich ihn treffen.

19

Anderntags ging ich hinunter in den Keller und kramte in einer Kiste mit Utensilien aus meiner Studentenzeit. Obenauf lag ein bunter Schal, den ich bei einer Theateraufführung getragen hatte, darunter Vorlesungsskripten, in die ich nach der Prüfung nie wieder einen Blick geworfen hatte, sowie Flügelmappen mit Zeitungsausschnitten von Fußballspielen und Kinofilmen. Unter all diesem Zeug lag auch diese grüne Mappe mit meinen Notizen zum Projekt *Existenz eines Nichtvorhandenen*. Als ich die Tür zu meinem Kellerabteil schloss, vernahm ich eine Stimme aus dem parallel verlaufenden Kellergang. Ich blieb stehen und hörte Hüsch, ehe ich ihn sah. Es hatte den Anschein, als ob er mit jemandem redete. Dann sah ich ihn: Aber da war niemand bei ihm. Hüsch redete mit sich selbst. Sagen Sie es laut, sagte er. Er gab wirres Zeug von sich. Er brabbelte. Hüsch stand vor dem Eingang zu seinem Kellerabteil und gestikulierte vor sich hin, ohne mich zu bemerken. Er redete ununterbrochen. Er wirkte aufgeregt. Er fuhr sich mit der Hand ständig durch die Haare. Sagen Sie das laut, wiederholte er nach wenigen Sätzen immer wieder. *Sagen Sie das laut.* Der Rest war unverständlich. *Tschack Bumm,* sagte er plötzlich. Ich versuchte leise zu sein, damit Hüsch mich nicht bemerkte und ich ihn nicht irritierte.

Ich schrieb eine Mail an Gabriele. Wie geht es dir, schrieb ich. Etwas Neues aus Wien, fragte ich kryptisch. Melde dich, wenn du Zeit hast, schrieb ich. Ich schickte die Mail nicht weg. Plötzlich hatte ich keinen Internetempfang mehr. Ich ging auf die Landstraße und setzte mich im Park ein paar Minuten lang auf eine

Bank in die schwächelnde Mittagssonne. Ein scharfer Wind strich durch die Straßen. Am Nachmittag fuhr ich mit der Straßenbahn stadtauswärts. Ich bekam nicht einmal einen Sitzplatz. Die Bahn war gefüllt mit Eishockeyfans, die zum Match fuhren. Ich stand neben einer jungen Frau, die mit ihrem Smartphone im Netz surfte. Ich las direkt von ihrem Display ab: *Heftig. Schädelbruch in der Zweiten Liga.*

Morgen besuche ich meinen Bruder. Der Gedanke an diese Begegnung machte mich unruhig und nervös. Hätte ich doch eine meiner Schwestern zu dem Treffen mit einladen sollen? Warum hatte ich nur die Aufgabe übernommen, den Kontakt herzustellen?

Mit dem Bus fuhr ich bis zur Endstation an den Badesee. Ich drehte eine Runde um den See. Es war ruhig. Innerhalb weniger hundert Meter entdeckte ich an Bäumen und Büschen aufgehängte Merkwürdigkeiten, in der Reihenfolge Kinderschnuller, einzelne Kindersandale, blaue Weihnachtskugel. Vor ein paar Tagen war ich hier noch mit Gabriele spazieren gegangen und hatte nichts bemerkt. Ich trank Kaffee im Restaurant, das ich vor Kurzem mit ihr besucht hatte. Ich saß sogar am gleichen Tisch.

Mit der Straßenbahn fuhr ich zurück in die Stadt. Plötzlich fiel mir Wieser ein, der Kellner aus dem Casino-Café. Jemand hatte mir einmal den Beginn seiner Leidensgeschichte erzählt. Eines Tages hatte Wieser plötzlich zu lachen begonnen, direkt an seiner Arbeitsstätte, der Buchausgabe in der Landesbibliothek. Er hatte nicht mehr mit dem Lachen aufgehört und war dann in die Nervenklinik eingeliefert worden.

Die Erinnerung an Wieser fachte die Angst in mir an, aus der Reihe zu fallen. Einen Moment lang fürchtete ich, ich könnte in der Straßenbahn plötzlich grundlos zu lachen beginnen. Ich wusste, dass ich damit die Mitfahrenden vor den Kopf stoßen würde. Ich stellte mir vor, wie sie ihre Handys, falls sie sie nicht schon in der Hand hielten, aus ihren Taschen nehmen und die Polizei oder die Rettung rufen würden. Ich stellte mir vor, wie sie mich fotografieren oder meinen Lachkrampf filmen würden. Ich wechselte meinen Platz in Fahrtrichtung. Ich atmete ein paarmal tief durch und beruhigte mich wieder. Weiter weg saß ein älterer Mann. Ich sah ihn nur von hinten. Er hielt eine Mappe an den Körper gepresst. Vielleicht war er mein Bruder. Vielleicht waren alle, die in dem Abteil saßen, mit mir verwandt. Wir waren verwandt, ohne es zu wissen. Der Zufall hatte uns alle *ins selbe, ins gleiche?* Abteil gesetzt. Wir rieselten durch die Zeit. Wir waren die Körner, die der Engstelle in der Sanduhr entgegenrutschten.

Bevor ich ins Haus trat, ging ich zum Eingang gegenüber. Die Tür war nur angelehnt, ich betrat das Stiegenhaus. Die Parte hing noch auf dem Anschlagbrett. Das Begräbnis der jungen Frau, die meine Nachbarin gewesen war, hatte bereits stattgefunden. Erst jetzt fiel mir der Name des Bestattungsunternehmens auf, der ganz unten auf der Parte stand. Ich kannte den Mann, der Typ hieß Sendelsburner. Er wohnte in der Nähe. Manchmal aß er im Casino-Café, in dem ich spielte, zu Mittag.

Abends hockte ich vor Noten und versuchte zu üben, *Namely You* von Johnny Mercer und Gene DePaul. Warum hieß es *Great American Songbook*? Wo waren die Jazzkompositionen aufbewahrt, die in den letzten sechs Jahrzehnten in Japan, Asien, in der Sowjetunion, in Südosteuropa, in Skandinavien entstanden waren?

Ich schlief schlecht. Ich träumte von Minkler, der mich in sein Büro zitierte. Er saß hinter seinem Schreibtisch, ich musste stehen bleiben. Vor sich hatte Minkler einen Stapel Papier liegen. Das ist keine Vorbereitung, sagte er. Damit kann ich nichts anfangen, sagte er und deutete auf die Unterlagen. Von dir bin ich etwas anderes gewohnt, sagte er. Ich versuchte zu antworten. Ich brachte kein Wort heraus. Der Traum brach ab.

20

Gegen sechs Uhr früh stand ich auf. Ich war nervös. Am Nachmittag würde ich Johann Preinfalk treffen. Ich blätterte tatsächlich noch einmal in den Dokumenten, die ich im Jugendamt ausgehoben hatte und die ich inzwischen als das *Johann-Preinfalk-Dossier* bezeichnete. Sollte ich ihm überhaupt von meiner Recherche erzählen?

In der Lehrveranstaltung hielt eine Studentin ein Kurzreferat über die Berliner Mauer. Ich warf einen Blick in die Runde: Nicht einmal beim Fall der Mauer war jemand von den Studierenden bereits auf der Welt gewesen. Es war für sie alle ein historisches Ereignis aus einer scheinbar vergangenen Zeit.

Danach entspann sich eine kurze, heftige Diskussion. War das Ende der Mauer einem Zufall geschuldet gewesen, oder hatte der DDR-Umbruch nur stattgefunden, weil die Bevölkerung die Wende herbeigeführt hatte? Waren einfache Menschen aus dem Volk tatsächlich in der Lage, den Lauf von Geschichte gestaltend zu verändern? Welche Möglichkeiten zur Veränderung politischer und gesellschaftlicher Verhältnisse blieben jungen Menschen in Zeiten von Digitalisierung, Globalisierung, Vollüberwachung und Konsumkontrolle? Lebten wir in einem Zeitalter unendlicher Gestaltungsmöglichkeit oder totaler Entfremdung? Oder erlebten wir Freiheit und Entfremdung gleichzeitig? Wie naiv war die Achtundsechziger-Generation, die Woodstock-Generation in ihrem Glauben gewesen, alles zum Guten wenden zu können? *Give Peace A Chance. We shall Overcome. Martin Luther King. Mahatma Gandhi.* Ich fragte in die Runde: Die Songtitel und Namen waren meinen StudentInnen bekannt. Namen aus der Generation ihrer Eltern oder bereits sogar Großeltern. Die Vorfahren dieser jungen Leute hatten wohl lange Haare getragen und Miniröcke, Rockmusik gehört und nachgespielt, auf sexuelle Vorschriften gepfiffen, mit Drogen experimentiert. Sich gegen Eltern und Lehrer aufgelehnt. Kritische Fragen gestellt. Einige hatten kurz Hippie gespielt. Ein paar von ihnen waren nach Indien aufgebrochen. Die meisten der Eltern hatten aber doch wohl einen unspektakuläreren Weg eingeschlagen. Vor allem früh geheiratet und Kinder gezeugt. Viele bauten sich Häuser, andere zogen vom Dorf in die Stadt, traten aus der Kirche aus und ließen die Enge hinter sich. Kurz wehte ein frischer Wind durch das Land. Es folgten die langen Jahre der Lohnabhängigkeit. Dann wurde bei vielen die Ehe geschieden. Für manche begann die zweite Runde als Patchworkfamilie. Dann wurde der Pension entgegengehofft und die Partei gewählt, die Besitzstandswahrung versprach. Dann traf man sich zum Seniorenturnen und zu wöchentlichen Radtouren. Noch später wurden Pflegekräfte aus Osteuropa organisiert. Schließlich wählte man die, die offen gegen Flüchtlinge hetzten.

Abstoppen, hörte ich Konrad sagen. Ich hatte mich in meine Abwärtsdenkschraube hineinfantasiert. Meine HörerInnen beteiligten sich erstaunlich rege am Diskurs. Einwürfe meinerseits waren nicht notwendig.

Am Nachmittag fuhr ich mit der Straßenbahn aus der Stadt hinaus. In meiner Tasche lag die Mappe mit Johann Preinfalks Unterlagen und auch ein Ausdruck des Fotos, das ich im Netz entdeckt hatte. Unser Treffpunkt befand sich in einem Lokal in der Nähe von

Johanns Wohnung. Ich war aufgeregt und hatte feuchte Hände. Ich hatte keinen Plan für unsere Begegnung entwickelt. An einer Haltestelle in der Nähe des Gasthauses stieg ich aus und ging den Rest des Weges zu Fuß.

Ich sah ihn von Weitem. Das heißt, ich sah meinen Vater. Eine kleine Gestalt ging da, langsam, ein wenig vornübergebeugt, den Blick auf den Boden gerichtet. Der Mann trug einen Hut. Ich sah ihn, lange bevor er mich entdeckte. Ich ging schneller als er. Noch auf dem Parkplatz, knapp vor dem Eingang, hatte ich ihn eingeholt.

Wir grüßten einander, ich wusste nicht mehr, wer von uns den anderen als Erster angesprochen hatte. Wir waren von Anfang an per Du. Ich hatte sofort das Gefühl, jemandem zu begegnen, den ich schon lange kannte. Mir war diese Erfahrung bisher nur aus Dokumentationen über Menschen vertraut, die nach langer Suche jemanden getroffen hatten, mit dem sie blutsverwandt oder emotional eng verbunden waren. Mir erging es nicht anders. Ich spürte ein Gefühl der Verbundenheit.

Wir betraten das Gasthaus, das in den letzten Jahren zu einem modernen Hotel umgebaut worden war. Johann schien sich auf sehr vertrautem Boden zu bewegen. Ich war länger krank, es ist einige Zeit her, dass ich das letzte Mal hier war, erklärte er. An der Rezeption wurde er wie ein Altbekannter begrüßt. Ich ging hinter ihm her. Johann grüßte eine Frau hinter der Theke per Handschlag. Dann drehte er sich um zu mir und sagte lachend und mit großer Selbstverständlichkeit zu der Frau: Und das ist mein Bruder! Hatte ich nicht eine Art Stolz in seinen Worten vernommen?

In dem großen Gastraum suchten wir uns einen Platz in einer Ecke, bestellten Bier und begannen uns zu unterhalten. Unsere Aufregung legte sich schnell. Es kam mir tatsächlich vor, als säße mein Vater vor mir. Ich hörte den Dialekt des Dorfes der Kindheit meines Vaters. Wenn wir Verwandte besuchten, lauschten wir Kinder dieser uns fremden Mundart, die wir später als Erwachsene gern auch parodierten.

Du bist also unser Bruder, sagte ich.

Ja, ich bin das Kind der Liebe. Den Satz sagte er ziemlich früh bei unserer ersten Begegnung. Die Formulierung hatte ich mir gemerkt. *Kind der Liebe.* Und dazu hatte er gelacht.

Das Gespräch mäanderte, schlingerte, meine Fragen stürzten unstrukturiert aus mir. Woran erinnerst du dich als Kind? Wie war das für dich, ohne Vater aufzuwachsen? Gab es überhaupt einen Kontakt zu deinem leiblichen Vater? Wie ist der Kontakt zwischen deinen Eltern nach deiner Geburt verlaufen? Warum haben die denn nicht geheiratet? Johann erzählte aus seinem Leben: Seine Mutter sei nur ein paar Häuser weiter neben dem Elternhaus meines Vaters aufgewachsen. Sie war ein paar Jahre älter als mein Vater gewesen. Johann sei zuerst von seiner Mutter, die bei ihren Eltern wohnte, allein erzogen worden. Erst nach dem Krieg habe sie sich einen Partner gesucht. Er sei gerne zur Schule gegangen, habe gern auswendig gelernt, sei aber schlecht im Zeichnen gewesen. Als Kind habe er zu spüren bekommen, dass er ein uneheliches Kind gewesen war. Die Mutter habe schließlich geheiratet, der Stiefvater habe ihn aber nie akzeptiert. *Ich habe einfach dahingelebt ohne Vater*, sagte Johann. Der Bruder unseres Vaters, also mein Onkel, der Maurer und Nachbar von Johanns Familie gewesen war, war sogar Johanns Firmpate geworden. Von dem Mann, an den ich mich gut erinnern konnte, sprach Johann mit Hochachtung. Aber darüber, dass der Firmpate ja auch sein Onkel gewesen war, darüber hatte er mit dem Mann nie gesprochen.

Ich fragte Johann, ob er je mit Vater Kontakt gehabt habe: Ja, er könne sich an ihn erinnern. Der hatte offenbar, als Johann noch Kind gewesen war, darüber geklagt, Alimente zahlen zu müssen. Der habe irgendwo anders gelebt, jenseits der Donau. Selten habe er seinen Heimatort besucht, noch seltener wären sie einander begegnet.

Tatsächlich konnte sich Johann an ein paar Begegnungen erinnern. Sie sprudelten jetzt aus ihm heraus, unkontrolliert, ohne zeitliche Abfolge. Einmal, da sei er schon großjährig gewesen, habe er den Vater in einem nahegelegenen Gasthaus, in dem Johann gerne Karten spielte und Kegel schob, zufällig getroffen. *Du brauchst nicht glauben, dass ich mir keine Gedanken um dich mache*, soll der Vater (mein Vater! unser Vater!) damals zu ihm gesagt haben. *Ich denke oft an dich*, ein anderes Mal.

Viel früher, an einem schneereichen Wintertag, sei er dem Vater auch einmal ganz zufällig begegnet. Der Vater war offenbar unterwegs zu einem Besuch bei Verwandten und war mit anderen Fahrzeugen in einer Schneewächte hängen geblieben. Johann habe mitgeholfen, die stecken gebliebenen Wagen freizuschaufeln. Eine Frau (wahrscheinlich meine Mutter) habe den Vater begleitet. Bei dieser Begegnung habe der Vater einen Blick auf ihn geworfen und dann gesagt: *Dich kenne ich nicht*. Wahrscheinlich, um sich vor der Frau keine Blöße zu geben.

Viel später war Johann unserem Vater einmal auf dem Friedhof begegnet. Damals habe er schon als Schuhmacher gearbeitet, erzählte Johann. Der Vater habe ihn nach seiner Kontonummer gefragt und ihm auch kurz darauf mehrere tausend Schillinge überwiesen, zu einem Zeitpunkt, als er zu keinen Alimentationszahlungen mehr verpflichtet war.

Wie ist es dir damit ergangen, dass der Vater keinen Kontakt zu dir gehalten hat, fragte ich irgendwann einmal dazwischen.

Das hat mir weh getan.

Wir bestellten eine Kleinigkeit zum Essen. Schließlich erzählte Johann mir, dass er an der Beeerdigung unseres Vaters teilgenommen hatte. Ich erinnerte mich an einen kühlen Novembertag, als in der Kirche im Geburtsort meines Vaters das Begräbnis stattgefunden hatte, mit meinen Schwestern und den Verwandten, aber auch vielen Menschen aus der Gemeinde, in der der Vater bis zuletzt gewohnt hatte, und vielen mir Unbekannten aus seinem Heimatdorf. Als jemand einen Nachruf auf den Vater hielt, über seine Familie, seine Kinder, seine beruflichen Tätigkeiten, seine Ehrenämter bei vielen Vereinen sprach, erzählte Johann, habe er gedacht: *von mir spricht keiner.*

Viele, die beim Begräbnis dabei gewesen waren, hatten also gewusst, dass Johann ein Sohn des Verstorbenen gewesen war. Niemand hatte damals irgendetwas zu Johann gesagt. Niemand hatte uns gegenüber eine Andeutung gemacht. Johann war daher auch nicht zum anschließenden Essen eingeladen worden.

Warum hast du uns nicht angesprochen, fragte ich Johann.

Von innen heraus war ich immer ein Stiller, sagte er.

Warum hatte sich aus der Verbindung seiner Mutter mit dem Vater keine dauerhafte Beziehung entwickelt?

Die Mutter hat nie darüber gesprochen, sagte Johann. In der Nähe seiner Heimatgemeinde nahm Johann schließlich eine Lehrstelle als Schuster an. Anfang der sechziger Jahre brach er aus der wirtschaftlich schwachen Region nach Linz auf. Dort lernte er auch seine spätere Frau kennen, die vor ein paar Jahren verstorben war. Über eine Kontaktperson sei er als Arbeiter ins Stahlwerk gekommen. Das Kleinhäuslerkind vom Land zog in die Stadt und wurde Hackler. Koksstierler. Zehntausende hatten sich in diesen Jahren wie Johann für einen Arbeitsplatz im Stahlwerk entschieden.

Bis zur Pensionierung arbeitete Johann in der VOEST. Dort war man finanziell gut versorgt. Er sei dort immer in die Kantine essen gegangen, habe anfangs stets zwei, drei Portionen gegessen. Die Preise damals! Ein Bier habe einen Schilling achtzig gekostet, ein Liter Benzin dreizehn Schilling!

Schließlich sprachen wir auch noch über Fußball. Die Werksfußballmannschaft wurde vom Konzern großzügig unterstützt und errang sogar einen Fußballmeistertitel. Als Arbeiter war Johann ein richtiger VOESTler gewesen, als Fan habe er aber immer dem schwarz-weißen Stadt-Rivalen die Treue gehalten. Die Mannschaft war ein knappes Jahrzehnt vorher Meister geworden. Regelmäßig sei er in diesen Jahren ins Stadion gegangen. An dieser Stelle schaltete ich mich ins Gespräch ein: Damals war ich Internatschüler in Linz und hatte auch oft Matches auf der Gugl besucht. Wer weiß, vielleicht waren wir damals einander begegnet, ohne es zu wissen? Wir lachten.

Mehrere Male hatte Johann auch uns Kinder, also seine Halbgeschwister, gesehen. Er erinnerte sich an Ulrike als Kind und an uns drei als Erwachsene, als wir zu Allerheiligen das Grab der Eltern besucht hatten. Schweigend waren wir, nur wenige Meter voneinander getrennt, an den Gräbern unserer Verstorbenen gestanden. So waren Jahrzehnte vergangen.

Wir saßen beisammen, erzählten, orderten nach. Dann waren zwei Stunden um. Ich hatte meine Tätigkeit nur angedeutet, um mich war es in dem Gespräch nicht gegangen. Zum Schluss fragte ich Johann, ob er bereit wäre, mir einmal ein Interview über sein Leben zu geben.

Wir vereinbarten, uns bald wieder zu sehen. Diesmal mit allen Geschwistern. Irgendwie drückten wir unsere Freude aus darüber, dass wir uns endlich getroffen hatten. Später wusste ich nicht mehr, was ich tatsächlich gesagt hatte.

Obwohl Johann schon in den Siebzigern stand, fuhr er noch immer Auto. Wir verabschiedeten uns vor dem Gasthaus. Beim Nachhausefahren schwirrte mir der Kopf, fiel mir ein, was ich alles nicht gefragt hatte, worüber wir nicht gesprochen hatten. Wie hatte er seine Mutter erlebt? Wie war er mit seinen Geschwistern, er hatte zwei, ausgekommen? Erst jetzt fiel mir auf, dass Johann mich nichts über den Vater gefragt hatte. Und dass ich ihm nichts über ihn erzählt hatte. Wie wir ihn erlebt hatten. Als liebevollen Alleinerzieher. Als Geschichtenerzähler, als musizierenden Menschen. Als autoritären Nachkriegsvater, der zum Jähzorn neigte. Als solidarischen Menschen, der zur Empathie mit Schwächeren fähig war. Als in sich versinkenden Schweiger im Alter. Mir fiel ein, dass Johann erwähnt hatte, dass er in der Schule immer gern Texte auswendig gelernt und Theater gespielt hatte. Ich hatte ihm nicht erzählt, dass sein Vater gerne öffentlich vorgetragen und jahrelang ebenfalls Theater gespielt hatte. Dass es da offenbar etwas Gemeinsames zwischen ihnen gab. Mir waren diese Ähnlichkeiten jetzt auch aufgefallen. In Johanns Gesicht, in seinem Lachen, seinem Anflug von Humor. Das hatte mich vielleicht am meisten erstaunt: dass Johann nicht verbittert wirkte. Die Freude, einander nach Jahrzehnten erstmals von Angesicht zu Angesicht zu begegnen, war gegenseitig gewesen.

Mit der Straßenbahn fuhr ich ins Stadtzentrum zurück. Die Trasse führte direkt an einer Anhöhe namens Harter Plateau vorbei. In einem der zwei Hochhäuser, die hier gestanden waren, hatte Johann mit Frau und Kindern gelebt, bis die Häuser, die schlecht gebaut gewesen waren, in einer medienwirksamen Aktion gesprengt und abgerissen wurden. Johann und seine Frau zogen dann in eine Wohnung in der Nähe um.

Als Schüler schon war ich die Strecke vom Bahnhof nach Urfahr oft mit der Straßenbahn gefahren, als jedes Abteil noch mit einem Schaffner besetzt war, der die Fahrkarten gezwickt hatte. Die Straße, in der Johann nach seiner Ankunft jenseits der Donau zuerst gewohnt hatte, war ich oft entlanggegangen, wenn ich den Berg hinauf zur Internatsschule ging, oder, mit einem Koffer bepackt, an einem Wochenende nach Hause fuhr. Wenn ich mich langweilte, hatte ich vom Studiersaal aus dem Fenster geblickt und auf das nächtliche Linz geschaut. Dabei hatte ich mir ein immerfort rot blinkendes Signal des Fernwärmewerkes der Stadt als Anhaltspunkt gesucht. Gleich daneben hatten sich die Umrisse der Hochöfen abgezeichnet, deren Rauch- und Wasserdampfschwaden bei Nacht in ein gelbes Licht getaucht waren. In den Vereinigten Eisen- und Stahlwerken war Johann täglich zur Schicht einge- fahren, während sein zwanzig Jahre jüngerer Halb- bruder, also ich, das Gymnasium besucht und die Matura absolviert hatte. Einer von uns hatte zeitlebens als Hackler gearbeitet in dieser Stadt, in der sich die dreckige Luft bis in die mittleren achtziger Jahre an Inversionstagen im Winter, an brütend heißen wind- stillen Sommertagen wie eine Käseglocke über die Stadt gestülpt hatte. Von der Terrasse der Wallfahrtskirche aus konnte man das am besten beobachten. Auf dem Fußballplatz, am Stehplatz, den ich zu einem der weni- gen egalitären öffentlichen Orte zählte, an denen Men- schen aller sozialen Schichten dicht an dicht standen (der Distinktionstrieb war erst später mit der Einrich- tung von VIP-Bereichen angestachelt worden), waren wir, die wir in so verschiedenen Welten der Stadt leb- ten, möglicherweise ganz nahe beieinander gestanden, ohne es zu wissen.

Welches Unglück wäre denn über unsere Familie he- reingebrochen, wenn wir früher gewusst hätten, dass wir einen Bruder haben? Wie viele Möglichkeiten hätte es gegeben, Johann als wenn auch fernen Teil in unsere Familie zu integrieren? Hätten wir Familientreffen ver- einbart, hätten wir miteinander runde Geburtstage gefeiert, wären wir miteinander auf den Jahrmarkt ge- gangen, hätten wir die Spiele im Stadion gemeinsam besucht, manchmal einen Ausflug gemacht, hätte ich seine Mutter, seine Halbgeschwister, später seine Frau, seine Kinder kennengelernt? Wer hatte die Regeln für dieses jahrzehntelange Schweigen bestimmt? Der Vater? Johanns Mutter? Deren Familien? Alle zusam- men? Wer hatte uns diesen Kontakt vorenthalten und aus welchen Motiven? Aus Unvermögen? Sturheit? Feigheit? Schwäche? Kleingeistigkeit?

Ich wusste, dass es mir nicht darum ging, aus zeitlichem Abstand über die damals Beteiligten moralische Urteile zu fällen. Aber verstehen wollte ich. Hannah Arendts berühmtes Interview mit Günter Gaus fiel mir ein, als sie als Motiv für ihre Forschungs- und Denkarbeit über den Holocaust gesagt hatte, dass sie verstehen wolle. Mir ging es ähnlich, auch wenn sich mein Verstehen-Wollen auf eine vergleichsweise harmlose Thematik bezog.

Als ich nach Hause kam, telefonierte ich mit Judith und mit Ulrike. Ich habe Johann getroffen, sagte ich. Er möchte, dass wir gemeinsam essen gehen.

Später fiel mir der Begriff *Kind der Liebe* wieder ein, als das sich Johann bezeichnet hatte. Im Netz wurde ich darüber informiert, dass es sich um einen veralteten Begriff für ein uneheliches Kind handelte. Diese Bedeutung war mir nicht bewusst gewesen. In einem Moment sprachverständlicher Unbedarftheit hatte ich tatsächlich geglaubt, Johann beschreibe den Umstand seiner Entstehung als den einer Liebesbeziehung entspringend. In Wahrheit hatte er, um sich zu beschreiben, einen selbstabwertenden Begriff verwendet.

Nachts konnte ich nicht schlafen. Ich stand auf und versuchte zu lesen. Ich brach den Versuch ab. Ich machte mir Tee, hockte mich ans Keyboard, den Computer daneben, setzte mir die Kopfhörer auf und hörte Aufnahmen des britischen Pianisten Geoffrey Keezer mit dem Vibraphonisten John Locke. Ich brachte die Kraft nicht auf, richtig zuzuhören. Ich versuchte, eine Art Gedächtnisprotokoll des Gespräches mit Johann zu erstellen. Nach wenigen Zeilen brach ich ab. Ich war zu müde, um zu arbeiten, und zu wach, um einzuschlafen.

Ich blätterte in der Mappe *Die Existenz des Nicht-vorhandenen*. Mit Akribie hatte ich damals dieses Bündel an stenografischen Notizen angefertigt. Kein Mensch außer mir hatte je diese Aufzeichnungen gesehen und gelesen. Nur vor unserer Literaturrunde hatte ich einen kurzen Auszug daraus vorgetragen. Das Typoskript fand sich am Ende meiner Entwürfe gemeinsam mit ein paar nicht einmal eine Seite langen Kurzgeschichten, die ich zu dieser Zeit verfasst hatte. An einem Text blieb ich hängen. Ich musste so um die zweiundzwanzig, dreiundzwanzig Jahre alt gewesen sein. Die Geschichte war einem Traum nachempfunden, den ich tatsächlich geträumt hatte. Ich nahm das Blatt aus der Mappe und legte es auf den Tisch.

Vater und Sohn

Vater und Sohn sind in einer Wohnung völlig aufeinander angewiesen.

Der Vater lässt den Sohn nicht aus dem Haus, der Sohn zieht sich zurück in sein Zimmer.

Eines Tages, es ist gegen achtzehn Uhr, bemerkt der Vater plötzlich, dass das Brot im Haus ausgegangen ist.

Ohne Brot, weiß er, gibt es kein Weiterleben.

In seiner Angst fordert er den Sohn auf, doch Brot kaufen zu gehen.

Der Sohn geht aber zuerst ans Fenster und sieht über die Straße zum Bäckerladen. Dort ist die Bäckersfrau gerade im Begriff, den Laden zu schließen. Sie sieht den Sohn und winkt ihm zu, er möge doch noch rasch einkaufen gehen.

Als der Sohn nun aber das Haus verlassen will, stellt sich ihm der Vater vor der Tür entgegen: Du bleibst hier!

Ohne Brot gibt es kein Weiterleben. Es gibt aber keine Möglichkeit, sich dem Befehl des Vaters zu widersetzen. So stehen sich Vater und Sohn in Ewigkeit gegenüber.

Grübelnd saß ich am Küchentisch über dieser Traumaufzeichnung. Welches Verhältnis zum Vater hatte in dieser meiner Notiz, die mir jetzt so fremd schien, seinen Niederschlag gefunden? Wie hilflos war ich seiner Autorität, seiner auratischen Einsamkeit, möglicherweise auch seinem Narzissmus ausgesetzt gewesen? Und hatte ich mich jemals von seinem Einfluss lösen können? Was war der Grund, dass ich Jahrzehnte später seinem Lebensgeheimnis nachging und möglicherweise sein Problem zu meinem machte?

Artefakte: Das Klavier
Als Ulrike während ihrer Schulzeit Klavierunterricht nahm, kaufte der Vater ein altes Pianino. Er selbst konnte gar nicht Klavier spielen, hatte erst Klarinette, später Waldhorn gelernt. Meine Mutter hatte als Jugendliche Zither gespielt. Ich konnte mich nicht daran erinnern, sie je spielen gehört zu haben. Lange nach ihrem Tod fanden wir Kinder am Boden ihres Kleiderschranks eine Zither, bei der Saiten fehlten und der Resonanzkasten eingedrückt war. Plötzlich stand also ein Tasteninstrument in der Wohnung. Als ich ins Internat kam, begann ich ebenfalls Klavier zu lernen. Der klassische Unterricht interessierte mich

als Zehnjährigen kaum. Vielmehr verstand ich das Klavier als Instrument, auf dem sich leidlich klanglich experimentieren und improvisieren ließ. Aus dem Kopf heraus gelang es mir, die drei Akkorde einer Kadenz, Grundgerüst jeden Rock'n Rolls, ins Gerät zu drücken. Als ich dann vor der Tür zum Bandprobenraum im Internat die Noten der brandaktuellen Beatles-Nummer *Let it Be* fand, die jemand verloren haben musste (mit der unsäglichen deutschen Version namens *Aber wie?* des Texters Hans Bradtke, der unter anderem für Hansi Kraus textete, wie ich viel später herausfand), konnte ich meinen drei erworbenen Durakkorden auch die sechste Stufe in Moll hinzufügen und hatte damit beinahe das Material beisammen, aus dem heute noch viele Popsongs gestrickt werden. Bald spielte ich meine Akkorde auch zu fremden und eigenen Texten.

Immer wenn ich nach Hause kam, führte mich der Weg bald zum Klavier. Der Vater hatte es gebraucht erworben. Technisch gesehen, handelte es sich um ein altersschwaches Exemplar. Eine Taste funktionierte gar nicht mehr, von einigen hatte sich das Elfenbein abgelöst, die Stimmung blieb trotz Einsatz eines Klavierstimmers immer unrein, das Klangbild war demnach recht mäßig. Aber unser Pianino verkam bei uns zu Hause nicht zum Möbel, sondern wurde tatsächlich als Musikinstrument verwendet. Der Vater hatte seine Freude daran, dass wir viel darauf spielten. Diese Tatsache führte er sogar in seiner Lebenserinnerung an. Das war das Instrument, auf dem ich als Pubertierender in extremer Langsamkeit vor allem mit den Songs der Beatles die Feinheiten von mehrstimmigen Akkorden begreifen lernte (einen Mollseptakkord in *Penny Lane*, einen großen Majorakkord in *For No One*, einen Kreuzneunakkord, in welcher Nummer nur?), mit simplen Boogie-Noten die typische rhythmische Triolenphrasierung und mit einer Jazzschule von Oscar Peterson schließlich die ersten swingigen Licks. Materiell hatte uns der Vater nicht viel bieten können, da ging es uns nicht anders als anderen Landkindern meiner Generation. Außer zu Schulskikursen war ich zum Beispiel nie auf Skiern gestanden, das Meer hatte ich bis zu einer Reise mit der Schulklasse in der Oberstufe nie gesehen, ein Sommerurlaub bestand aus einer Fahrt zu den Verwandten nördlich der Donau und ein Moped gab es erst, als eine Anschaffung wegen eines Ferienjobs bei der Post notwendig wurde. Selbst den ersten Kassettenrekorder, mit dem sich Lieder aus dem Radio mitschneiden ließen, teilte ich mir jahrelang mit Judith. Aber mit dem Kauf dieses Klavieres (und der Tatsache, dass es meinem Vater wichtig war, dass wir uns bildeten und lasen!) ging für uns Kinder das Tor zur Musik auf. Damals nicht zur Klassik, wohl aber zum Pop und später zum Jazz. Was dem Ohr im Radio gefiel, ließ sich plötzlich am Klavier nachspielen!

Das Geschenk, das mir der Vater für mein Leben tatsächlich mitgegeben hatte, war die Freiheit, zu lernen, was meinen Neigungen entsprach, und vor allem die Musik. Selbst bei völliger Dunkelheit, selbst bei einem Stromausfall konnte ich mich an das Instrument setzen und diesem Töne entlocken, das Dröhnen der Saiten spüren, einem Akkord nachlauschen. Das Klavier bot mir die Möglichkeit, meinen Gefühlen und Stimmungen unmittelbar Ausdruck zu geben, mit Tönen und Rhythmen zu spielen. Die Musik war die Trösterin. Sie war da, wenn niemand sonst da war. Sie verwandelte Verzagtheit in Feeling, Verstimmtheit in Melancholie, gab der Sehnsucht eine Form. Vielleicht war sie ja auch Surrogat für ein von mir fantasiertes Leben, das ich mir bei anderen Jugendlichen vorstellte und das ich vermisste: fortgehen, Mädchen kennenlernen, feiern, ausflippen, reisen…

Ich saß zu Hause, legte die Platten meiner älteren Schwester auf, hörte Radio und versuchte nachzuspielen. Die Verwandtschaft zwischen Bach und Jazz entdeckte ich erst später.

Auf einer Liste der Dankbarkeit für meinen Vater, die ich nie geschrieben hatte, wären gestanden: Die Musik. Das Singen. Das Lesen. Sein Sinn für Humor, den er auch in schweren Zeiten nicht aufgegeben hatte. Die Möglichkeit, ein Gymnasium zu besuchen und dort ansatzweise das Denken zu lernen.

Das Klavier war nicht das Artefakt des Vaters. Es war meines. Unseres. Das meiner Schwestern und mir. Ich konnte mich nicht erinnern, dass der Vater auch nur einmal versucht hätte, auf dem Klavier zu spielen.

21

Zu Mittag ging ich nach der Lehrveranstaltung mit Wuttke und Reiter wieder einmal in die Mensa. Du lässt dich ja kaum mehr blicken, sagte Reiter. Schmeckt's dir nicht mehr, fragte Wuttke ironisch und ließ seinen Blick demonstrativ über meinen Bauch schweifen. An meinem Bauchumfang ließ sich dezidiert nicht belegen, dass es mir nicht mehr schmeckte, im Gegenteil. Mein Abnehmprojekt zog sich nun schon über Monate und schlitterte allmählich in die Lächerlichkeit. Auf der Liste, auf der ich morgens mein Gewicht notierte, pendelten die Einträge immer um wenige Dekagramm nach oben oder unten, um nach einem ausgiebigen Abendessen wieder hochzuschnellen und so fort. Die Kollegen hatten ja recht. Ich war in letzter Zeit nie länger als nötig am Institut gewesen. Von Gabriele hatte ich seit Tagen nichts mehr gehört.

Reiter erzählte, dass er irgendwo im Fernsehen zufällig eine Diskussion zum Thema *Aus der Geschichte lernen?* verfolgt habe, bei der auch unser Emeritus Fischer aufgetreten war. Ohne Not hatte dieser dort die Oral-History-Methode abqualifiziert. *Abgeschasselt,* sagte Reiter. *In die Tonne getreten,* sagte Wuttke. *Zeitzeugen lügen, so brutal würde ich das sagen,* hat er wörtlich gesagt, sagte Reiter. Fischer hatte erklärt, er akzeptiere nur objektive Quellen.

Old School, kommentierte Reiter, der Alte hat bis heute nicht kapiert, dass auch eine Erzählung eine Quelle ist, die man im Kontext und als Konstrukt subjektiver Wahrnehmung interpretieren muss. Wie stand es denn um die Objektivität von Quellen bei Themen, bei denen bei Weitem nicht alle Dokumente zugänglich waren oder manche sogar vernichtet? Zogen wir nicht auch bei unvollständigen Quellenlagen unsere Schlüsse, reichte nicht oft ein einziges schriftliches Dokument aus, um eine Hypothese über den Haufen zu werfen? War nicht jede Interpretation von Quellen Konstruktion, nicht jedes Forschungsergebnis nur eine Form der Annäherung an welche Wahrheit auch immer, stammte nicht Fischers Objektivitätsbegriff aus der Steinzeit der Wissenschaftstheorie? Schon einmal was von Quellenkritik gehört?

Reiter geriet in Fahrt, weil er selbst Aufsätze zur Oral History verfasst hatte. Als Assistent war er mit Fischer immer wieder über die Wissenschaftlichkeit dieser Methode in Streit geraten. Wir können uns *anpatzen* lassen, sagte Reiter und meinte sich, im Gegenzug schenken wir ihm zum Runden eine Festschrift.

Die war, so Reiters Auskunft, offenbar bereits bis zu den Druckfahnen gediehen. Auch Wuttkes Text hatte letztlich Gnade vor Gabrieles Augen gefunden. Warum Gabriele den Text dann doch angenommen hatte, blieb unklar. Vielleicht war Wuttke einfach nur stur geblieben und hatte sich durchgesetzt. Er ließ sich nicht in die Karten blicken.

Die Rede kam auf ein neues Projekt. Zum Gedenkjahr *80 Jahre 1938* wurde ein Sammelband zu Aufsätzen über die Erste Republik überlegt. Wir haben dich fix eingeplant, sagte Wuttke. Ich merkte, dass mir die Nachricht guttat. Er zog ein Blatt aus seinem Sakko, auf dem mögliche Fragestellungen angeführt waren. Ich überflog den Zettel und suchte nach einem Thema, das sich mit der Rolle der Presse damals auseinandersetzte: Das Thema war schon besetzt. Eine weitere Materie war noch frei: In den dreißiger Jahren war es an mehreren Orten zu sogenannten *Säuberungen* in Arbeiterbüchereien gekommen. Ich meldete mein Interesse an.

In der Sprechstunde erlebte ich eine Überraschung. Cornelia Maurer klopfte an die Tür. Mit ihr hatte ich seit dem verunglückten Zusammentreffen bei uns im Innenhof nicht mehr gerechnet. Noch bevor wir etwas anderes besprachen, gelang es mir, mich für mein ungeschicktes Verhalten zu entschuldigen. Ich möchte Ihnen mein Mitgefühl für den Tod Ihrer Freundin ausdrücken, sagte ich.

Ich habe mich entschieden, das Thema meiner Arbeit zurückzulegen, sagte sie. Das habe ich Ihnen ja schon ausrichten lassen. Sie wolle das Thema gern verändern.

Während der Recherchen über den Selbstmord des Skifahrers aus Kitzbühel habe sie sich zunehmend die Frage gestellt, wer ihr das Recht gab, in den Wunden anderer zu wühlen. Wir sprachen damals über das Thema Journalismus und Ethik, sagte sie. Damit wolle sie sich jetzt beschäftigen. In den Zeitungen der Nachkriegsjahrzehnte waren Personen, Opfer, Täter, Ehebrecher, Homosexuelle, kleine Rechtsbrecher wie Ganoven noch mit vollem Namen genannt worden. Sie habe recherchiert. Vielleicht ließ sich das Thema Pietät und Persönlichkeitsrechtsverletzung im Journalismus an einigen damaligen Fällen festmachen. Die Rechtslage habe sich diesbezüglich in den letzten Jahrzehnten erfreulicherweise verändert.

Während die Studentin noch sprach, fiel mir der Unglücksfall des jungen Mädchens in meiner Heimatgemeinde ein, das wegen einer defekten Gasleitung gestorben war. Als ich in der Landesbibliothek Artikel meines Vaters gesucht hatte, war ich auf Berichte über dieses Unglück gestoßen. Zweimal hatte die Bezirkszeitung ausführlich über den tödlichen Unfall, eine Woche später über das Begräbnis des Mädchens berichtet. Ein Fotograf hatte die weinende Familie, darunter auch die Schwester, die die Tragödie überlebt hatte, bei der Beerdigung am offenen Grab fotografiert.

Ich sagte nichts. Ich merkte, wie mich Beklemmung erfasste. Ich werde Sie gern betreuen. Das war das einzige, was ich herausbrachte.

Cornelia Maurer rettete die Situation.

Ich soll Ihnen Grüße von meiner Tante ausrichten, sagte sie.

Ich schaute sie verwirrt an.

Sie heißt Birgit Firleis, sagte sie. Sie hat sich einmal ausführlich mit Ihnen unterhalten. Sie hat Ihnen, glaube ich, ein Hörgerät angepasst, sagte Cornelia Maurer und grinste ein bisschen. Unwillkürlich hatte sie meine Ohren betrachtet. Wieder einmal hatte ich aus Bequemlichkeit das Gerät nicht angesteckt.

Wenn Frau Firleis ihrer Nichte von unserem Gespräch erzählt hatte, dann wusste Cornelia Maurer vielleicht, dass vor Kurzem in meiner Familie ein Bruder aufgetaucht war. Ich wiederum wusste, dass Firleis offenbar gern ins Casino ging. Nichts Unehrenhaftes, aber auch nicht etwas, was Cornelia Maurer wissen musste. Und Firleis war nicht ins Ausland gegangen, wie sie mir erzählt hatte.

Wir saßen einander gegenüber und ahnten, dass wir mehr voneinander wussten, als wir sagten.

Bevor ich nach Hause fuhr, rief ich bei Minkler an. Die Idee für den Anruf war mir spontan gekommen. Minkler war erstaunlicherweise sofort am Apparat.

Lange nichts gehört, sagte er. Und, alles im grünen Bereich bei dir, fragte er, als hätten wir gerade erst vor ein paar Tagen miteinander telefoniert.

Ich wollte mich wieder einmal melden, sagte ich. Heute kam bei uns am Institut die Rede auf das Gedenkjahr, das bevorsteht. 1918, 1938, 1968, du weißt schon.

Ich hörte ihn bedeutungsvoll auflachen.

Wir bereiten einen kleinen Sammelband vor, sagte ich. Nichts Großes. Das heißt, ich habe Kapazitäten frei. Da dachte ich, ich melde mich einmal bei dir. Bei euch laufen doch sicher auch längst die Planungen. Ich wollte nachfragen, ob ihr an Projekten dran seid.

Du sagst es, sagte Minkler.

Und ob du mich nicht vielleicht berücksichtigen kannst. Du weißt ja, Mediengeschichte, Presse, diese Sachen. War ja eine turbulente Zeit damals. 1938, meine ich vor allem.

Ist klar, sagte Minkler. Du hast recht. Es gibt natürlich Überlegungen unsererseits. Andererseits stürzen sich jetzt alle auf dieses Gedenkjahr. Das ist wieder einmal eine ganz große Kiste. Du hast keine Ahnung, wer plötzlich bei so einem Anlass am Kuchen mitnaschen möchte. Ich habe gar nicht gewusst, wie viele historische Vereine es bei uns eigentlich gibt. Wie es dabei im Einzelnen um die Wissenschaftlichkeit bestellt ist, möchte ich jetzt gar nicht diskutieren, sagte er. Im Ernst, sagte er. Natürlich haben wir was geplant und bereits einige Anträge gestellt. Die Fristen laufen aber noch.

Und für mich ist hoffentlich auch was dabei, sagte ich. Du weißt ja, wie ich arbeite.

Natürlich, sagte Minkler und seufzte. Du hast aber keine Ahnung, wer mich aller seit Monaten belagert, sagte er. Die Stadt ist anscheinend voll von beschäftigungslosen Historikern. Historikerinnen, natürlich, verbesserte er sich. Ich kann aber nicht alle nehmen. Und eine reine Knochenarbeit als simpler Rechercheur kann ich dir wohl auch nicht anbieten, sagte er. Deine Expertise ist ja ganz anders.

Jetzt sag aber bitte nicht, dass ich überqualifiziert bin, sagte ich.

Offenbar hatte ich Minkler mit meinem Anruf überrascht. Offenbar nervte ich ihn gerade. Jetzt musste ihm nur noch gelingen, sich halbwegs unaufwendig aus der Affäre zu ziehen.

Ich kann dir auf der Stelle natürlich nichts fix versprechen, sagte Minkler. Aber ich werde mich definitiv bei dir melden, wenn Not am Mann ist. Das kann ich dir auf jeden Fall zusagen.

Ich hatte schon wieder begonnen, mir Notizen auf einem Blatt Papier zu machen: *Im grünen Bereich. Natürlich. Definitiv. Im Ernst. Du sagst es. Kuchen mitnaschen. Expertise. Not am Mann.*

Und so, fragte ich ihn. Du schlängelst dich durchs Leben, fragte ich.

Mal schauen, sagte er. Ich notierte auf dem Blatt: *Mal schauen.*

Minkler sprach weiter. Im Großen und Ganzen kann ich nicht klagen, sagte er. Wir werden älter. Und hoffentlich weiser. Was ich ja auch von dir hoffe. Wann kommst du wieder einmal nach Wien, fragte er. Melde dich, wenn du da bist, dann können wir über alles in Ruhe reden. Du, ich muss jetzt dringend weg. Eine Besprechung, sagte er. Schön, dass ich wieder einmal von dir gehört habe. Dann legte er auf.

In der Straßenbahn fielen mir die vielen Werbeplakate an der Strecke auf. Manifeste der Bedürfnislockung.

Assoziativ entwickelte ich den Grundgedanken für eine Messe der Konsumbedürfnislosigkeit, in der Dinge? Ideen? vermittelt wurden, die es nicht oder kaum zu kaufen gab: Freiheit. Hoffnung. Frieden. Solidarität. Egalität. Stille. Zufriedenheit? Verständnis. Flow durch Musik. Liebe? Möglicherweise war mein Gedanke weniger originell, als ich gedacht hatte. Hatten diese Ideen früher nicht politische Gemeinschaften vermittelt? Religionen? Oder war ich eben für einen Augenblick dabei gewesen, auf den Turbozug der Esoterik aufzuspringen? Der ja längst durch die Landschaft brauste?

22

Am nächsten Sonntag trafen wir einander zum Mittagessen in einem Gasthaus in unmittelbarer Nähe zur
Autobahn. Tags zuvor telefonierte ich noch einmal
mit Johann. Er freue sich auf das Treffen mit meiner
Familie, sagte er. Seine Geschwister habe er über unser
Treffen informiert. Sie freuten sich mit ihm. Leider
habe sein Sohn aus beruflichen Gründen kurzfristig
absagen müssen. Abends rief mich Judith an. Ich bin
aufgeregt, sagte sie. Und gespannt. Ich weiß gar nicht,
ob ich heute überhaupt schlafen kann.

Am Sonntag also traf eine Gruppe nicht mehr ganz
junger Menschen zusammen: Ulrike und ihr Mann
Kurt, Judith und ich. Den Altersdurchschnitt senkten
Ulrikes Kinder Albert und Marlies, die bereits mit
ihrem Partner Thomas und einem entzückenden Säugling namens Niklas auftrat. Alle redeten sie ein breites
Bairisch. In dieser Konstellation hatten wir uns überhaupt noch nie getroffen, Ulrikes Kinder hatte ich
sicher zehn Jahre lang nicht mehr gesehen. Zu dieser
Runde stieß nun Johann als Ältester. Ich hatte meine
Schwestern vorher gebeten, die Ähnlichkeit Johanns
mit unserem Vater nicht zum Thema zu machen, das
wäre mir peinlich gewesen.

Wir trafen zufällig knapp hintereinander am Parkplatz neben dem Gasthaus ein. Die Begrüßung fand
im Freien statt. Ich beobachtete Johann, ich beobachtete meine Schwestern. Wieder erinnerte mich Johann
alleine von seiner Körperhaltung her an meinen Vater.
Johann wirkte vielleicht einen Augenblick schüchtern.
Als Judith ihn zur Begrüßung umarmte, war er gerührt.
Judith warf mir einen Seitenblick zu und zog die Brauen

hoch: es war ein Wow-Blick. Unglaublich! Wenn der Papa das noch erlebt hätte, flüsterte sie mir im Vorbeigehen zu. Die Begrüßung von Ulrike fiel eine Spur sachlicher aus, auf ihren Mann reagierte Johann mit dem Ausruf *Ah, ein Bayer!* Kurt darauf trocken: *Jo, freili.* Der Neffe und die Nichte, Ulrikes Kinder, nahmen die Existenz eines neuen Onkels, der etwa so alt war wie ihre nicht anwesenden Großeltern, ziemlich lapidar zur Kenntnis und reagierten freundlich-neutral, wie man eben einen Verwandten begrüßt, von dem man bisher nie gehört und den man noch nie gesehen hatte.

Zur Feier des Tages tranken wir im Stehen einen Aperitif, zum Essen nahmen wir Platz an einem größeren Tisch in der Gaststube. Rundherum war es voll, geschäftiger Sonntagsbetrieb. Über den Tisch wurden Speisekarten weitergereicht, es wurde angestoßen, Fragen zum Befinden gestellt, meine Hörgeräte hatte ich diesmal angesteckt. Mitten in der Runde saß Johann zwischen Ulrike und Judith, ich saß ihnen gegenüber. Es war, als wäre er schon immer bei so einem Familientreffen dabei gewesen.

Kurz wanderten meine Gedanken zurück in meine Kindheit und Jugend. Auch mein Vater hatte sich mit seinen Geschwistern ein-, zweimal im Jahr getroffen. Die Familien hatten damals alle mehr Kinder gehabt. Da war immer gleich eine größere Gruppe von Menschen zusammengekommen. Irgendwann in meinen Pubertätsjahren war mir bei so einem Anlass schlagartig zum Bewusstsein gekommen, wie ausschnitthaft so ein Zusammentreffen war. Hier traf sich eine Alterskohorte von Menschen, die mehrere sehr prägende Jahre ihres Lebens miteinander verbracht hatten und nun mit ihren Ehepartnern übers Land verstreut lebten. Sie tauschten sich aus, sie tranken, sie wurden, wenn genug Alkohol geflossen war, immer lauter und ausgelassener, Witze wurden gerissen und Erinnerungen ausgegraben. Das war in den sechziger, Anfang der siebziger Jahre gewesen. Und dreißig Jahre früher hatten sich deren Eltern zu besonderen Anlässen getroffen, zu Hochzeiten, Taufen, Feiern, Beerdigungen. Und so fort. So transportierten sich Einzelheiten, Geschichten, unausgesprochene Zwänge, Eigentümlichkeiten, tiefe Verbundenheit und Zwiste an die Kinder weiter, die als Beobachter mit am Tisch saßen. Und schon saß die nächste Generation beieinander, kurz darauf die nächste. Jede Altersgruppe lebte ihr Stück Gegenwart in der Zeit und verschwand dann wieder. Mitten in einer lauten Sekunde eines Familientreffens konnte es geschehen, dass mich die Melancholie anflog und ich gern festgehalten hätte, was auch mit einer Kamera nicht festzuhalten war. Es eilte die Zeit und wir eilten mit.

Wenig später stand ich auf und begrüßte unseren Bruder herzlich in unserer Runde, worauf wir anstießen. Kurz erzählte ich noch, wie ich auf Johann aufmerksam gemacht worden war und wie wir erstmals zusammengekommen waren. Weitere Erklärungen waren nicht nötig. Schnell merkte ich auch, dass ich mich nicht in besonderer Weise um Johann zu kümmern brauchte, meine Schwestern nahmen ihn sogleich in Beschlag. Fragten ihn nach seiner Familie und wo er gearbeitet hatte. Erinnerten sich mit ihm an den Heimatort und das Elternhaus unseres Vaters. Unser Onkel, Vaters Bruder, war Johanns Firmpate gewesen! Wie oft hatten wir als Kinder diesen Onkel besucht –

und Johann war in einem Nachbarhaus unweit davon aufgewachsen! Ungläubiges Kopfschütteln, Gelächter!

Erstaunlich, wie schnell und unkompliziert die Schwestern mit ihm kommunizierten. Das hätte ich ihnen gar nicht zugetraut. Der Bann des Schweigens, den andere jahrzehntelang über uns verhängt hatten, war rasch gebrochen, ein Tabu zerbröselt, das Geheimnis um Johann gelüftet und erzählt.

Wir aßen *anständig*, wie gesagt wird, auch Johann war ein *Fleischtiger*, wie wir alle. *Zum Schnitzel ein Bier, das ist meins,* sagte er und lachte. Jemand stieß ein Glas um. Jemand war unachtsam und hörte nicht hin, als eine Kellnerin die Speisen servierte, und wurde getadelt. Der Säugling wurde herumgereicht, bewundert, hochgehoben. Das Baby begann zu schreien und wurde zur Mutter zurückbeordert. Frei flottierten die Gesprächsthemen, die in der ganzen Runde besprochen wurden. Dann zerflatterte die Konversation wieder in Einzelgespräche.

Auch an den Nebentischen saßen Familien mit Kleinkindern, mit jungen Müttern, die Kinder fütterten und Säuglinge stillten. Niemand nahm Notiz von unserem Tisch. Nach dem Essen traten wir vor das Lokal und stellten uns zu einem gänzlich unprätentiösen Gruppenbild zusammen mit Johann in der Mitte. Dann gruppierte sich ein Geschwisterbild, streng dem Alter nach. Ulrike gab die Regeln vor. Kurz darauf musste sich die Gruppe noch einmal für ein Foto aufstellen, weil in der Zwischenzeit auch Hanna eingetroffen war. Sie konnte ihr Erstaunen über den neuen Onkel allerdings nicht im Zaum halten und lachte schallend auf. Du siehst ja aus wie unser Opa, sagte sie Johann lachend ins Gesicht. Sie hatte von meinem Verdikt, Johann nicht darauf anzusprechen, nichts mitbekommen. Allgemeines Gelächter, Johann lachte mit.

So endete der Tag. Judith brachte erst Johann, dann mich nach Hause. Ich merkte, wie dankbar Johann für das Treffen war. Er hatte seinen Platz in der Runde bekommen und gefunden, seine Geschichte war nicht ständig Thema beim Treffen gewesen, er war einfach mit und dabei gewesen, hatte auch seinen Großneffen einmal in Händen gehalten.

Ein schöner Tag, sagte er beim Abschied zu mir. Wir wussten, dass sich dieses Treffen wiederholen würde.

Ich war ein bisschen betrunken, als ich in der Wohnung ankam. Erst in der Stille meiner vertrauten Umgebung gelang es mir, eine Art Übersicht über meine Gefühle zu bekommen. Erst jetzt merkte ich, wie die Anspannung des Tages von mir wich. Da war das Gefühl einer Beruhigung. Einer Sattheit. Einer Befriedung. Mein Wunsch, es gut zu machen, wirkte für den Moment erfüllt.

Für einen Augenblick hatte ich das Gefühl, noch einmal das Haus meiner Kindheit zu betreten, die Wohnküche, in dem der Vater bis zu seinem Tod gelebt hatte. Er saß am Esstisch, darauf ein Weinglas, ein Buch und ein Stapel Spielkarten. Als ich eintrat, sah er mich fragend an.

Spätabends saß ich über einem neuen Lieblingsakkord, den ich ein paar Tage vorher im Netz *entdeckt* hatte. Skurrilerweise gibt es auch im Jazz die Praxis, wie in der Naturwissenschaft Erfindungen mit dem Namen ihres Schöpfers zu verbinden. Existieren in der Naturwissenschaft die Heisenbergsche Unschärferelation, die Mercalli-Skala oder der Furnier-Punkt, der den Punkt als Einheit der Schriftgröße festlegte, so wird im Jazz zum Beispiel die Technik, in Blockakkorden zu spielen, George Shearing zugeschrieben. Mein neu entdeckter Akkord wurde nach dem amerikanischen Pianisten Kenny Barron *Kenny Barron Chord Voicing* benannt. Spielte man die Töne des Akkords in enger Lage, erklang ein breiiger Cluster, wie wenn man seine Handfläche auf die Tastatur drückte und gleichzeitig die ersten sechs Töne einer Dur-Tonreihe spielte. Wenn man dieselben Töne aber in weiter Lage voneinander entfernt spielte, lag ein offener, wohlklingender Moll-11 Akkord vor, der, verschoben, in der Dur-Variante einen Akkord mit der # 11 ergab. Ein Akkord, der mich beinahe ein wenig süchtig machte.

Während ich diesen Sound in verschiedenen Tonarten probierte und regelrecht in seinem Klang badete, läutete das Telefon. Es war nach zweiundzwanzig Uhr, normalerweise rief mich um diese Zeit niemand mehr an.

Am Telefon war überraschenderweise Ulrike. Ich hoffe, ich darf noch so spät stören, sagte sie.

Wenn es nichts Tragisches ist, gern, meinte ich.

Wir sind ja fast nicht zum Reden gekommen heute, sagte sie. Es war ihr ein Bedürfnis, sich bei mir dafür zu bedanken, dass ich den Kontakt mit Johann hergestellt und das Treffen arrangiert hatte. Das hat mich ziemlich aufgewühlt heute, sagte Ulrike. Ich bin noch immer ganz durcheinander. Es war gut für uns alle, dass wir uns in dieser Zusammensetzung begegnet sind. Und schön, dass Johann das erleben konnte, sagte Ulrike. Auch meinen Kindern hat das gefallen, wieder einmal mit ihren Verwandten mütterlicherseits zusammenzukommen, sagte sie. Familien wachsen in der Regel von unten nach, von der Jugend, warum soll nicht einmal jemand Älterer dazukommen, sagte sie und lachte. Eines geht mir aber nicht mehr aus dem Kopf, sagte Ulrike. Etwas, das ich dir erzählen wollte, wenn du einen Augenblick Zeit hast, sagte sie.

Bitte, sagte ich. Ich habe Zeit.

Mir ist in den letzten Tagen etwas eingefallen, was ich vergessen hatte. Oder vielleicht auch verdrängt. Es gibt ja Dinge, die sehr weit zurückliegen. Die einem vielleicht einen Moment lang bedeutend vorkommen. Und die man dann wieder vergisst. Weil das Leben weiter geht.

Du machst mich aber neugierig, sagte ich.

Für dich war ich immer die Ältere, sagte Ulrike. Als wir Kinder waren, hast du mich wahrscheinlich nur als Internatsschülerin wahrgenommen, die wenig bis gar nicht mehr zu Hause war. Was ich erzählen will, geschah aber schon vorher. Ich war vielleicht neun, zehn Jahre alt, sagte Ulrike, ich ging noch zur Volksschule, du warst ein Kleinkind, das ich manchmal im Kinderwagen durch den Ort geschoben habe, Judith war gerade erst zur Welt gekommen. Einmal haben die Eltern mit dir und Judith einen Ausflug gemacht oder ihr habt jemanden in der Nähe besucht, so genau weiß ich das nicht mehr. Ich blieb für ein paar Stunden allein zu Hause und konnte machen, was ich wollte. Gelegentlich habe ich bei so einem Anlass ein wenig in den Schränken unserer Eltern gestöbert, Fotoalben angeschaut, Kleider probiert und so weiter. An dem besagten Nachmittag kam ich an ein paar Ordner von Vater. In einem hatte er Gedichte von sich gesammelt, die er für verschiedene Anlässe geschrieben hatte. Ich glaube, mich zu erinnern, dass ich einmal bei einer Bischofsvisite eines aufgesagt habe, erzählte Ulrike. In einem anderen Ordner befanden sich persönliche Dokumente von Papa, eine Geburtsurkunde, ein Staatsbürgerschaftsnachweis, Zeugnisse für den Beruf, was weiß ich. Irgendwo in diesem Ordner stieß ich auf ein amtliches Dokument, das auf gelbliches Papier gedruckt war. Das weiß ich noch. Für mich war das ziemlich verwirrend. Einerseits habe ich nicht verstanden, was in dem Dokument erklärt wurde. Soweit ich mich erinnern kann, habe ich auf dem Blatt das Wort *Unterhaltsleistung* gelesen. Ich hatte das Wort vorher nie gehört und wusste auch nicht, was damit gemeint war. In dem Dokument waren Namen eingetragen. Einmal der Name unseres Vaters. Und andererseits stand da der Name eines Kindes, der mir gänzlich unbekannt war. Ich war so erschrocken, als ich das las, dass ich den Ordner geschockt in den Schrank zurückstellte.

Als du uns vor Kurzem bei unserem Spaziergang um den See erstmals von Johann erzählt hast, ist mir dieses Erlebnis von damals wieder eingefallen. Nach mehr als fünfzig Jahren, verstehst du! Niemals habe ich mit jemandem darüber gesprochen. Ich habe mir in meinem Schrecken nicht einmal den Namen des Kindes gemerkt, nichts. Ich weiß nur noch, dass ich ein paar Wochen später, als ich wieder einmal allein zu Hause war, noch einmal zum Schrank ging und den Ordner mit den Dokumenten herauszog. Aber da existierte kein Dokument mehr! Es existierte nicht mehr! Hatte ich mir alles nur eingebildet? Verstehst du?

Ich merkte, wie Ulrike um ihre Fassung rang.

Seither ist mehr als unser halbes Leben vergangen. Niemand hat je darüber geredet. Dein Vater nicht, und deine Mutter, meine Stiefmutter, auch nicht. Niemand. Ich war ein Kind damals. So habe ich dann tatsächlich geglaubt, dass ich mir das Ganze nur eingebildet habe. Das Vorkommnis ist abgetaucht, verschwunden, was weiß ich, wohin. Ehrlich gesagt, ich habe diesen Zettel, den es vielleicht ja nie gab, einfach vergessen. Bis du uns von Johann erzählt hast.

Ich weiß gar nicht, was ich dazu sagen soll, sagte ich.

Ich dachte, ich muss dir das erzählen. Es gibt Dinge, die wir wissen oder ahnen oder doch nicht. Es gibt ja viele Angelegenheiten unseres Lebens, über die wir ständig reden. Aber auch solche, über die wir hinwegsehen und über die wir lieber ein Leben lang schweigen. Wir können nichts zurücknehmen, was geschehen ist. Wir können das Leben unserer Eltern nicht mehr führen. Und wir brauchen es auch nicht. Wir können uns jetzt nur als die verhalten, die wir geworden sind: erwachsene Menschen. Wir werden Johann in unserer Familie einen Platz geben. Ich bin froh, dass er zu uns dazu gehört. Er ist ein Netter. Und er sieht unserem Vater wirklich verdammt ähnlich.

Wir schwiegen. Du sagst ja gar nichts, sagte Ulrike dann.

Schräg, sagte ich. Das heißt, du hast es gewusst. All die Jahre.

Nichts habe ich gewusst, sagte Ulrike. Ich war zehn Jahre alt. Ich lese einen Zettel, der mich verwirrt. Den es ein paar Wochen später schon nicht mehr gibt. Und den ich dann wieder vergessen habe.

23

Bei der Fahrt mit der Straßenbahn zur Uni merkte ich, dass mir das nächtliche Gespräch mit Ulrike noch nachhing. Ich brütete über einem Denkprojekt, dem ich den Titel *Eingemottete Erzählungen, gebunkerte Gefühle, verdrängte Marginalien* gab. *111 peinlich verdrängte Momente, an die Sie sich auf jeden Fall erinnern sollten.* Auf Anhieb fielen mir Ereignisse ein, an die ich ewig nicht mehr gedacht hatte oder die ich vielleicht noch nie jemandem erzählt hatte. Oder an die ich auch nicht mehr erinnert werden wollte.

Ich vergrabe einen Schatzinselplan im Garten und buddle den Plan nach Wochen wieder aus, um den Verwesungs-/Verwitterungsgrad des Papiers zu überprüfen (wenige Monate nach dem Tod meiner Mutter). Ich hetze eine Gans auf dem Kleinhäusleranwesen einer Tante zu Tode und werde dafür mit ein paar Stunden Einzelkarzer bestraft. Ich fahre mit dem Vater in die Kleinstadt in der Annahme, einen Ferienjob im Büro einer Firma antreten zu können. Bei der Ankunft dort stellt sich heraus, dass ich in einer Werkstatt arbeiten soll. Ich mache auf der Stelle kehrt. Ich klaue aus einer Geldbörse (meiner Mutter?) einen Zwanzigschilling-Schein, reiße ihn in Stücke und deponiere die Geldreste vor der Eingangstür von Nachbarn. Ich stehle mit einem Freund Eier aus dem Heustadel eines Bauern und zerdepsche die Eier an der Stadelwand. Mit einem Dreirad fahre ich einen Teil einer Futterwiese nieder und hinterlasse (wieder mit einem Freund) auf der niedergetretenen Stelle einen Scheißhaufen. Eine ältere Schülerin erwischt uns und fotzt uns ab. Beim Schlangestehen in der Schulausspeisung schmiere ich einem Mädchen aus einer anderen Klasse eine. Grundlos. Jahrzehnte später erinnert sie mich daran. Ich hatte den Vorfall einfach vergessen.

Wie hatte Ulrike gemeint? Es gäbe Dinge, über die wir lieber ein Leben lang schweigen. Noch in der Straßenbahn sitzend, hatte ich dieses Projekt bereits wieder verworfen. In der *Causa Johann* ging es wohl nicht um längst vergessene Kinderstreiche. Am Nachmittag rief ich Johann an und vereinbarte mit ihm einen Termin zum Interview.

24

Um in Ruhe miteinander sprechen zu können, hatten wir uns in meiner Wohnung verabredet. Johann war pünktlich gewesen, ich hatte ihm Kaffee gemacht, dann hatte ich meinen Audiorekorder auf den Tisch gelegt und auf den Aufnahmeknopf gedrückt.

Ein paar Tage später saß ich nun vor dem Gerät am Küchentisch und stöpselte mir Kopfhörer in die Ohren, um die Aufnahme abzuhören. Mir fiel auf, wie vertraut und unverkrampft wir miteinander sprachen. *Auf los geht's los:* Das war Johanns erster Satz.

Beim Wiederhören merkte ich, dass mein Fragestil in keiner Weise den Anforderungen an ein narratives Interview entsprach, die ich meinen Studierenden an der Uni einbläute. Mir waren beinahe alle Fehler unterlaufen, die möglich waren. Ich unterbrach zu viel, ich fragte zu eng nach, ich erzählte plötzlich eine Episode aus unserer Familiengeschichte. Aus dem geplanten Interview war unversehens ein unstrukturiertes Gespräch geworden. Sofort kippte Johann in seine frühe Kindheit und erinnerte sich daran, wie er als Knirps die Mutter mit ihrer neuen Bekanntschaft, seinem späteren Stiefvater, auf einem Spaziergang begleitet hatte. Früh hatte er sich von diesem zurückgewiesen gefühlt. Scheinbar banale Momente des Alltags waren das gewesen, die ihn als Kind im Kern verletzt hatten. Beim Besuch des Linzer Jahrmarktes hatte er nicht ein Mal mit einem Fahrgeschäft fahren dürfen und auch keine Süßigkeiten erhalten.

Kannst du dir das vorstellen, was das geheißen hat? Er hat überhaupt kein Gefühl gehabt, für die Mutter nicht und für mich auch nicht.

Mit einem Mal hatte er als Kind das Sprechen für längere Zeit eingestellt. Ein Verhalten, das sich Johann auch nach Jahrzehnten noch nicht erklären konnte. Einmal war er vom Stiefvater aus dem elterlichen Haus ausgesperrt worden und hatte für einige Zeit bei Nachbarn geschlafen. *Da habe ich geflennt. Ich bin ohne Liebe aufgewachsen.* Als er einmal seine Schwester wegen einer Kleinigkeit tadelte, war er mit dem Stiefvater in Streit geraten. *Kannst gleich a Fotzen haben! – Hau her.* Daraufhin hatte der Stiefvater dem bereits Sechzehnjährigen ins Gesicht geschlagen. Nur bei den Großeltern habe er sich wohl gefühlt. Die Großmutter habe ihm täglich eine Jause zur Schule mitgegeben, der Stiefvater sei aber sogar darauf neidisch, *neidig,* gewesen. *So viel Brot!* Und habe ein Osterei seiner (Halb-)Schwester zugesprochen.

Auch Erinnerungen seiner Mutter, die sie ihm vor Jahrzehnten einmal mitgeteilt hatte, fielen Johann ein. Die Mutter war in einfachen Verhältnissen aufgewachsen. Ein Geschwister von ihr war häufig *in die Fraisen* gefallen. Während eines Gewitters saß es auf dem Topf. Als es plötzlich laut donnerte, stürzte es zu Boden und starb. Die Mutter selbst hatte als Kind an Rachitis gelitten, erzählte Johann. Der Großvater habe sie in einem *Buckelkorb* auf dem Rücken mehrere Kilometer zu einer *Wenderin* getragen.

Das Ganze war – ich weiß nicht, wie ich es bezeichnen soll.

In der Schulzeit war Johann, das ledige Kind, von Schulkameraden gehänselt worden. *Der hat mich sekkiert. Die sind losgegangen auf mich.*

Dass er ein schneller und wendiger Läufer gewesen war, habe ihm geholfen. *Ich war ein Ausgesuchter beim*

Völkerball. Plötzlich fielen Johann Streiche ein, die er mit Freunden ausgeheckt hatte. *Ich war ein ruhiger Kerl, obwohl ich ein Lauser war. Trotz allem war ich irgendwie still. Ich habe nie was geredet, allgemein nicht.*

Obwohl er noch keine dreizehn Jahre alt gewesen war, war Johann zu einem Bauern gekommen, um das Vieh zu hüten (wie sein leiblicher Vater, dachte ich, während er mir das erzählte). Dort war es ihm gut gegangen, er habe genug zu essen bekommen, die Bauersleute hätten auch mit ihm geredet. In der Früh habe er bei der Stallarbeit helfen müssen, bei der Kleemahd habe es vorkommen können, dass er um vier Uhr früh aufstehen musste. Dabei sei ihm das Aufstehen stets schwer gefallen, er sei immer schon ein Abendmensch gewesen. Am Abend habe er unter der Bettdecke mit einer Taschenlampe gelesen. Das Lesen sei eine Lieblingsbeschäftigung von ihm gewesen, auch wenn er sich jetzt an keine Buchtitel mehr erinnern konnte. Sogar beim Viehhüten habe ihn einmal jemand beim Lesen erwischt und gedroht, ihn zu *verschuften*. Bis heute könne er keine alten Zeitungen wegschmeißen, die er nicht vorher noch einmal durchgesehen hatte. Wir grinsten uns an, als wir diese Gemeinsamkeit zwischen uns entdeckten.

Der Großvater habe als Schuster im Haus gearbeitet, zu dem die Leute aus der Nachbarschaft ihr Schuhwerk zum Reparieren brachten. Johann habe den Großvater darin unterstützt, den Kundschaften die reparierten Schuhe zurückzubringen. An einem sehr heißen Tag war der knapp Dreizehnjährige zu einer Kleinhäuslerfamilie marschiert, um Schuhe, die fertig ausgebessert waren, zu retournieren. Der Mann habe ihm ein Glas Most angeboten, der Bub habe den Most getrunken, dann noch ein Glas und möglicherweise noch ein weiteres und sei dann betrunken nach Hause gegangen. Der Vorfall habe in der ganzen Umgebung die Runde gemacht, der Kleinhäusler war sogar zum Pfarrer zitiert worden und hatte sich dort eine Moralpredigt anhören müssen.

Nach der Schulzeit hatte sich für Johann die Möglichkeit ergeben, in der Nähe der Großstadt eine Lehre in einem Schusterbetrieb zu absolvieren. Dort hätte er auch Logis und Mittagessen bekommen. Der Stiefvater habe ihm aber beschieden, dass er es sich nicht leisten konnte, für die Unterbringung zu zahlen. So sei Johann wieder zu einem Bauern gekommen und erst einige Zeit später zu einem Schustermeister in die nahe Bezirksstadt, in eine Familie, die mit vier behinderten Kindern zurechtkommen musste.

Irgendwann während des Gespräches legte Johann mir eine Geburtsurkunde vor, die ausgestellt worden war, als er zehn Jahre alt gewesen war. In diesem Dokument war die *Änderung,* dass unser Vater die Vaterschaft des Kindes anerkannte, bereits eingetragen. Ich zeigte ihm das Dokument mit der Erklärung der Vaterschaft, ausgestellt wenige Monate nach Johanns Geburt. Dann lag aber noch eine Geburtsurkunde vor uns, in der der Vater *nicht* angeben war. Widersprüche, die wir uns beide nicht erklären konnten. Wir mussten darüber lachen.

Wieder kam die Rede auf den Nachbarn und Onkel, den sich Johann als Firmpaten ausgesucht hatte. Johann hatte ihn aufgrund seiner vielseitigen handwerklichen Fähigkeiten sehr geschätzt. *Er war allerhand Genie,* so drückte Johann sich wörtlich aus. Schließlich fragte ich ihn noch einmal nach den wenigen persönlichen Begegnungen mit seinem Vater. Eine kam mir beim zweiten Zuhören beinahe kurios vor. Offenbar hatte der Vater (der das Dorf verlassen hatte, als Johann etwa elf Jahre alt gewesen war) bei Urlauben gelegentlich wieder Kühe auf dem Anwesen seines Bruder gehütet. Einmal waren sich Vater und Sohn beim Kühehüten sogar direkt begegnet. *Dann hab ich meine Kühe bei ihm vorbeigetrieben, da hat er mir einen Apfel gegeben,* erzählte mir Johann.

Und, habt ihr da nicht geredet miteinander, fragte ich.

Keine Erinnerung mehr, sagte Johann.

Und hast du von dieser Begegnung deiner Mutter erzählt, fragte ich.

Sicher nicht, sagte Johann.

Auch auf das Begräbnis des Vaters, an dem er mit der Mutter teilgenommen hatte, kamen wir noch einmal zu sprechen. *Kann mich erinnern, dass ich euch gar nicht Beileid gewunschen habe,* sagte Johann. Am Friedhof sei er ans offene Grab getreten und habe Erde in die Grube geworfen und uns, meine Geschwister und mich, stehen gesehen: *Dann seid ihr da gestanden,* sagte Johann, und er habe sich gedacht: *Ob ich was sagen soll oder nicht, die wissen gar nichts von mir. Habe mir nichts zu sagen getraut.*

Wir schwenkten zurück in Johanns Jugendzeit. Damals hatte er viel Zeit im Dorfwirtshaus verbracht. Freunde von ihm hätten musiziert. Jeden Sonntag habe er sich nach der Kirche Aufschnitt im Kramerladen gekauft und dann auf Mitspieler gewartet. Oft habe man bis zehn Uhr am Abend geschoben. *Das war eine schöne Zeit.* Nur ums Geld sei es gegangen. Drei gegen drei und vier gegen vier. *Was du hast, das hast du.* So wurde aufgeschrieben. Einem Alteisenhändler habe er einmal fünfhundert Schilling an einem Tag abgeknöpft. Blöderweise habe die Tochter des Alteisenhändlers die Kegel aufgestellt und daher mitbekommen, dass der Vater viel Geld verlor. Sie petzte zu Hause, der Alteisenhändler bekam daheim *Schwierigkeiten* mit seiner Frau.

An drei Sonntagen hintereinander habe Johann mehr als tausend Schilling gewonnen, das sei damals viel Geld gewesen. Später habe er mit dem Stockschießen begonnen, in Winter auf Eisbahnen, gelegentlich auch mit seinem Firmpaten, im Sommer auf Asphalt, bei mehreren Vereinen in der Nähe der Landeshauptstadt. *Ich war ein Wiffzack, auf der anderen Seite aber dumm,* sagte Johann im Gespräch plötzlich. An der Stelle hatte ich nicht nachgefragt.

In der Zwischenzeit arbeitete er längst beim Schuster in der Bezirksstadt. Er war der einzige Lehrling, sein Chef hatte keine Freude mehr am Beruf gehabt und ging lieber Postaustragen, sodass Johann und eine Aushilfe die ganze Arbeit mit den Schuhen machen mussten. Nach dreieinhalb Jahren hatte er dann ausgelernt. Dem Militärdienst war er *ausgekommen.* Wegen einer schiefen Hüfte schickte man ihn bei der Stellung gleich wieder nach Hause. Der Chef bot ihm später sogar die Übernahme des Betriebes an. Gott sei Dank habe er abgelehnt. Mit nicht einmal neunzehn Jahren sei er dann nach Linz gegangen. Zuerst wohnte er bei seiner Taufpatin, später in einer Bude, in der im Winter das Wasser gefror und es von oben hereinschneite, weil der Plafond fehlte. Vorerst arbeitete Johann wieder in einer Schuhwerkstatt, wo alles schwarz ausgezahlt wurde. Er wollte sich beruflich verbessern und schaute sich in einer Firma um, bei der ein Chauffeur gesucht wurde. Als er aber hörte, dass die Firma bald aufgelöst würde, *bin ich wieder abgehaut*. In diesen Jahren habe er viel getrunken und gespielt, in Kneipen in der Stadt und in Landgasthäusern. Karten und Kegeln. Später habe er Wettkämpfe in einem Stockschützenverein bestritten.

Im Stahlwerk wurden Arbeiter gesucht. Johann fuhr direkt in die Personalabteilung und wurde sofort eingestellt, zuerst als Schmierer. Als ihn der Obermeister fragte, ob er nicht Schlosser werden wolle, begann er eine Ausbildung in der Lehrwerkstatt. Aus dieser Zeit habe er sich die Fähigkeit und die Lust erhalten, anderen Menschen zu helfen und sie handwerklich zu unterstützen.

Habe ich schöne Zeiten gehabt, sagte Johann. Und gearbeitet habe er viel, manchmal bis zu vierundneunzig Dienststunden pro Woche. Jahrzehntelang habe er als Schichtler gearbeitet, acht Stunden pro Nacht. Daneben habe er auch noch gepfuscht bei einem Hausschuhmacher, bei dem er *Schlapfen* produziert habe. Oft habe er auch Dienst am Wochenende geschoben. Ich hörte die Begriffe *Tagzwölfer, Nachtzwölfer*, zwölf Stunden Dienst am Stück. Das war heute gar nicht mehr erlaubt. Begriffe, die nach Schweiß, nach Hitze, nach Lärm, nach Staub, nach Bier und Wurstsemmeln klangen. Ich hörte Johann zu, ich hörte die Aufnahme ab und sah mich spätabends im Studiersaal des Internats sitzen und über die Stadt in die gelblichen Staubwolken des Stahlwerkes schauen. Keine Ahnung hatte ich gehabt, dass nur wenige Kilometer entfernt ein Bruder von mir im Stahlwerk *tschinallte*, während ich Lateinvokabeln paukte und Gleichungen zu lösen versuchte. Zwei Leben wie auf verschiedenen Planeten, deren Bahnen sich sehr selten direkt kreuzten. Und wenn, dann ohne dass ich davon wusste. Ich schaute aus dem Fenster meiner Wohnung und blickte in den Innenhof. Mein Nachbar, der türkische Privatdetektiv, war eben aus dem Büro in den Hof getreten und zündete sich eine Zigarette an. Mir war aufgefallen, dass er das regelmäßig um diese Zeit am Vormittag machte. Er wusste nicht, dass ich ihn von oben beobachtete. Ich wusste nichts von ihm, nahm nur diesen winzigen privaten Ausschnitt aus seinem Leben wahr. Ein Mensch sog ein paar Minuten lang an einer Zigarette, genoss ein kurzes Alltagsritual und wurde dabei von einem Fremden beobachtet, ohne es zu wissen.

Ich versuchte mich wieder auf Johanns Erzählung zu konzentrieren. In Linz lernte Johann seine Frau kennen, die in einem stadtbekannten Restaurant als Serviererin arbeitete. Beide waren sehr jung, als sie heirateten. Bald wurde eine Tochter geboren. In diesen Jahren habe er sich vor lauter Arbeit wenig um seine Familie gekümmert. Sie hätten einander oft tagelang nicht gesehen. Von seiner Tochter blieb ihm der Satz hängen: Wann sehe ich den Papa wieder? Als Nachzügler kam später dann der Sohn zur Welt. *Damals war für mich einfach das Wichtigste, dass wir Geld haben.* Johann konnte eine Wohnung kaufen und baute sie aus. Er war erst zweiundzwanzig Jahre alt. Seine wenige Freizeit verbrachte er mit Freunden. Die Familie habe darunter gelitten. Da habe ich viele Fehler gemacht, sagte Johann. Später habe ihm das leid getan. Aber ein Ziel war erreicht.

Zu dieser Zeit waren viele aus den ärmlichen Dörfern im Hügelland in die Stadt als Schichtarbeiter aufgebrochen, viele pendelten von da an jahrzehntelang täglich zur Arbeit und abends wieder zurück. Damals galt man etwas im Dorf als Stahlarbeiter, als *Koks-stierler*, auch im Vergleich mit denen, die zu Hause geblieben waren und ihre Keuschen und Nebener-werbshöfe mit Mühe bewirtschafteten. Nicht wenige gaben auf und verscherbelten Werkzeuge, Arbeitsge-räte und alte Möbel an Altwarenhändler.

Johann war in die Stadt gezogen und hatte die Enge des Dorfes verlassen, genoss die Vertrautheit seiner kindlichen Umgebung aber an den Wochenenden. Auch Urlaube verbrachte er nach wie vor zu Hause und half in der Landwirtschaft der Eltern mit. Während Johann erzählte, erinnerte auch ich mich an Besuche bei Ver-wandten. Beim Heuen war jede Hand gebraucht wor-den. Ganze Familien standen nebeneinander auf den gemähten Wiesen und wendeten das Heu oder luden es auf knarrende Leiterwagen, die manchmal noch von Ochsen gezogen wurden. Der wirtschaftliche Auf-schwung kam ein paar Jahre später.

Irgendwann einmal hatte uns das Gespräch erschöpft und ich hatte den Rekorder ausgeschaltet. Wir hatten es auch nicht wirklich zu Ende geführt. Wir hatten Hunger bekommen und waren in der Nähe meiner Wohnung in ein Lokal Mittagessen gegangen.

Als wir uns verabschiedeten, erzählte mir Johann, dass Frau Walkowiak plötzlich verstorben war. In der Wohnung gestürzt, sagte Johann. Oberschenkelhals-bruch. Krankenhaus. Embolie und aus. Ihre Tochter hat mich angerufen. Eigentlich wollte ich ihr dem-nächst beim Entrümpeln des Kellers helfen. Jetzt gehe ich Ende dieser Woche zu ihrem Begräbnis. Schnell kann es gehen.

Er sah mich an.

Wenn sie nicht gewesen wäre, hätten wir uns wohl noch immer nicht getroffen. Dann hätte ich dir jetzt nicht aus meinem Leben erzählt.

Abends rief Gabriele auf meinem Handy an. Ich überlegte, ob ich den Anruf wegdrücken sollte, dann hob ich doch ab.

Gabriele, du? Ich dachte schon, dich gibt's gar nicht mehr, sagte ich.

Ich spürte plötzlich, wie ich weiche Knie bekam. Eine noch nicht ausgereifte Kränkung saß einsatzbereit neben mir. Gabriele kam gleich zur Sache.

Weswegen ich dich anrufe, Gregor, sagte sie.

Selten, dass sie mich mit Vornamen ansprach.

Zuerst einmal eine gute Nachricht. Die Festschrift für Fischer ist fertig und geht am Montag in Druck. Ich denke, wir können zufrieden sein, sagte sie.

Und wie bist du mit Wuttkes Beitrag verfahren, fragte ich.

Wir haben einen Weg gefunden. Wuttke ist im Band vertreten, Schwamm drüber, sagte Gabriele. *Darüber* wollte sie offenbar nicht mit mir reden.

Was ich dir sagen wollte, sagte sie. Wir trennen uns. Mein Mann und ich. Vergangene Woche waren wir am Gericht bei der Mediation. Alles im Laufen. Eine anstrengende Tortur, die sich da abzeichnet. Wir werden eine Einvernehmliche hinbekommen. Es hat viel Kraft gekostet. Das erzähle ich dir ausführlicher, wenn wir uns wieder einmal treffen.

Starker Tobak, sagte ich. Du krempelst jetzt dein Leben um, oder wie sehe ich das?

Sie lachte kurz auf. Richtig geraten, sagte sie. Deswegen rufe ich dich an. Bevor du es von anderen erfährst. Ich gehe nach Wien. Das ist das Ergebnis eines Entscheidungsprozesses, der sich in den letzten Monaten abgespielt hat.

Wegen deines neuen Freundes, fragte ich. Oder gibt es den nicht mehr?

Nicht hauptsächlich, sagte Gabriele. Die beruflichen Gründe waren ausschlaggebend. Ich nehme eine Honorarprofessur am Institut bei Ilse Dorisch an. Sie wollte, dass ich komme, und hat sich für mich entschieden. Gestern habe ich mit der Uni verhandelt. Ich beginne im Sommersemester.

Einen Moment lang sagte ich gar nichts.

Da bin ich aber überrascht, sagte ich dann. Das kommt ziemlich plötzlich. Sofort war mir Wuttkes Andeutung in der Mensa eingefallen. Ich erwähnte nichts davon.

Mich hat es ehrlich gesagt gewundert, dass du dich nicht beworben hast, sagte Gabriele. Wäre doch auch ein Job für dich gewesen.

Davon höre ich so konkret zum ersten Mal, sagte ich. Mich hat jedenfalls niemand kontaktiert.

Sowas kann man auch in Erfahrung bringen, wenn man will, sagte Gabriele knapp.

Die Stelle war regulär ausgeschrieben, fragte ich naiv.

Geht doch nicht anders.

Und du hast vorgesungen?

Natürlich. Kein sehr angenehmer Vorgang. Umso angenehmer, wenn man dann als Erstgereihte aussteigt, sagte Gabriele.

Du hast mir nie was von deinen Plänen erzählt, sagte ich. So selten haben wir uns ja auch nicht getroffen, dass dazu nicht Gelegenheit gewesen wäre.

Du hast mich nicht danach gefragt, sagte Gabriele kühl. Egal. Ich wollte es dir selber sagen. Wenn es dich kränkt, tut es mir leid. Vielleicht können wir unsere Zusammenarbeit bis zum Semesterende noch versöhnlich ausklingen lassen.

Ich atmete tief durch. Ich spürte, wie sich eine Kröte auf meine Brust setzte. Eine Enge umklammerte mich. Einen Augenblick lang überlegte ich, ob ich ihr von Johann erzählen sollte. Ich tat es dann doch nicht.

Und deinen Lover gibt es noch, fragte ich. Ich sagte *Lover*. Ich hatte dieses Wort in einer deutschsprachigen Alltagsunterhaltung noch nie verwendet. *Erstverwendung wie Erstaufführung,* dachte ich.

Ja, den gibt es noch, sagte Gabriele. Mal schauen, wie sich die Sache entwickelt.

Wir schwiegen.

Na ja, sagte ich. Dann möchte ich dir zu diesem Karriereschritt herzlich gratulieren. Klingt vielleicht nicht sehr überzeugend, gab ich zu.

Ich kann verstehen, dass die Nachricht bei dir zumindest – Gabriele zögerte weiterzusprechen – ambivalente Gefühle auslöst, sagte sie.

Ambivalent ist gut, sagte ich.

Es fiel mir schwer, zuzuhören. Ein paar belanglose Sätze pendelten zwischen uns hin und her. Dann legte ich auf. Mir war selbst nicht ganz klar, was da zwischen uns schiefgelaufen war.

Ich machte mir Tee. Ich schaute eine Nachrichtensendung im Fernsehen. Die Welt in flackernden Bildern, aufbereitet in fünfzehn Minuten, der normale Wahnsinn: Ein Selbstmordattentäter tötete bei einer Trauerfeier im Irak achtundzwanzig Menschen. In Indien kam es zu einer Massenpanik unter Pilgern auf einer Brücke, die zum Ganges führt. Auf einer UN-Konferenz in Ruanda einigten sich zweihundert Staaten auf ein internationales Abkommen zur schrittweisen Abschaffung von Fluorkohlenwasserstoffen. Ein Drogenkurier vergaß eine Tasche mit Marihuana im Zug. Im Waldviertel gab es einen Frontalzusammenstoß zweier PKW, ein Mitarbeiter der Feuerwehr lieferte die Bilder.

Ich schnitt eine Orange durch und schälte die eine Hälfte. Beim Schälen floss Fruchtsaft auf den Esstisch. Dort war noch ein roter Fleck von einem Rote-Rüben-Salat zu sehen. Ich schaute in den Innenhof. Unten vor dem Büro des Privatdetektivs standen zwei Männer und rauchten. Einer der beiden war der Türke. Er gestikulierte wild vor dem anderen. Die Spitze seiner Zigarette sauste wie ein Glühwürmchen hin und her. In der Wohnung gegenüber, in der die junge Frau namens Jasmin gewohnt hatte, war es dunkel. Am Ende des Weges warteten die Antworten, hieß es auf ihrer Parte.

Ich schaltete den Computer ein und blieb zufällig bei einer Solo-Nummer von Keith Jarrett hängen. Der amerikanische Spitzenpianist war am Höhepunkt seiner Karriere plötzlich von einer Müdigkeitserkrankung befallen worden und hatte einige Zeit nicht mehr auftreten können. Nur für seine Frau hatte er Jazzstandards im Keller seines Hauses aufgenommen, ohne Virtuosität, schnörkellos, aber mit großer Intensität. Ich hörte mir die Aufnahme an und fand später auch eine Transkription dieser Nummer, die ein Freak angefertigt hatte. Es handelte sich um den Song *Blame it on my Youth* des Musicalkomponisten Edward Heymann. Über die Jahrzehnte hatte sich die Nummer zu einem viel gespielten Standard entwickelt. Ich las den Text: *You were my adored one / ... / And I was like a toy that brought you joy one day / A broken toy that you preferred to throw away. /... / If I expected love when first we kissed / Blame it on my youth... /* Am Ende hieß es: *And if I cried a little bit when first I learned the truth / Don't blame it on my heart / Blame it on my youth.*

In meiner Spätabendmelancholie bezog ich naturgemäß den Text auf mich. Einiges, was der Songwriter da formuliert hatte, traf erstaunlicherweise auf meine Geschichte mit Gabriele zu. Bis auf den Titel der Nummer. *Blame it on my Youth.* Diese Aussage stand mir als Begründung leider nicht mehr zur Verfügung. Beim nochmaligen Hören der Nummer wurde mir klar, dass das *Projekt Gabriele* zu Ende war. Vielleicht hatte es auch gar nicht stattgefunden.

Am Sonntag spielte ich bei *Brunch mit Musik*. Das Restaurant war schwach besucht, die Leute nützten das schöne Wetter für Ausflüge. Nach dem ersten Set ging ich mit Wieser hinaus neben den Eingang. Wieser rauchte. Rauchpausen vor dem Lokal waren im Prinzip verboten. Wieser übersah das generös. Bis auf eine Aushilfskraft und das Küchenteam war niemand da, der ihn zusammenpfeifen konnte. Zwei Frauen marschierten ins Gespräch vertieft an uns vorbei und zum Casino-Eingang, wo sie verschwanden. Eine von ihnen hatte ich sofort identifiziert: Birgit Firleis, die Tante meiner Studentin. Auch ihre Begleiterin in einem auffälligen roten Mantel kam mir bekannt vor. Sie trug eine Sonnenbrille, die sie schick in die Haare geschoben hatte. Ich hatte keine Erinnerung mehr an den Moment, als ich sie getroffen hatte.

Unsere Stammgäste trudeln ein zur Sonntagnachmittags-Unterhaltung, kommentierte Wieser die Passantinnen trocken.

Stammgäste, fragte ich.

Ich kenne doch meine Pappenheimer, sagte er.

Woher weißt du das?

Von oben, sagte Wieser und deutete hinauf zum Casino. Die Breitenberger. Wieser sprach von der Kassiererin. Die hat ein Gedächtnis, frage nicht. Gegen die hat sogar ein Gesichtserkennungscomputer keine Chance. Die kennt alle und weiß alles über alle. Wie sie zocken und was sie dabei verzocken, sagte Wieser. Spricht sich doch schnell herum. Habe die Ehre, sagte er. Was ich über die Damen schon gehört habe. Bei Wieser klang der Ausruf des Erstaunens nach *Habederre*.

Was gehört, fragte ich.

Die stehen, glaube ich, bereits auf einer internen Sperrliste, sagte Wieser.

Die eine von den zweien hat mir ein Hörgerät verkauft, sagte ich.

Wieser grinste. Und der Mann der anderen ist ein hohes Tier, sagte er. Politiker. Er nannte den Namen. Sie kommt aber immer alleine her.

Jetzt fiel mir ein, wo wir einander begegnet waren. Bei der Party am Berg hatten wir kurz miteinander gesprochen.

In dem Moment kam Johann über den Park auf uns zu. Nach unserem Interview hatte ich ihm gesagt, dass ich am Sonntagvormittag Klavier spielte, und hatte ihn eingeladen, doch auf einen Kaffee vorbeizukommen. Johann hatte einen Begleiter mit, einen jüngeren Mann, der eine Kappe trug. Erstaunt sahen wir uns an.

Interessant, so sieht man sich wieder, sagte der junge Mann. Sie sind doch der Pianist.

Es war der Chauffeur, der mich vor Kurzem mit seinem Auto zu diesem Fest gefahren hatte. Der Hipster. Was machen Sie denn hier, fragte ich.

Mein Sohn, sagte Johann und lachte. Jetzt mussten wir alle drei lachen. Ich hatte keine Ahnung, dass ihr euch schon kennt, sagte Johann. Die Welt ist klein.

Wieser, der in die Küche gegangen war, servierte uns Kaffee an einem Tisch beim Fenster. Ich stellte ihm Johann vor. Ich deutete auf Werner. Und das ist sein Sohn. Also mein Neffe, verbesserte ich mich. Wir mussten wieder lachen.

Familienzuwachs, sagte Wieser trocken. Geht aber schnell.

Wir tranken Kaffee und scherzten. Redeten übers Wetter, über Fußball, schauten nach draußen in den Park. Kommentierten ein paar Passanten, die vorübergingen.

Ich bemerkte, dass Werner mich musterte. Schräg, sagte er. Dann bist du ja sozusagen mein Onkel. Mein Papa ist beim Stiefvater aufgewachsen. Der war für mich mein Opa. Als ich klein war, hat die Oma einmal von einem Großvater erzählt, den es geben sollte. Vom Vater von Papa. Der lebte aber irgendwo. Und hatte Kinder. Das war es dann aber auch. Der existierte nicht für mich. Den gab es gar nicht. Als Kind beschäftigst du dich nicht mit den Geschichten deiner Eltern. Ich habe auch nie mit Papa darüber gesprochen. Und in Wirklichkeit wohnen wir ewig in derselben Stadt und rennen uns vor Kurzem sogar über den Weg. Steil, echt, sagte Werner.

Ich erwähnte Hanna und erzählte Werner, dass er seine Cousine/Halbcousine möglicherweise bei dem Fest am Berg gesehen hatte. Jetzt glaubte er, sich an sie zu erinnern. Johann erzählte, dass ihn Hanna vorgestern angerufen hatte und sich noch einmal allein mit ihm treffen wollte. Sie ist neugierig geworden, sagte Johann. Bin ja eine Neuentdeckung. Die Rolle schien ihm nicht unangenehm zu sein.

Und jetzt spiel uns was vor, sagte Werner schließlich. Ich kann ja was anfangen mit Jazz, bei Papa bin ich mir da nicht so sicher.

Ich ging ans Klavier und suchte nach einem Lied, das Johann, der mir beim Interview erklärt hatte, dass er sich für völlig unmusikalisch halte, vielleicht doch kannte.

Dann spielte ich *Yesterday* von den Beatles.

Sie blieben länger als eine Stunde. Wir verabschiedeten uns, nicht, ohne drei Dinge vereinbart zu haben: Wir würden uns demnächst wieder einmal zum Essen treffen. Wir wollten gemeinsam einmal ein Spiel im Stadion besuchen. Und Johann würde mich in das Dorf seiner Kindheit mitnehmen und mich seinen Geschwistern vorstellen. Wir waren uns darin einig, dass wir auch die Gräber unserer Eltern besuchen sollten.

Abends ging ich in den Keller, um mir gefrorenes Gemüse für ein Risotto zu holen. Als ich das Kellerabteil betrat, ging Hüsch an mir vorbei und grüßte. Ich hörte, wie er die Treppe hinaufging und vor sich hin redete. *Tschack Bumm.* Im Gefrierschrank war kein Gemüse mehr. Für das Abendessen musste ich umdisponieren. Ich überlegte kurz, ob ich den Lift nehmen sollte, und ging dann doch zu Fuß. Im Vorratsschrank fand ich eine Dose Mais und eine mit Thunfisch.

Abends erhielt ich eine Mail von Reiter mit einem Foto als Anhang. Ich weiß ja, dass du nicht auf Facebook bist, schrieb Reiter. Schau dir die Aufnahme an. Wuttke hat doch recht gehabt, schrieb er.

Ich öffnete das Foto, es war ein Snapshot von der Facebookseite von Ilse Dorisch. *Willkommen im Klub!!,* schrieb sie. *Wir begrüßen unsere neue Mitarbeiterin in unserem Institut! Ab Herbst bei uns!* Unterhalb des Textes prangte ein Foto. Es zeigte links Ilse Dorisch und in der Mitte Gabriele. Seitlich neben Gabriele und ein wenig von ihr verdeckt stand ein Mann. Es war Minkler. Alle drei hielten ein Sektglas in der Hand. Hatte Minkler nicht seine Hand um Gabrieles Hüfte gelegt?

Abends surfte ich auf YouTube. Der amerikanische Pianist Brad Mehldau demonstrierte in einem Konzert, wie kurz der Weg von Johann Sebastian Bach zur Improvisation im Jazz war. Das Programm begann mit der üblichen Ansage eines Veranstalters. Kurz blieb die Bühne bis auf den Flügel leer, ehe Mehldau auftrat. Er legte das Tablet mit Noten beim Klavier ab und verneigte sich lächelnd in Richtung Publikum. Dann wendete er sich zum Bühnenhintergrund hin, blickte kurz nach oben und verbeugte sich wie vorhin. Er verneigte sich vor Bach.

Dann setzte er sich ans Klavier und begann zu spielen. Bachs C-Dur-Präludium aus dem zweiten Band des *Wohltemperierten Klaviers*. Die Musik berührte mich vom ersten Takt an. Mir fielen spontan Sätze ein, die ich vor Kurzem bei einem Begräbnis gehört hatte. *Er wird alle Tränen von ihren Augen abwischen: Der Tod wird nicht mehr sein, keine Trauer, keine Klage, keine Mühsal. Denn was früher war, ist vergangen.*

Oben das Haus.

Du stapfst durch den Schnee den Pfad hinauf, das Haus liegt knapp unterhalb des Passes. Hier wachsen keine Bäume mehr, die Latschen sind von Schnee bedeckt. Du warst noch niemals da, aber du erinnerst dich an die Gegend, als wärst du schon einmal durch dieses Tal gewandert. Im nächsten Moment denkst du, dass du dich verirrt hast, du hast zu wenig auf die Umgebung geachtet, du hast zu viel auf den Boden geschaut und dabei den Überblick verloren. Einmal drehst du dich um, einen Augenblick nur, und schaust hinter dich: verweht deine Spuren, nichts, was daran erinnert, dass du den Pfad heraufgestiegen bist. Plötzlich bildest du dir ein, jemand ginge dir nach, noch einmal drehst du dich um, du siehst niemanden, du hörst nichts als deinen

Atem, der schneller geht, ein Luftzug aus Angst. Der Wind pfeift, es ist mehr das Heulen eines Sturms, eines Orkans beinahe, im Heulen hörst du Stimmen, ein Schreien, ein Nein! Der Wind bleckt die Zähne, er lacht dich aus: Du nicht! Du bildest dir ein, dass da noch jemand hinter dir sei, wieder drehst du dich um. Die Windstimmen heulen: Du darfst das Haus nicht betreten, nicht so einer wie du. Du spürst einen pelzigen Geschmack auf deiner Zunge, du weißt, selbst wenn du wolltest, kein Laut würde dir im Moment über die Lippen kommen. Du hast keine Sprache, für nichts. Jetzt nicht und nie. Im nächsten Augenblick stehst du trotzdem im Haus. Es hallt unter deinen Tritten. Die Wände sind weiß getüncht. Ein Gang, links und rechts Türen, die in Zimmer führen. Überall Schilder: Unbefugten ist der Eintritt verboten! Du bist der Unbefugte, das braucht dir keiner zu erklären. Wo bist du?

Plötzlich stehe ich in einem Zimmer. Die Wände sind kahl. Eine schmale Sitzbank, die die Wand entlangführt. An einem nackten Tisch sitzt eine junge Frau mit dunklen Augen: Ernst schaut sie mich an. Es ist Franziska, die erste Frau meines Vaters. Du hast sie nicht gekannt. Du wurdest geboren, als sie schon tot war. Ist sie traurig? Wirkt sie gefasst? Ich weiß, dass sie auf mich gewartet hat. Später werden wir miteinander sprechen. Ich gehe ins nächste Zimmer, das so nüchtern eingerichtet ist wie das vorige. Auf einem Stuhl am Tisch sitzt eine Frau, blond, in mittlerem Alter. Die Frau heißt Karoline, meine Mutter. Wir haben uns fast fünfzig Jahre nicht mehr gesehen. Neugierig schaut sie mich an. Hat sie blaue oder braune Augen? Ich nicke ihr zu. Später werden wir miteinander sprechen. Schon stehe ich im nächsten Zimmer: Am Tisch sitzt ein alter Mann.

Aus seinem Mund hängt eine Pfeife aus Porzellan. Am Tisch sitzt der Großvater, geboren 1868. In seinem Geburtsjahr starb Adalbert Stifter, gab es noch kein elektrisches Licht, keine Autos. Er schaut mich prüfend an. Dann beginnt er zu sprechen. Was er auch sagt, ich kann ihn nicht verstehen. Als wären meine Ohren verstopft. Ich neige ihm mein Ohr hin, ich reiße die Augen auf. Ich sehe, wie er den Mund verzieht und zu lachen beginnt. Er hört nicht mehr damit auf. Für einen Moment habe ich das Gefühl, er lache mich aus. Je länger ich ihn ansehe, umso mehr habe ich den Eindruck, er weine. Schon stehe ich im nächsten Zimmer. Die Räume sind nicht miteinander verbunden. Am Tisch sitzt mein Vater, ich erkenne ihn sofort. Es könnte gut sein, dass ein Paket Spielkarten am Tisch liegt, aber der Tisch ist leer. Ich bleibe stehen. Ich verspüre den Impuls, auf ihn zuzugehen, ihm die Hand zu geben und auf die Wange zu küssen, wie wir es immer gemacht haben. Lächelt er? Ist er verlegen? Lange schauen wir uns an. Der Vater ist seit mehr als zwanzig Jahren tot. Jetzt bin ich da, sage ich. Jetzt kannst du sprechen, sagt er.

Walding, Obernzell, Berlin, Gmunden (Villa Stonborough-Wittgenstein des Landes Oberösterreich) 2015–2020.

Mein herzlicher Dank gilt allen, die mich bei diesem Projekt zuhörend, beratend und freundschaftlich begleitet haben.